書下ろし

新・傭兵代理店

復活の進撃

渡辺裕之

祥伝社文庫

目次

『新・傭兵代理店』
関連地図
アルジェ
ゴレア
イナメナス
リビア
アルジェリア
ムルズク
タマンラセット
ビルマ
アーリット
マリ
ニジェール
アガデス
ガオ
アンデランブカヌ
タウア
ニアメ

プロローグ

砂嵐が猛烈な音を発《た》て通り過ぎて行く。

ボロ布を顔に巻き付けた片倉啓吾《かたくらけいご》は膝を抱えてじっと耐えていた。

日干《ひぼし》レンガの隙間《すきま》から、砂塵《さじん》が吹き込んで来る。

「冬の嵐か。まったく、貧乏《びんぼう》くじを引いたな。俺たちは」

フランス人のベルナール・レヴィエールが、狭い部屋のドア口に立ち、舞い上がる砂《すな》埃《ぼこり》を見てぼやいた。彼が俺たちというのは、壁際に座っている日本人の片倉と米国人にノルウェー人、アイルランド人、フィリピン人、それに一人だけ離れて座っている英国人と多国籍だ。

これらの国々の共通点は、二〇一三年一月十六日に発生した〃アルジェリア人質拘束《こうそく》事件〃で死傷者を出したことである。

アルジェリア東部、リビア国境から六十キロ西のイナメナスに近い天然ガス精製プラントを十六日早朝、イスラム原理主義武装勢力〃イスラム聖戦士血盟団〃が、襲撃した。

プラントはアルジェリア国営企業〝ゾナトラック〟と英国、ノルウェーなどの合弁企業により、運営されていた。武装勢力は警備のアルジェリア軍を撃破し、プラント建設に携《たずさ》わっていた日本の〝N社〟の社員や米国、英国人、フランス人などを含む外国人四十一人を拘束した。隣国マリでのフランス軍の武装勢力の掃討《そうとう》作戦の中止と、監禁されている仲間の解放が彼らの要求だった。だが、アルジェリア軍は、軍事作戦を強行し、作戦が終了する十九日までに日本人十名を含む三十九名もの犠牲者を出した。

この事件をアルジェリア政府は、強攻作戦はやむを得ないものとし、テロと闘う姿勢を世界にアピールした。また、現場の状況など、現地のテレビ局の取材すら制限し、徹底した情報管理下に置いた。

翌月になりこうしたアルジェリア政府の頑《かたくな》な態度を打破すべく、フランスの呼びかけで国際ポリス視察団として警官を派遣し、独自に現場検証を行うという企画に日本をはじめとした国々が参加した。だが、アルジェリア政府が他国の警察機関の受け入れに難色を示したため、国際会議のように代表を一名ずつ現地に送り出すことになった。

レヴィエールが貧乏くじを引いたというのは、事前の根回しもなくことが進められ、人数も集まらなかったために、どこの国でもほとんど報道されることもなかったことを言っているのだろう。それでなくとも、砂漠の悪天候には誰もが辟易《へきえき》としている。

七人の男たちは事件現場を丸一日かけて検証し、プラントの従業員宿舎に泊まった。翌日政府が調達したマイクロバスに乗り、首都アルジェに向かっていた。どこの国も捜査官だけの派遣であることから、現場検証というよりは、バスツアーのようなものだった。

一行はプラントから百キロというところで砂嵐に遭遇し、途中の村でやり過ごすことになったのだ。

「今、外で銃声がしなかったか？」

粗末な木製のドアの近くに立っているベルナールが、首を傾《かし》げて言った。

「いや、俺が聞いたのはおまえの愚痴《ぐち》だけだが、外にも誰か文句を言っていたやつがいるのか？」

英国人のケビン・リックマンが肩を竦《すく》めてみせ、一同の笑いを誘った。だが、片倉も砂嵐のざわめきの中に乾いた銃声のような音を聞いた気がしていた。

突然ドアが開いた。

背中を押されたベルナールが、床に倒れて派手に砂埃が舞った。

「なっ！」

片倉をはじめ一同が凍り付いた。

ドア口から吹き寄せる砂塵とともに、ＡＫ47を持った男が入って来た。

葬儀

一

広大なマングローブのジャングルに囲まれた入り江の桟橋《さんばし》に、三隻《せき》の観光用ボートが係留されている。

マレーシアのリゾートであるランカウイ島の北東に位置するタンジュンルーは、二月初旬の乾期特有の晴天に恵まれている。紺碧《こんぺき》の空を映し出した海を臨む入り江は、憂《うれ》いを秘めた緑色をしていた。

桟橋の入口にある案内板に、CLOSEDと書かれた札がぶら下がっている。観光用ボートは使えないようだ。

午前十時を過ぎて気温も三十度を超え、桟橋近くに生《お》い茂《しげ》る椰子《やし》の木陰に、日差しを嫌った大勢の地元住民がいた。多くがムスリムらしく、男は白い帽子、女はヒジャブと呼ばれる白いスカーフで頭髪を隠している。

人々から少し離れたところに、スーツを着た体格のいいスキンヘッドの男と黒いドレスを着た金髪の女が立っていた。

男は米国人のヘンリー・ワット、四十四歳。元米国陸軍特殊部隊デルタフォースの中佐で、四年前に退役し、傭兵に職を変えている。

隣に立つ透《す》き通るような白い肌の美人は、エレーナ・ペダノワ、三十六歳。元ロシア連邦保安庁防諜局の軍事防諜部に所属し、ロシア語で花瓶を意味する〝ヴァーザ〟というコードネームを持つ特殊部隊の指揮官だった。二年前にとある事件がきっかけでロシアの特務機関から命を狙われたために米国に亡命した。本来なら敵同士の二人は、幾多の困難を乗り越えて昨年の暮れに結婚している。

「それにしても、すごい人ね。二百人近くいるわ」

ペダノワは、雑談を交《か》わすわけでもなく木陰でじっと佇《たたず》む人々を見て言った。

「当然だろう。彼はこの界隈《かいわい》じゃ顔役だったからな。だが、驚くのは早い。墓地に行けば、連隊クラスの軍隊が押し掛けているはずだ」

ワットは渋い表情で答えた。

「こんな時に冗談《じょうだん》を言わないで、何が連隊クラスよ。……あらっ」

わずかに首を左右に振ったペダノワは、背後の駐車場に乗り入れてきた車を見て笑みを浮かべた。

トヨタのランドクルーザーから二人の男が下りてきた。一人は身長一七三センチの黒川《くろかわ》章《あきら》、三十六歳、陸上自衛隊空挺《くうてい》部隊出身で防衛省傘下《さんか》の特務機関であった傭兵代理店に勤《つと》めていたが、今はフリーの傭兵になっている。もう一人は身長一七七センチの中條《なかじょう》修《おさむ》、三十五歳。彼も傭兵代理店のスタッフだったが、半年ほど前に空挺部隊に復帰している。

「遅いぞ、おまえたち」

ワットはにやけた顔で黒川らに声をかけた。

「ご無沙汰《ぶさた》していました」

黒川と中條は硬《かた》い表情でワットと握手《あくしゅ》を交わした。

「二人とも肩の力を抜いてもっとリラックスしろ、笑顔が足りないぞ」

牛のように太い首を回してワットは言った。

「不謹慎な顔をするより、この場に相応《ふさわ》しいでしょう」

生真面目《きまじめ》な黒川は、苦笑いをした。

「俺の顔がふしだらなのは、生まれ付きだ。文句はおふくろに言ってくれ」

ワットはわざと顔を歪《ゆが》ませた。現役時代、特殊部隊の指揮官として数えきれないほど勲《くん》章《しょう》をもらった男とは思えない。もっともこの男の言動は、憎めない。

「静かにして。来たわよ」

ペダノワはワットの肩を叩いて、入り江の奥を指差した。

人々の視線を集めながら十二人乗りの観光ボートが二艘《そう》連なって向かって来る。先頭のボートの客席の上に棺桶《かんおけ》が縛り付けられ、サングラスをかけた喪服姿の男が傍《かたわ》らに座っている。

木陰にいる人々が急にざわつき、数人の男が桟橋のたもとまで出てきた。

棺桶が載せられたボートが空いている桟橋に着けられると、サングラスの男は身軽に飛び下りてロープを杭《くい》に舫《もや》った。

黒のスーツの上からでも男の鍛《きた》え上げた筋肉の盛り上がりが分かる。藤堂浩志《とうどうこうじ》、四十九歳、業界では知らぬ者はいないトップクラスの傭兵である。

二艘の船が舫われると、桟橋で待ち構えていた男たちが棺桶を船から降ろしはじめた。浩志は反対側に停められている船から、ヒジャブを被った少し太めの女とブラックフォーマルに身を包んだ美人が桟橋に下りるのに手を貸した。美女は森美香《もりみか》、三十七歳、元内閣情報調査室特別捜査官。二年前に内調に辞表を提出し、気ままに行動をしている。

ヒジャブの女はアイラ・ビエン・ザイナル・マハット、大佐こと元傭兵のマジェール・佐藤《さとう》の妻である。アイラが桟橋から下りると、棺桶を担《かつ》いだ男たちがその後に続き、椰子の木陰にいた人々も整然と列をなした。

浩志と美香が列の最後尾に並ぶと、ワットらもその後ろから歩きはじめる。黒川と中條はしんがりを務める形で、一番後ろに並んで歩いた。

アイラを先頭に人々はジャングルを分ける小道を歩き続け、誰一人口を利《き》く者はいない。やがてタンジュンルーを見渡す小高い丘に着いた。

「まあ！」

ペダノワがワットの腕を摑《つか》んで小さく声を上げた。

ジャングルが切り開かれた丘を囲むように、制服姿の軍人が隙間なく立っている。しかもマレーシアだけでなく、タイ、フィリピン、インドネシアなど国籍は様々だ。人数も百人近い。

「言っただろう。一連隊クラスだって。大佐に世話になった軍隊はこれだけじゃない。今日は来られなかったが、アフリカや東ヨーロッパにもあるんだぜ」

ワットはペダノワの耳元で囁《ささや》いた。

大佐は癌《がん》を患《わずら》い一年ほど前から自宅療養《りょうよう》をしていたが、一月前から病状の悪化でクアラルンプールの病院に移っていた。だが、四日前に遺体となってタンジュンルーの自宅である水上ハウスに戻ってきた。彼の遺言により、アンダマン海とタンジュンルーの大自然が見渡せる場所に埋葬《まいそう》することになった。妻のアイラはイスラム教だが、大佐は無宗教のためマレーシア国軍により軍隊式に葬儀を執《と》り行うことになった。

墓地の手前で住民からベレー帽を被った六人の軍人が棺桶を引き継《つ》いだ。軍服はそれぞれ異なる。彼らは大佐が傭兵を引退する前からアドバイザーを務めてきた東南アジア諸国の特殊部隊の隊員だろう。国の代表として一名ずつ出したようだ。

棺桶の前に白い制服を着たマレーシアの軍人が立った。胸には数えきれないほどの勲章を付けている。大将か、中将クラスの軍人に違いない。敬礼をすると、棺桶の上にマレーシア国旗を拡げて載せた。

葬儀は粛々《しゅくしゅく》と行われ、参列した住民一人ひとりが穴に収められた大佐の棺桶に土をかけた後、ワットらも加わった。

浩志は美香が終わった後、最後の一人として土をかけた。

「大佐の遺言通り、最後を看取《みと》ることができたな」

ワットは浩志の背中に言葉をかけた。

「そうだな」

浩志は言葉少なに言うと、墓穴から離れた。

式が終わり墓地を取り囲んでいた軍人が隊列を組んで姿を消すと、住民も三々五々帰って行った。

「いい式だった。俺たちも帰るか」

柄にもなくワットはしんみりと言った。

墓地に残るのは一部の軍人や浩志らだけとなり、アイラも親類に付き添われて家に帰った。

「俺から離れろ！」

耳に手を当てていた浩志は突然叫んで傍らの美香を突き飛ばすと、丘の上に駆け上がった。

破裂音が響いた。

「浩志！」

美香の叫び声。

二発の銃弾を浴びた浩志は、朽《く》ち木のように倒れた。

二

クアラルンプールの中心街にそびえるペトロナス・ツインタワーから東へ三キロ、大使館や高級ホテルが建ち並ぶアンパン地区に設備の整《ととの》った〝グレンイーグルス・ホスピタル〟がある。常時日本人スタッフを配置しているために現地の日本人ビジネスマンやその家族の患者も多い。

四人部屋から個室まで病室があるのは他の病院と変わらないが、個室は部屋の広さや設備により六段階に分けられ、最高級の〝プレジデンシャル・スイート〟は五つ星のホテル並みの品質を売りにしている。ベッドルームの他にミーティングルームやダイニングルームや浴室トイレまで完備しており、まさに大統領クラスのＶＩＰが使用することを目的とした部屋である。

サングラスをかけた男が最上階にある〝プレジデンシャル・スイート〟の玄関ホールに立つと、監視カメラで確認されたらしくドアロックが解除された。男は表情を変えることもなくドアを開け、大理石が敷き詰められた室内の奥へ進んだ。

ベッドの脇でピンクの制服を着た看護師が、患者の血圧を測っている。病室はレースのカーテン越しに朝日が降り注いでいた。看護師がいなければ、リゾートホテルのベッドルームと勘違いするところだ。

「血圧も安定していますね。お客様が見えたので失礼します」

看護師はにこりと笑って部屋を出て行った。

「気分はどうだ、大佐」

男は窓の遮光カーテンを閉めながら尋《たず》ねた。

「気分はいい。だが、それを喜んでいいのか正直言って戸惑《とまど》っている」

しわがれた声で答えたのは大佐こと、マジェール・佐藤だった。

「戸惑う？　喜ぶの間違いだろう」

男はサングラスを外して、スーツの胸ポケットに入れた。二日前に殺されたはずの藤堂浩志の日に焼けた顔がそこにあった。

「私は自分の家で静かに死にたかったのだ。だが、政府も他の国々のお偉方も、それを許してはくれない。高名な医者の手術を受け、今度は日本に行って、癌が再発しないように完全に消滅させる最新の治療法を受けさせられる。私を元の健康体に戻したいようだ」

大佐は深い溜息《ためいき》を漏らした。

「世界情勢が厳しいことは変わらない。むしろテロは増えて危険といえる。死ぬどころか、大佐のスペシャリストとしての能力がますます求められる。死ぬどころか隠居生活も諦めることだな」

浩志は口元をわずかに弛《ゆる》めて笑った。

「そのようだな。だが、正直言って今さらリハビリもなかなか辛い。歳だな」

自嘲《じちょう》気味に笑った大佐は、点滴のチューブをたぐり寄せながら体を起こした。

「若い頃の軍事訓練を思い出すんだな。実際に銃を撃てば、元気になるんじゃないのか」

「銃か。そう言えば怪我《けが》をしてから一度も練習をしていないな。元気がなくなったのはそのせいか」

腕を組んで大佐は天井を仰《あお》いだ。

昨年浩志はワットとペダノワを伴《ともな》い国際犯罪組織ブラックナイトの軍事部門である

〝ヴォールク〟と対決すべくロシアに潜入《せんにゅう》した。その際、敵基地に浩志らと潜入した大佐は瀕死《ひんし》の重傷を負《お》っている。もっともそれは癌に冒されていることを知った大佐が、軍人としての死に場所を求めた結果でもあった。

「根っからの軍人なんだ。無理もない。生涯《しょうがい》現役と思えば、自《おの》ずと元気になるだろう」

「私に死ぬまで銃を手放すなと言いたいのか。呆《あき》れたやつだ。元気になったら、また、ランカウイに戻るつもりだ」

「葬式までやったんだ。そうはいかないだろう」

「あれは、生前葬だ。そもそも、ああでもしなきゃ、おまえさんは島から出られなかっただろう」

浩志は大佐の骨を拾うという約束を守り、死を悟《さと》った彼を見守るためにランカウイ島に恋人の美香とともに住んでいた。だが、二人の身辺を探る不審な動きが昨年の暮れからはじまった。

本格的な治療を受けるべくクアラルンプールの病院に入院することになった大佐は、島から安全に抜け出した上、浩志を地下に潜《もぐ》らせるべく自分の葬儀を企画した。偽《にせ》の葬儀を取り仕切るように知人のマレーシア国軍の将軍に頼み、墓地の周囲には浩志の仲間の傭兵を配置したのだ。

大佐の代わりの人形を棺桶に入れて病院から自宅まで搬送《はんそう》した。翌日家から棺桶を運び出し、葬儀ははじまった。大佐は病院内で上から三番目のランクの個室にいたが、情報を遮断する必要性から最上級の個室に移っていたのだ。

棺桶の傍《そば》に浩志は付き添う形で、自ら標的になった。NIJ規格（防弾性能）でライフル弾が防げるボディアーマーをシャツの下に着ていたが、手足や頭部はもちろん、徹甲弾で銃撃されたらボディアーマーですら防げないというリスクはあった。

「おかげでうまくいった」

浩志は苦笑を漏らした。敵を捕獲する作戦は周到に準備され、ジャングルで監視活動をする仲間と浩志は常に連絡をとりあっていた。ブルートゥース対応の最新の無線機を持ち、超小型のマイク付きブルートゥースイヤホンを耳の中に入れていたので、気付かれることはなかった。

葬儀が終わり墓地に人が少なくなったところで、動きを見せたスナイパーを取り押さえた。事前に墓地が狙いやすい場所は絞り込んでおいたので、仲間は狙撃前に急行することができたのだ。

スナイパー捕獲の連絡を受けた浩志は、あらかじめ決められていた場所まで走った。そこで仲間の〝針の穴〟こと、スナイパーとして超一流の宮坂大伍《みやさかだいご》が狙撃ポイントに現れた浩志を敵に代わり鮮血色のペイント弾で撃ったのだ。

「それで、スナイパーはクライアントが誰か口を割ったのか？」

楽しそうに大佐は尋ねてきた。

「仕事はメールでもらい、前金で半額、残りは成功報酬《ほうしゅう》として後日スイスの口座に振り込まれるようだ。クライアントとは接触することもないらしい。もっともクライアントの身元がばれないということで、信頼を勝ち得ているようだ」

取り押さえたスナイパーはジャングルに設営したテントで拷問《ごうもん》したが、名前以外は自白しなかった。ただ、業界ではある程度知られた男で、仕事の依頼の仕方もすぐに分かった。

「腕に自信があったのだろうが、浩志を暗殺する依頼を受けた時点で断るべきだったんだ。馬鹿なスナイパーだ。標的が傭兵だからと甘く見ていたのだろう」

肩を竦めてみせた大佐は、口をへの字に曲げた。

「そういうことだ」

「これから、どうする？」

「日本に行くつもりだ」

「義理堅い男だ。私の護衛なら心配はない。私も死んだことになっている。確かにまだ生きているが、葬式まですませた。何年も前に私が言ったことは忘れてくれ。それにおまえさんが死んだという情報は、敵にも流れているはずだ。美香と二人でどこかで自由に暮らしたらどうだ」

低い声で笑った大佐は、右手をゆっくり振ってみせた。

浩志が狙撃されたことが、一般のニュースに流れるようなことはない。だが、軍から地元の警察に死亡したと報告されている。浩志を狙うような敵ならば、軍や警察から情報を盗み出すはずだ。

「いや、別件で調べたいことがあるんだ。それにランカウイで命の洗濯《せんたく》はした。また働くつもりだ」

浩志はゆっくりと首を横に振った。

「何、本当か。おまえが働くというのなら、私も癌を完治させ、また歩けるようにがんばろう」

目を見開いた大佐は、右手を差し出した。

「そうしてくれ、俺に老人介護は無理だ」

大佐の手を浩志は堅く握り締めた。

「憎まれ口を叩きおって。今に見ていろ、現役に戻って傭兵の最年長記録を作ってやる」

右手をひらひらさせ、大佐は追い払う仕草をした。

「ギネスにでも申請するんだな」

ふっと息を漏らした浩志は、サングラスをかけて病室を後にした。

三

環七《かんなな》の渋滞を抜けてタンザナイトブルーのベンツG320は、淡島《あわしま》通りに入った。

直列六気筒DOHCエンジンは気持ちいい音を立てている。タイヤのBSデザートデューラのグリップも雨降りにもかかわらず三年前と変わらない。練馬《ねりま》に自動車工場を持つ傭兵仲間の浅岡辰也《あさおかたつや》と宮坂大伍、それに加藤豪二《かとうごうじ》の三人に処分は任せていたが、彼らは律儀《りちぎ》にいつでも走れるようにメンテナンスをしてくれていたようだ。あらかじめ辰也には日本に帰ることを伝え、成田《なりた》空港の駐車場に停めておいてもらった。

大佐の偽葬儀で浩志を狙ったスナイパーを捕らえた傭兵仲間は、前日からジャングルでチームを組んで警戒に当たっていた。

リーダーとして爆弾のプロである〝爆弾グマ〟のあだ名を持つ辰也、元陸上自衛隊空挺部隊出身の〝コマンド1〟こと瀬川里見《せがわさとみ》、オペレーションのスペシャリストである〝ヘリボーイ〟こと田中俊信《たなかとしのぶ》、それに〝トレーサーマン〟こと追跡潜入のプロである加藤、浩志を模擬弾で狙撃した〝針の穴〟こと宮坂の五人である。

捕まえた男は、辰也の激しい拷問にも口を割らなかったため、マレーシアの国軍に引き渡した。軍は麻薬所持という容疑で警察に引き渡すようだ。

作戦終了後、浩志は一人でランカウイ島からペナン島へフェリーで移動し、その後レンタカーでペナン・ブリッジを渡り、クアラルンプール経由で日本に帰ってきた。旅行に行くと言う美香とは、ランカウイで別れた。行き先は聞いていない。彼女を信頼していることもあるが、基本的にお互い自由だと認識しているからだ。

マレーシア航空で成田に到着した浩志は、空港の駐車場に置かれていた自分の車に乗り込んだ。キーはランカウイで辰也からもらっていた。三年間も放っておいたG320があまりにも調子いいので、正直言って驚きを通り越し感動すら覚えた。

淡島通りの代沢《だいざわ》十字路を左折して茶沢《ちやざわ》通りを北に進んだ浩志は、細い通りに曲がり住宅街を抜けたところで車を停めた。すぐ先の交差点の角には駐車場があり、その隣には真新しいアパートが建っている。三年前来た時は、丸池屋《まるいけや》という金看板を掲《かか》げた質屋があった場所だ。

「……………」

溜息を漏らし、アクセルを踏んで交差点を左に曲がった。

質屋の社長であった池谷悟郎《いけたにごろう》は、父親から譲《ゆず》り受けた店の裏稼業として傭兵代理店を営《いとな》んでいたが、その実体は防衛省情報本部傘下の特務機関だった。

昨年の五月にブラックナイトの残党に爆弾を仕掛けられ、店は半壊状態になった。しかも興味本位で事件を取り上げたマスコミによって世間に名を知られ、池谷は店と傭兵代理店の再建を断念せざるを得なかった。同時にそれは特務機関の閉鎖も意味していた。敵の意図は見事に的中し、池谷は事実上抹殺《まっさつ》されたのだ。

再び茶沢通りに出た浩志は、北沢《きたざわ》の裏道から幡ケ谷《はたがや》に抜け、甲州《こうしゅう》街道に出た。以前下《しも》北沢《きたざわ》に住んでいたことがあるだけに、このあたりの地理は熟知している。駅周辺は激変しているが住宅街は変わらないものだ。

甲州街道から新宿《しんじゅく》通りに入り、四谷《よつや》の交差点で外苑《がいえん》通りに左折する。やがて靖国《やすくに》通りと合流し、車の量は一気に増えて渋滞《じゅうたい》に巻き込まれた。

思わず舌打ちをしてダッシュボードの時計を見た。午後五時四十八分、ラッシュアワーということを忘れていた。しかも雨降りの金曜日である。渋滞して当然だった。

一年もの間ランカウイの自然の中で生きてきた。毎日、ボートで沖に出てその日食べるだけの魚を釣っては美香と一緒に大佐の許へ行き食事をした。都会の生活をすっかり忘れている。大佐には偉そうに言ったが、社会復帰するのにリハビリが必要なのは自分らしい。

ハンバーガーショップが角にある市谷見附《いちがやみつけ》の三叉路《さんさろ》を左折する。坂道を上って行き、左手に現れた防衛省のフェンスに沿って進み、北門の手前で停めた。

道の右手はマンションやアパートで埋め尽くされた住宅地、左手は国土と国民を守るべき防衛の要《かなめ》、米国で言えばペンタゴンに当たる防衛省の庁舎である。戦時に攻撃目標となる司令部が街中の住宅地に隣接していることは、この国では問題ないらしい。日本ではいかに危機管理がなされず、防衛に対して力を注いでいないかが分かるというものだ。

しばらくすると北門から、蛍光色のピンクのブルゾンにジーパンとおよそ防衛省に似つかわしくない小柄な女が透明傘をさして出て来た。土屋友恵《つちやともえ》、元傭兵代理店のスタッフで、天才的なプログラマーであり、ハッカーでもある。小走りに近付いて来ると、傘を畳《たた》んで助手席に乗り込んできた。

「ご無沙汰しています。ご連絡をいただいて驚きました」

白い縁の眼鏡をかけた友恵は、笑顔をみせた。

「まさか本当に防衛省で働いているとはな」

彼女が出てきた北門を改めて見て浩志は唸《うな》った。

半年前に傭兵代理店が潰れ、残っていたスタッフだった中條は自衛隊に戻り、友恵はプログラマーとして独立したと聞いていた。だが、数日前にランカウイにやって来た瀬川から防衛省にいると教えられて驚いた。というのも彼女は父親が防衛省に勤務していたために嫌っていたからだ。

浩志は車を出して道なりに進み、外苑東通りに出た。

「日本だけではありませんが、先進国は中国から一方的に攻撃を受けています。それで止むなく私も駆り出されたわけです」

「一方的な攻撃？」

瀬川から友恵の仕事の内容まで聞かされていなかった。

「もちろん中国からのサイバー攻撃のことです」

「〝61398部隊〟のことか」

浩志はなるほどと頷いた。

中国の人民解放軍には〝61398部隊〟と呼ばれるサイバー攻撃を専門に行う部隊がある。上海《しゃんはい》の浦東《ほとう》地区に拠点があり、正式には人民解放軍総参謀部第三部第二局のことで、英語が堪能《たんのう》でハッキングの能力に長《た》けた数千の隊員が二十四時間態勢で世界中を攻撃している。

手口は尖閣《せんかく》諸島問題で日本の省庁のホームページを改竄《かいざん》する幼稚《ようち》なものから、ペンタゴンや防衛省あるいは関係会社から軍事機密を盗み出す高度なものまで様々ある。

「米国は中国の攻撃に対し、すでに対サイバーテロ部隊を編制していますが、日本ではまだそこまでいたっておりません。警視庁のサイバーポリスは規模が小さ過ぎるため焼け石に水といったところです。とにかく人材が足りないのです。私は自衛官ではありませんが、今はサイバー防衛に向けて隊員の育成とアドバイザーをしているんです。でも……」

溜息を漏らし、友恵は首を小さく横に振った。

防衛省は二〇一三年度予算で〝サイバー攻撃等への対処〟の項目で二百十二億を計上し

ている。その中で〝サイバー空間防衛隊（二〇一三年三月現在仮称）〟の編制が盛り込まれている。友恵はすでに水面下で動き出した防衛隊に協力しているようだ。

「関係者のポテンシャルが低いと言いたいんだろう」

彼女の態度で、言葉の続きは分かる。

「そうなんです。彼らに今できることは、感染したコンピューターからマルウェアを除去するぐらいです。敵からの攻撃を防ぎ、なおかつ反撃できるほどの技術を持ったプログラマーは今のところ皆無です。どうせならハッカーを雇《やと》った方がましです。それに私自身、防衛省のコンピューターから防御は許されても攻撃は許されていません。コンピューターの世界では今や反撃も防御になっているのに時代遅れですよ、日本は」

友恵はまくしたてた。よほどストレスを溜め込んでいたようだ。彼女は米国のペンタゴンのサーバーに潜入するだけでなく、軍事衛星すらリモート操作してしまうほどの能力を持っている。一般のプログラマーが馬鹿に見えてしまうのだろう。

ちなみにマルウェアとは有害な動作をするプログラムやコードの総称であり、一般にコンピューターウイルスと呼ばれて世間で認知されている悪質なプログラムは、その一部に過ぎない。

「おまえの能力が高過ぎるんだ。気長に教育するんだな」

「分かっていいます。ところで私に晩ご飯をご馳走《ちそう》してくれるわけは、池谷さんのことなんですよね」

傭兵代理店が潰れた後、池谷は世捨て人のように姿を消した。だが、子供の頃から世話になっている友恵なら彼の居所を知っているはずである。

「それもある。それに調べてもらいたいこともあるんだ」

「なんでしょうか？」

「ビクトル・ムヒカ、ベネズエラ出身、三十四歳。四日前に逮捕したプロのスナイパーだ。徹底的に調べて欲しい」

浩志を狙撃しようとした男だ。プロフィール程度なら、自白させるまでもなく大佐のつてで裏社会の情報源から得られた。

「分かりました。ムヒカが誰かを暗殺したのですか？」

友恵は小首を傾げた。

「俺を殺した。少なくとも今はそうなっている」

浩志はふっと息を漏らすように笑った。

四

抜けるような青空の下、浩志が運転するＧ３２０は東名《とうめい》高速道路を疾走《しっそう》していた。

昨日は友恵を彼女の自宅に送り、その足で東名高速道路に乗って海老名《えびな》サービスエリアに車を停めて車内で眠った。

翌朝、サービスエリアで朝飯を済ませ、午前八時に出発した。厚木《あつぎ》で小田原《おだわら》厚木道路に乗り換え、大磯《おおいそ》で下りて一般道に下りる。東海道を経由し、西湘二宮《せいしょうにのみや》インターから西湘バイパスに入り、ウインドーを開けた。

汐《しお》の香りがする冷えた風が気持ちいい。土曜日だがまだ時刻は午前八時半なので車の量は気にならない。サービスエリアで泊まったのは正解だった。

バイパスを出て国道135号を走り、熱海《あたみ》海岸自動車道、通称〝熱海ビーチライン〟には入らずにそのまま熱海の温泉街を抜けた。熱海港から道は次第に上り坂になる。眼前にトンネルが迫り、手前の分岐を左折して崖《がけ》の上の道に入った。

「ここか」

浩志は道の傍らにある雑草が生い茂った空き地に車を停めた。

車から下りると、肌を刺すような冷たい海風が首に巻き付いてきた。思わずゴアテックスのジャケットの襟《えり》を立てた。

空き地の端に石段があり、その先に瓦《かわら》屋根が見える。崩れかけた石段を十段ほど降りると、崖の上に年代を感じさせる東屋《あずまや》風の建物があった。道路からは見えないように竹林で隔《へだ》てられ、飛び石が玄関まで続く。呼び鈴もないので格子《こうし》の引き戸を開けて中を覗《のぞ》くと、ひっそりとして人気もない。

「うん？」

裏の方で機械音がする。建物の脇にある雑草と灌木《かんぼく》が迫る小道を通り抜けると、小さな木造の小屋が建っていた。増築したらしく前にある家とは違い、壁は真新しい木が貼り付けられている。モーターが回るような機械音は中から聞こえたのだ。

格子の引き戸を開けると土間になっていた。作務衣《さむえ》を着た男が背を向けて椅子《いす》に座り、作業をしている。右には茶碗や壺が置かれた棚があり、左手には作業台、奥に金属製の大きな箱がある。小屋の脇にプロパンガスのボンベがあったので、ガスを使う陶芸用の窯《かま》だろう。

浩志は男の脇に立った。電気ロクロを回しながら右手で土の中心を取り、左手を添えて成形していく。繊細《せんさい》さを要求される作業だけに、男は脇見もせずに集中している。池谷悟郎、六十三歳。若い頃は防衛庁の情報局で凄腕の情報員として活躍したそうだ。退職後、密《ひそ》かに防衛省傘下の特務機関の機関長となった。同時に日本で唯一の傭兵代理店を創設したのは、十九年も前のことだ。

池谷の妙に長い馬面《うまづら》の横顔からは、海外で活躍した情報員だったことなど窺《うかが》い知ることはできない。頭にタオルを巻き、没頭しているため、浩志の存在すら気が付かないようだ。あまりにも無防備だが、見る限り陶芸の腕は確からしい。

「うまいもんだ」

思わず言葉が漏れた。

「なっ！」

池谷の左手がぶれ、ロクロの上の土は大きく歪《ゆが》んだ。

「とっ、藤堂さん」

浩志に気が付いた池谷は、口をあんぐりと開けてみせた。

「すまない。邪魔したな」

浩志は苦笑して首の後ろを叩いた。結果を予期しないでもなかった。

「とんでもない。ここではなんですから、母屋《おもや》に行きましょう」

腰を上げた池谷は足取りも軽く作業小屋を出た。東京にいる時よりは、心なしか若々しく見える。

裏口から入ると、二畳ほどの板の間の台所があり、その向こうは十六畳の畳部屋で真中に自在鉤が吊るされた本格的な囲炉裏《いろり》がある。玄関に向かって左手は押し入れになっており、右手は二間分の障子《しょうじ》になっている。東南を向いているのだろう、障子を通した日差しが、優しい光を畳に落としている。

他に部屋はないらしく玄関の土間まで見通しが利《き》く。テレビやパソコンはおろか椅子やテーブルもなく、質素と言えばそれまでだが、下北沢一帯に土地を持つ資産家とは思えない。しかも固定電話どころか、携帯電話もない生活を送っているらしく、連絡が付かないため直接訪《おとず》れたのだ。

「ただいまお茶をいれます」

「構わないでくれ」

必然的に囲炉裏の前に腰を下ろした。

「何をおっしゃいます。藤堂さんを粗末には扱えませんよ」

池谷は台所に立ち、いそいそと茶を用意しはじめた。下北沢にいるときは見られなかった光景だ。

「大佐は元気になられましたか？」

水を入れたヤカンを一口コンロに載せ、池谷は火を点《つ》けながら尋ねてきた。

「難手術だったらしいが、成功した。世界でもトップクラスの名医が執刀したらしい」

手術は二週間も前に行われている。まったく情報に触れていないようだ。

「それはよかったです。藤堂さんは、どうされるのですか？　今のお住まいは快適と聞いております。どうせなら美香さんとご結婚されてはいかがですか」

偽葬儀は極秘作戦だった。だが、元傭兵代理店のコマンドスタッフだった瀬川や現役の自衛官である中條も参加していた。池谷は彼らとも連絡を取っていないようだ。

「馬鹿なことを。俺たちが結婚しても普通の夫婦にはなれない。第一戸籍を作る意味もないだろう」

日本の戸籍を失ったのは何年も前の話だ。その代わり傭兵代理店の作ってくれた偽造パスポートはいくつも持っているので、不自由はない。

「確かにそうかもしれませんね。ただ、お二人の間にお子様ができたらと思いましてね。想像しただけで楽しくなりませんか。さぞかしかわいらしいお子さんに違いありません。お子さんを真中に藤堂さんと美香さんが手をつないで歩かれる。幸せそうでいいじゃありませんか」

池谷は嬉しそうに右手を振ってみせた。

「こっ、子供……」

突拍子《とっぴょうし》もない話に唖然とした。しかもまるで下町の主婦のような池谷の態度には驚かされる。

お盆に載せた急須にお湯を注ぎ、池谷は湯のみを二つ添えて囲炉裏の脇に置き、慣れた手つきでやかんを自在鉤に掛けた。

「お待たせしました」

お茶を入れた湯のみを差し出した池谷は、囲炉裏を挟んで浩志の向かいに座った。

「いつからここに住んでいるんだ」

熱いお茶を啜《すす》りながら尋ねた。

「半年前から移り住んでおります。この東屋は十年ほど前に手に入れたのを手直しして別荘代わりに使っていましたので、掃除するだけですみました」

「半年前？　店を閉じてすぐにここに来たのか。作業小屋は新しいようだが」

「裏の小屋は、引っ越す一月前に出来上がっておりまして、陶芸の道具類は、ここに来てから新たに購入しました。軽井沢《かるいざわ》の別荘には以前から陶芸の窯はありましたが、冬はやはり暖かいところに限ります」

作業小屋が引っ越す前に作られたというのなら、かなり前から傭兵代理店を閉めることを考えていたことになる。

「仕事はもうしないのか？」

「昨年の五月に丸池屋を閉じましたが、傭兵代理店はなんとか続けて行くつもりでしたが、世間に名を知られ、下北沢で生活することも不便になり、気力が失せてしまいました。今は世間と関係を絶つことにより、静かに暮らしております。まだ趣味の域を越えませんが、ここなら人目も気にせず陶芸に没頭できます。それに天気のいい日は、釣りをしたり、散歩したりと気楽に暮らしていますよ」

池谷は立ち上がると障子を開けた。四枚の障子はすべて寄せられ、窓は天井までの大きなサッシになっている。

浩志も立ち上がって窓に近付いた。外はデッキになっており、相模《さがみ》湾の絶景が見渡せた。周囲に建物がないだけに贅沢《ぜいたく》と言える。浩志が美香と住んでいたランカウイのデッキハウスと通じるものがあった。池谷が数ある豪華な別荘の中でも、ここを選んだ理由が何となく分かった。

「傭兵代理店は闇社会や武器のルートの情報も手に入れることができる。国としても大事な情報機関だったはずだ」

防衛省傘下の特務機関という形はとっていたが、事実上池谷の私的な組織だった。そのため、政府から予算が下りるわけでもなく、組織としては弱小といえた。だが池谷からもたらされる情報で政府が救われたことは、一度や二度ではない。しかも政府から池谷を介して、浩志は極秘任務を依頼されたことも度々《たびたび》あった。

「政府からは何度も再建するように催促《さいそく》を受けましたが、こんな年寄りをいつまでも頼っているようでは駄目だと、断りました。日本は欧米のようにもっと情報機関を充実させる必要があるのです。私が引退することで、政府も変わるはずです。情報大国にならなければ、中国や韓国に飲み込まれてしまいます。土屋君に防衛省で働くように勧《すす》めたのも私です。私ががんばっていたのでは、若い世代が育たないのです」

自ら身を引くことで、政府の重い腰を上げるのが狙いのようだ。浩志が傭兵として再び活動するには、傭兵代理店が必要だった。日本に久しぶりに帰ってきたのは、池谷に再建を促《うなが》すためである。世捨て人を気取っているようなら、一喝《いっかつ》するつもりだったが、そうではなかった。

「そうか……」

浩志は囲炉裏端に腰を下ろし、少しぬるくなったお茶を啜った。

五

池谷の勧めで近くの岩場で釣りをしてのんびりと過ごした。中途半端《はんぱ》な時間に帰ると土曜日なだけに渋滞に巻き込まれるので、時間を潰す必要があった。それに、池谷を説得できなかったことで、気持ちの切り替えになればと思ったからだ。

晩飯は釣った魚を刺身にして食べた。だが、酒が飲みたくなったので、早めに切り上げて帰ることにした。もっとも酒は口実で池谷から妙な話を切り出されたので、腰を上げたのだ。財産をすべて引き継がないかと言う。財産を捨て去ることで、身も心も世捨て人になろうとしているのだろう。

癌家系である池谷は親兄弟をなくし、親族もいない。また、忙しさにかまけて結婚しなかったというが、やはり家系のＤＮＡを恐れていたのだろう。下北沢駅周辺の土地や建物だけでなく、別荘や県外の土地も含めたらとんでもない額の資産になるはずだ。馬鹿馬鹿しいと断った。

おそらく資産だけでなく傭兵代理店の再建も引き継がせたいのだろう。同じことを瀬川や黒川や中條にまで言ったそうだ。むろん引き受ける者などいない。そもそも金や土地に興味がある者が傭兵になどならないのだ。

午後九時を過ぎて東名から首都高速に入り、六本木《ろっぽんぎ》を経由し、芝浦《しばうら》で下りた。三年ぶりに来ればここも変わっている。高層ビルが建ち並び、暗い倉庫街というイメージはもはやない。埠頭《ふとう》にある大手運送会社のビルのすぐ隣にある倉庫の前で車を停めた。以前浩志が簡易宿舎として使っていたところだ。

車のキーのような樹脂製のヘッドがある電子キーを倉庫前のボックスにかざしてシャッターを開け、中に車を入れた。池谷から新しい倉庫の鍵を貰ったのだ。日本に帰って来てホテル暮らしも不便だからという彼の親切に甘えた。人目を気にする必要もないので安心できる場所である。

内部は相変わらず空の状態だ。地上の倉庫はダミーで、地下に大量の武器が隠されているためである。

車を下りてシャッターを閉めると、倉庫の奥に進んだ。一番奥の柱に備え付けられているヒューズボックスに向かって非接触キーをかざすと、目の前の壁がスライドして地下に通じる階段が現れた。

以前は、ヒューズボックス内のスイッチを作動させ、ＩＣカードを差し込むなど、煩雑《はんざつ》な手順が必要だった。それだけにセキュリティーが高いと言えたのだが、池谷が世間から身を隠すために使用することになり、システムの簡素化を図って現在の非接触型キーに変更したようだ。しかも監視カメラで人物の頭部の特徴や骨格を解析することにより、登録者だけ選別してロックを解除するという人工知能を備えた最新のセキュリティーを備えているらしい。従ってキーさえ持っていれば、何もすることはない。地下倉庫の分厚いドアもスムーズに開き、天井の照明も自動で点灯した。

入口から向かって右手は防音壁で囲まれた射撃エリアになっている。幅三メートル、奥行き十三・八メートルの広さがあり、二つの自動標的が設置されているのは変わらない。ずいぶん前に都内で射撃訓練ができるように池谷に作らせたものだ。射撃ブースは二つあり、電源を入れてボタンを押すと、標的を吊るすレールが動いた。

倉庫の中央には池谷の半《なか》ば趣味で集めた大量の武器が木箱やケースに入れられたまま天井近くまで積まれている。その左側には新たに壁が作られ、手前にドアがあった。浩志が使っていた頃は壁もなかった。当時は簡易トイレやシャワー、それにパイプベッドがコンクリートの床の上に無造作に置かれていただけだ。

「ほお」

ドアを開けると、ベッドやキッチンやトイレにシャワールームなど、まるでワンルームマンションのようになっており、しかもフローリングの床まで貼られている。犯罪者のようにマスコミを避けていた池谷は、少しでも快適に暮らせるように改造したようだ。

ベッドの上に荷物を置くと、さっそく射撃エリアに向かった。

射撃エリアの後ろにある棚から愛用のM一九一一A一ガバメントと空のマガジン、それに四十五ACP弾が入った箱を取り出し、左側のブースのマットが敷かれたカウンターの上に置いた。ガバメントのシリンダーを引いて残弾がないことを確かめ、マガジンに弾を込める。銃の練習は一ヶ月ぶりだ。

ランカウイでは銃は撃てないので、一月に一、二度の割合で隣国タイに行って訓練は続けていた。チェンマイ郊外にあるタイの陸軍基地に赴《おもむ》き、第三特殊部隊の訓練を指導する傍ら、自ら鍛えていたのだ。以前から懇意《こんい》にしている隊長であるスウブシン大佐の好意で、どんな銃も好きなだけ撃てた。もっとも、浩志の高い戦闘能力と戦略と格闘技を教授することが、暗黙の条件にはなっている。

五つのマガジンに弾を込めてマットの上に並べた。マガジンを一つ手に取り、ガバメントに差し込んだ。パーテーションのボタンを押して標的を動かし、防音用のイヤーマフを耳にかけた。

おもむろに引き金を引き、スライドが後退して動かなくなるホールド・オープンまで全弾を撃ち尽くす。浩志は休む間もなくマガジンキャッチャーを押してマガジンをすばやく入れ替えて、再び弾がなくなるまで引き金を引いた。

「ふう」

短く息を吐いて標的を引き寄せた。全弾が中心に当たり、真中の黒丸が撃ち抜かれてなくなっていることを確認すると、標的を交換した。

「むっ」

天井の非常ランプが赤く点滅した。

ガバメントのマガジンを交換し、銃を持ったまま出入口に向かった。ドアの近くの壁に倉庫内外に設置された監視カメラの映像を映し出すモニターがある。地上の倉庫のシャッターが上がりはじめている。表の監視カメラの映像には二〇一〇年型クライスラーのジープ・コマンダーと大男が映っていた。

すべての監視カメラの映像を確認した浩志は射撃エリアに戻り、防音用のイヤーマフを掛けて射撃訓練を続けた。

背後で人の気配がし、棚から銃を出している音が聞こえてきた。ここに用意されている防音用のイヤーマフは、銃撃音のみを電子的にカットし、日常生活音をマイクで拾うという優れもののため、手に取るように分かる。

右のブースにグロック19を持った辰也が現れた。二つのマガジンに9ミリパラベラム弾を装塡《そうてん》すると、銃撃をはじめた。辰也をはじめとした傭兵仲間とは、ランカウイで別れている。彼らは大佐の護衛を兼《か》ねて一日遅れの今日、日本に戻ってきていた。

すべての弾を撃ち尽くした浩志は、射撃エリアの外に置いてあるテーブルにガバメントとマガジンを載せ、椅子に腰掛けた。手早くガバメントを分解すると、ガンオイルを染み込ませた布で掃除をはじめる。

時間にして三、四分だろうか。辰也も終わったらしく、グロック19とマガジンを持って向かい側の席に座った。銃の訓練は毎日すれば、長時間する必要などない。なんでもそうだが、積み重ねが大事なのだ。

「ビクトル・ムヒカですが、マレーシア軍に引き渡した後、移送中に逃走し、射殺されました」

辰也はグロックを分解しながら、淡々と報告した。

「仕事をミスしたことは、いずればれる」

ガバメントの掃除を続けながら答えた。プロのスナイパーが仕事をしくじれば、必ず抹《まっ》殺《さつ》される。ムヒカは殺される前に自ら死を望み、わざと逃げたのだろう。

「なるほど」

みなまで言わなくても納得したらしく、辰也は手を止めて頷いた。

二人は無言で銃の手入れを終えて、元の棚に戻した。

「腹が減った。飯でも食いに行くか」

小腹が空いたというより、酒が飲みたかった。

「いいですね」

辰也が無邪気に笑ってみせた。

六

芝浦の海岸通りから山手《やまて》通りに入り、北品川《きたしながわ》から五反田《ごたんだ》に向かう。八《や》つ山《やま》通りのソニービルを越したところで、浩志と辰也はタクシーを下りた。

〝須賀川《すかがわ》〟という間口の狭い飲み屋の暖簾《のれん》を見て、浩志は頷いてみせた。

「何年ぶりですか?」

辰也も感慨深げに尋ねてきた。

「三年は来ていないな」

暖簾を潜《くぐ》り、引き戸を開けた。がたがたと耳障《みみざわ》りな音を立てていた木製の引き戸は、数年前に茶色のアルミサッシに変わっている。だが、期待を裏切ることなく昔と同じような音を立てた。

「いらっ……しゃい。お久しぶり」

福島出身の店主、柳井《やない》六郎《ろくろう》が浩志の顔を見て一瞬言葉を詰まらせたが、いつものように語尾上がりの発音で笑顔をみせた。

「とりあえず、生。適当に出してくれ」

カウンター席に座ると、メニューも見ないで頼んだ。

「かあちゃん、藤堂さんのところに生、二つね」

柳井は店の奥に向かって甲高《かんだか》い声を出した。六十歳を超えているはずだが、相変わらず元気なようだ。

「藤堂さん！」

店の奥から柳井の女房の香苗《かなえ》が顔を出し、頭を下げて見せた。タイムスリップしたかのような錯覚《さっかく》を覚える。この店には現役の刑事の頃から通っており、当時の風景が脳裏《のうり》を過《よぎ》った。店は柳井の福島訛《なま》りと同じで何も変わっていないようだ。

一つ違うことと言えば、以前は瓶ビールしかなかったが、三年前から生ビールのサーバーを置いたことだ。

「はい、生ビール」

割烹着《かっぽうぎ》を着た小太りの香苗が、カウンターに生ビールの小ジョッキを二つ置いた。

「お疲れさまです」

辰也がジョッキを掲《かか》げた。

無言で自分のジョッキを辰也のジョッキに軽く当てて飲みはじめた。

「池谷さんは、どうでしたか？」

ジョッキを一気に飲み干した辰也は、気難しい表情で尋ねてきた。

半年前に傭兵代理店が閉められ、彼も店の再開を池谷に望んでいたが、本人に会うこともできなかった。辰也に限ったことではなく、仲間はみな池谷の復帰を切望している。海外にも傭兵代理店はあるので傭兵は続けられるが、誰もが日本にあることに意義を感じていたのだ。

「復帰するつもりはないようだ。しかも、隠居生活に生き甲斐《がい》を見いだしている。今さら血なまぐさい現場には戻らないだろう」

半分ほど飲んだジョッキをカウンターに置いて答えた。

「はい、アジの刺身に特大の生牡蠣《がき》、今日のお勧めね」

会話が途切れたところで、柳井が浩志らの前に料理を出した。

まずは小鉢に盛られたアジの刺身を摘《つま》む。

「これはいい」

分かっていても言葉に出る。ランカウイ島でも自ら釣ったアジを刺身にしてよく食べたが、やはり冷たい海で育った魚は身が引き締まり、脂ものってうまい。

「白い飯が欲しくなりますね」

辰也も舌鼓《したつづみ》を打っている。

次に掌《てのひら》ほどのサイズの殻《から》に載せられた、まるまると太った生牡蠣を引き寄せた。ポン酢をかけるか迷ったが、レモン汁を軽く絞るだけでそのまま口に放りこんだ。

「うっ」

濃厚な牡蠣のエキスが舌に染み渡り、口の中に広がった芳醇《ほうじゅん》な磯の香りが鼻から抜けて行く。至高の一品と言っていいだろう。海の幸とはよく言ったものだ。

「オヤジさん、酒」

アジと牡蠣で、ワンツーパンチを喰らった浩志は日本酒を頼んだ。

「俺もください」

辰也も日本酒を頼んだ。

「このままで、いいんでしょうか?」

冷や酒が出たところで、辰也が神妙な顔で尋ねてきた。

「俺たちはいつも不当に虐《しいた》げられ、無念を残して死んだ人間に代わって闘ってきた。それだけに心を鬼にし、敵に牙《きば》を剝《む》き出す必要があるんだ」

ぐい呑みに注いだ酒を呷《あお》った浩志は前を向いたまま言った。池谷が財産の引き受け手を捜していることは言わなかった。

「牙を失った人間を当てにしてもだめということですか」

「今度また裏社会で働けば、殺されるかもしれない。それを恐れていることもあるのだろう。だが、池谷は以前のように働いては、日本の情報機関が育たないと考えたようだ」

「確かに。日本は諸外国に比べて情報機関は手薄で、法律の不備から未だに外国の諜報員や工作員は野放しですからね」

ぐい呑みに酒を注ぎながら辰也は、首を横に振った。

「日本ではやはり代理店は無理なのかもしれない。活動の拠点を海外に移すほかないだろう。この一、二年で世界は大きく変わった。俺たちも変わらざるを得ない」

欧米には大手の軍事会社や傭兵代理店がある。だが、日本ではそれを表の稼業とすることもできない。その差は大きいのだ。

「残念ですが、そうかもしれませんね」

溜息をついた辰也は酒を一気に呷った。

「はい、金目鯛《きんめだい》の煮付け。二人とも暗い顔しているよ。元気を出して」

柳井が大皿に盛られた特大の金目鯛の煮付けを出してきた。

「うまそうだ」

浩志と辰也はさっそく箸《はし》を取った。

午後十時半に暖簾は下げられたが、柳井は文句を言わずに料理を出してくれた。時折欠伸《あくび》を嚙み殺し疲れた顔をしているので、浩志と辰也は腰を上げた。見た目はまだまだ若いが、六十歳を過ぎて深夜まで働くのは辛くなったようだ。

「俺は、電車で帰ります」

手を振ると辰也は五反田駅に向かって歩き出した。

タクシーを捕まえるべく、通りを渡った。芝浦の倉庫まで十二、三分の距離だ。

「……！」

首筋に視線を感じた。

建物の陰になるように五反田方面に向かって移動した。

近付いてくるタクシーに向かって手を上げ、さりげなく振り返った。近くのビルに二つの影がふっと消えた。

尾行までする気があるのか確かめる必要がある。

気付かない振りをしてタクシーに乗った。

「新橋《しんばし》」

とりあえず、飲み直しだ。

敵と味方

一

翌日の午後、目黒《めぐろ》の竜泉寺《りゅうせんじ》の裏手にあるコインパーキングに浩志はG320を停めた。この辺りは住宅密集地で道も一方通行で狭い。一時停止させることも憚《はばか》られるため、まずは車は駐車場に入れて行動するに限る。

竜泉寺のフェンスを右手に見ながら北へ歩き、交差点を左に曲がった。三年で激変するような場所ではない。懐かしい記憶に従い、古い日本家屋に辿り着いた。古武道研究家で疋田新陰《ひきたしんかげ》流の達人である明石妙仁《あかしみょうじん》の家である。

呼び鈴もない玄関の引き戸を開けてみたが、人の気配はない。浩志は家の脇を通り裏庭にある妙仁専用の道場である古風な数寄屋《すきや》造りの建物の前に立った。ここを訪れるのも三年ぶりのことだ。

引き戸を開けて靴を脱いで一礼し、道場の板の間の端に座った。

妙仁が神棚に向かって正座している。刀を鞘《さや》ごと抜き、作法に則《のっと》り刀を掲げて頭を下げた。真剣を使う稽古《けいこ》の前後にする刀礼である。武術の達人だけあって妙仁は浩志の気配を察し、稽古を途中で切り上げたに違いない。

刀礼を終わった妙仁は正座したままくるりと体を回転させ、浩志に向き合う形に座り直した。

「なんとも懐かしい人が訪ねてきたものだ」

穏やかな表情で妙仁は言った。驚いた様子はない。やはり気配で分かったようだ。

「ご無沙汰しております。連絡もせず突然伺って申し訳ございません」

板の間に手を突き、頭を下げた。

昨夜も何者かに監視されていた。ランカウイ島でスナイパーをかわすことはできたが、浩志が生きていることはすでにばれていると思って間違いない。下手に電話をして、相手先に迷惑をかけることを心配し、電話もかけなかった。

「構わんよ。君ならいつでも歓迎だ。しばらく日本にいられるのかね」

妙仁は笑みを浮かべて尋ねてきた。

「まだ決めてはいませんが、一、二週間はいるつもりです」

浩志が入国したことは傭兵代理店の作った偽パスポートを使用しているため、政府にも知られているに違いない。偽とはいえ政府機関で作られているため、本物として機能する優れものだが、それだけに浩志の動きは筒抜けになっているはずだ。

ランカウイ島に潜伏している際も、一緒にいる美香を介して日本政府からの仕事の依頼は何度かあった。だが島を離れるつもりはなく、オファーはすべて断ってきた。

浩志の入国を受けて政府が動き出す可能性はある。池谷がコーディネートするなら、仕事次第《しだい》で引き受けてもいいと思っていたが、彼が引退してしまった以上それも難しくなった。もはや日本にいる意義はない。一、二週間もいれば充分だろう。

「それなら時間の許すかぎり、稽古をしていくといい」

明石家では先祖代々疋田新陰流が伝えられているが、裏庭の道場で一族の者以外に教えてはならないという家訓がある。だが、浩志は弟子として認められ、稽古を許されていた。

「ありがとうございます。まずは線香を上げさせてください」

挨拶《あいさつ》がてら稽古もできればと思っていたので、浩志は笑顔で頷いた。だが、その前にするべきことがあった。

五年前、明石の息子紀之《のりゆき》は、浩志と年格好が似ていたため、デルタフォースで最強、最悪と言われたチームに間違って殺されている。以前は月命日の八日に必ず紀之の仏前に線香を上げに来ていた。すでに八日は過ぎてしまったが、日本にいる限りお参りを欠かすことはできない。

「君も義理堅いね。紀之も喜ぶだろう」

妙仁はしんみりとした口調で言った。

仏壇は居間の隣にある明石の寝室にある。道場から母屋に移った浩志はさっそく仏壇の遺影に手を合わせた。

「柊真《しゅうま》君は元気にしていますか？」

浩志は明石の方に向き直って尋ねた。

紀之の次男である柊真は、四年前に高校を卒業した後フランスの外人部隊に入隊し、精鋭で知られる第二外人落下傘連隊に所属している。彼は妙仁を大切に思っており、定期的に絵はがきで近況を送って来るようだ。

「アフリカのマリにいる。ゲリラの掃討作戦に参加しているようだ。政治的なことは私にはよく分からないが、テロを一掃し、平和を取り戻すと張り切っているらしい。青臭い正義感で無茶をせんか、いささか心配ではある」

沈鬱《ちんうつ》な表情で妙仁は言った。

柊真は正義感が強く、それがゆえに様々なトラブルにも巻き込まれた。心配もかけられたが、妙仁はそれだけに目をかけてきたのだ。

「マリですか」

予想はしていたが、やはりと絶句した。浩志も外人部隊の同じ部隊出身だけにアフリカに限らず紛争が起きた場合、一番に投入されるのが外人部隊であることはよく知っていた。フランスは伝統的に自国民を危険にさらさないという国のため、最前線には外人部隊を派遣する。

柊真も四年目となれば、新兵ではなく部隊の中核として扱われる。最前線でなくとも前線のすぐ後方か、第二外人落下傘連隊という性格から特殊な作戦に従事させられる可能性もなくはない。彼が優秀なことを知っているだけに気がかりだ。

「柊真が選んだ道を今さら変えろとは言えない。また職業柄危ない真似はするなと言うのも馬鹿げている。だが、かわいい孫に何かあれば、死んだ息子の紀之に顔が立たない。君が傭兵という職業で、幾多の危機を乗り越えて生還してきたのには、必ず理由があるはずだ」

「理由?」

浩志は首を捻《ひね》った。

数多くの紛争地を巡り、死を覚悟したことは何度もある。銃弾が一センチずれていれば即死ということも多々あった。実際死にかけたことも一度や二度ではない。だが、死を免《まぬか》れることができたのは、ただの偶然だと思っている。

生き残れた理由をあえて挙げるのなら、臆病を否定するなということか。銃撃や空爆を恐れるのは当たり前だと理解することだ。自らの命を粗末に扱わずに闘ってこそ、戦場で冷静に行動ができる。だが、自分が勇敢《ゆうかん》だと勘違いする兵士は己の命の尊さも知らず、銃弾に身をさらし前線で一番先に死ぬ。

「もし、柊真に会うことがあれば、君の豊富な経験から何かアドバイスをしてもらえないだろうか」

「アドバイス……ですか」

「むろん、今すぐとは言わない。何かのついでに頼めないだろうか」

妙仁は深々と頭を下げた。

フランスのことだからマリの掃討作戦が長期化することはないだろう。日本人はフランスに対して憧れを持ち、国としてのイメージもよい。だが、現実的にはフランスという国はアフリカ諸国を武力で制圧して植民地化した第二次世界大戦前となんら変わらない。私利私欲で行動するため、作戦は短期間で終了するはずだ。

柊真が南フランスのガール県ニームにある第二外人歩兵連隊の駐屯地に帰ったら、一度会いに行くのもいいかもしれない。先輩面するつもりはないが、バーで一緒に酒を飲むだけで男同士分かり合えるだろう。

「分かりました」

浩志は大きく頷いた。

二

コインパーキングに戻って来ると、すでに日は暮れていた。

Ｇ３２０の運転席に座り、竜泉寺境内の木々が風に揺れるのをしばらく漫然と眺めていた。久しぶりに道場で妙仁の荒稽古を受けて疲れきっていたのだ。

数年前、浩志は傭兵を辞めるべきか迷っていた。闘うことの目的を失っていたこともあるが、何よりも傭兵としては年齢的に峠を越え、体力も限界に達し、戦場で受けた古傷で肉体的にもがたが来ていた。そんな時に妙仁と出会った。

彼はすでに六十代半ばであったが、体力は浩志を上回り、格闘技においても傭兵としてトップクラスの浩志を寄せ付けなかった。そこで妙仁に教えを請《こ》い、目黒の道場に通うようになった。

妙仁から古武道だけでなく体質の改善を図ることを教わり、長年の古傷の痛みからも解放された。

空腹を覚え、左手首のミリタリーウォッチをちらりと見た。午後六時四十分、昼飯は十二時過ぎに食べたが、猛稽古のせいで血糖値は下がりきっていた。

「行くか」

エンジンをかけ、コインパーキングを出た。狭い商店街を抜け、山手通りに左折する。中目黒《なかめぐろ》駅の手前で駒沢《こまざわ》通りに右折し、鎗ケ崎《やりがさき》交差点で旧山手通りに左折した。少しでも渋滞を避けようと思ったが、大して変わりはなかった。テールランプが幾重にも連なる道を進み、わずかな距離に時間をかけて国道246号に曲がった。左車線に車を寄せ、道なりに道玄坂《どうげんざか》に進み、坂の途中にある立体駐車場に車を入れた。

車を預けた浩志は、道玄坂を渋谷駅方向に下り細い路地を右に折れた。渋谷駅周辺は、東急《とうきゅう》グループの大開発プロジェクトにより、大変貌を遂《と》げている。東急東横《とうよこ》線の駅は地下に移り、渋谷ヒカリエという高層ビルが建った。また、渋谷駅も二〇二七年までに三棟の高層ビルに変身するらしい。だが、その影響で路地裏の昔ながらの店も軒並み姿を消しつつある。

路地に入って二十メートルほどの〝長崎飯店《ながさきはんてん》〟という中華レストランに入った。数年ぶりに来るが店内の様子は変わっていない。迷うことなく〝皿うどん〟を注文した。店は学生やサラリーマンで賑わっている。路地裏の店に足を運ぶのは、名物である〝皿うどん〟か〝長崎ちゃんぽん〟を目当てにした常連客ばかりである。大学時代に長崎出身の友人に連れられて来たのがはじまりで、店を知ってから三十年近く経つ。

待つこともなく出された〝皿うどん〟は、細い揚げたての麺《めん》に、魚介類や豚肉、かまぼこ、キャベツなどの様々な具材を絡ませたあんがかけられている。一口頬張り、具材が織りなす、香りと味を吟味《ぎんみ》した。

「うまい」

変わることがない味に舌鼓を打った。テーブルに用意されている酢とソースをかけ、練り辛子を添えてよくかき混ぜた。常連はみな自分好みの味を作り出して食べる。息継ぎすることも忘れ、浩志は大盛りの〝皿うどん〟を平らげた。

〝皿うどん〟だけで軽く腹ごしらえをして店を出た。道玄坂を渡り、派手な看板の雑居ビルの脇を通る裏道を抜け、東急百貨店の前に出た。百貨店に沿って進み、店の裏側に位置する東急文化村の前にある雑居ビルの地下に通じる階段を下りた。ミスティックと刻まれた金属プレートが貼られたドアがある。最後にここに来たのも三年前だ。

「いらっしゃいませ」

ドアを開けると、見知らぬ女が挨拶をしてきた。二十代前半か。時刻は午後七時十八分とまだ早い。この店が混む時間ではない。客はまだ誰もいなかった。

「藤堂さん！」

カウンターの奥に立っていた女が振り返ると、叫ぶように声を上げた。村西沙也加《むらにしさやか》、二十六歳。はじめてこの店に来た時は、二十歳の大学生だったが、卒業してからもＯＬをしながらバイトを続けていた。今では留守《るす》の美香に代わり、会社も辞めて店を切り盛りしているようだ。

浩志は右手を軽く上げて、真中のカウンター席に座った。

「お久しぶりです。ビールにしますか、それともいつものバーボン？」

沙也加はおしぼりを浩志に渡し、愛くるしい笑顔を見せた。若さを売り物にした看板娘だったが、胸の開いた黒のドレスを着てそれなりに落ち着いて見える。店内の調度品はほとんど変わらないが、照明が幾分明るくなったようだ。美香が長らく留守にしているために客層が変わったのかもしれない。

店には用事があって来たのだが、酒は飲むつもりだ。芝浦には帰らず、渋谷のビジネスホテルに泊まろうと思っている。

「いつもの、ダブル」

ターキーは十二年ものより、八年ものの荒削りなところが好きだ。だが、最近はラベルのデザインが刷新され、味も以前より滑《なめ》らかになっている。それが浩志には少々不満であった。だが、沙也加は店の奥から八年ものでも古いボトルを出してきた。

目の前で封が切られ、ストレートグラスになみなみと注がれる。琥珀《こはく》色のターキーに、浩志は口元を弛《ゆる》めた。

「ママが、藤堂さんは新しいターキーが絶対気に入らないだろうって、問屋さんから古いターキーを一ダースも買い占めて保管してあるんです」

「それは、知らなかった」

美香からは一言も聞いていない。浩志に対して恩着せがましいことは決してしない。彼女らしい気の使い方だ。しかも浩志の好みを知っている彼女しかできないことだ。

ターキーを一口含んで鼻に抜ける香りを楽しむと、残りを一気に流し込み、喉が焼ける痛みを楽しんだ。男が飲むバーボンはこうじゃなきゃだめだ。

「藤堂さん、ご紹介します。二年前からうちの看板娘になっている麻理《まり》ちゃんです」

沙也加は、空いたグラスにバーボンを注ぐと、入口近くのカウンターに立っている女を紹介した。美香が店にいる時は、沙也加が看板娘だったが、座を譲ったらしい。女はブルーのワンピースを着ているせいか、肌が抜けるように白く見える。美人だが、笑うと人の良さそうな顔になる。美香が選んだだけに人物もしっかりしているのだろう。

「はじめまして、青井《あおい》麻理です」

微妙に少し語尾上がりの発音をしている。東北の出身なのだろう。かえって初々しく感じる。

「ママが面接した中で一番優秀で、しかも秋田美人なの」

「かじょわり（恥ずかしい）」

沙也加の茶々に麻理が両手で顔を覆《おお》い、秋田弁で照れてみせた。

「ねっ、秋田美人でしょう」

沙也加が腹を抱えて笑い出した。麻理は訛《なま》りを出したことに気付いてないらしく、きょとんとしている。この店は美香がいなくてもうまく回るようになったようだ。

浩志はポケットから鍵を出すと、カウンターの上に置き、沙也加の前に出した。美香から預かってきたものだが、何の鍵かは聞いていない。

「ママからは聞いています……」

沙也加は戸惑《とまど》いの表情を見せた。

「この鍵がどうした？」

「実は銀行の貸金庫の鍵なんです」

沙也加は目に涙を溜めている。

「説明してくれ」

「貸金庫には、この店の権利書やママの実印や通帳が入っているそうです。旅行先で何かあったら藤堂さんに鍵を渡しておくから、よろしくって」

「何っ」

思わず舌打ちをした。一緒に暮らすようになり、互いに干渉しないようにしていた。二人とも個性が強いために無理なく生活するにはそれが快適だったからだ。

貸金庫の鍵を預けるようなら、ただの旅ではないはずだ。深夜タンジュンルーの桟橋で美香と別れたのが最後だ。以来彼女とは連絡を取っていない。二人ともランカウイ島で使っていた携帯は、マレーシア国内限定の機種だったため、旅行先で使う携帯の電話番号はまだ聞いていない。落ち着いたら、浩志のパソコンのメールに知らせることになっている。

「具体的にどこに行くのか聞いたか？」

「ごめんなさい。ママは、一方的に話して電話を切ってしまったの。でも、この鍵を見るまで、貸金庫の話は冗談かと思っていたんです」

駄目もとで聞いてみたが、美香が足取りを簡単に摑まれるようなことはしないはずだと納得した。

「彼女から連絡があったら、教えてくれ」

浩志は空港で借りたレンタル携帯の番号を沙也加に教えた。以前は高性能の携帯を傭兵代理店から無償で提供されていたので、今ではこんなことも不便に感じる。

「ママは、大丈夫ですよね」

沙也加が不安げな顔で言った。

「心配するな」

グラスのバーボンを一気に呷《あお》り、浩志は席を立った。

三

午後七時四十分、渋谷の夜ははじまったばかりだ。

バーボンを二杯だけ飲んだ浩志は、ミスティックを出た。美香がいない店で長居をしようとは思っていなかった。

「藤堂さん、ママをよろしくお願いします」

出入口まで見送りに出て来た沙也加が、頭を下げて見せた。

「ああ」

頷くと、彼女に背を向けた。

階段を上り、表の通りに出た。

「………」

背中に視線を感じ、舌打ちをした。

東急文化村の脇を通る一方通行の道を逆に歩いた。ゆっくりとした足取りで次の交差点を右に曲がり、すぐ先の十字路で左に入った。道はレンガのような敷石が敷き詰められ、入口には車止めが設置されている〝宇田川《うだがわ》遊歩道〟である。これで車に追われる心配はない。

三十メートルほど進むと、次の十字路に二人の男が姿を現した。背後にも二人尾《つ》けているのは分かっていたので、挟まれたようだ。昨日から尾けている連中だろう。姿を見せることはなかったが、そろそろ潮時ということか。こちらとしても、堪忍袋の緒が切れかかっていた。

正面の男たちは車止めの間に立った。これ以上先には行かせないということだ。二人とも身長一七〇数センチ、黒いコートにダークスーツを着ている。一人は四十歳前後、もう一人は三十歳前半。

「藤堂浩志だね。我々と一緒に来てもらおうか」

年配の男が口を開いた。横柄《おうへい》な言葉遣いは、公務員のようだ。だとすれば、無視する方がいい。

「どけ」

男の前に立つと、若い男が浩志のすぐ左に詰め寄った。

「君は、偽造パスポートを使って入国した。黙って我々に従いなさい」

日本政府から依頼された秘密作戦を遂行する上で、傭兵代理店からパスポートを受け取っている。偽造には違いないが正式に使える。浩志は数年前に海外で殺害されたことになっており、戸籍も抹消されていた。そういう意味では偽造でない。

「逮捕状を持っているのか。そもそも身分を名乗らず、一般市民に尋問《じんもん》ができると思っているのか?」

男の目を離さずに睨《にら》みつけた。

「なっ。公文書偽造だぞ」

男は口ごもった。

「おまえら、警察じゃないな」

鼻で笑った浩志は、男を脇に押しやり十字路に出た。警官なら警察手帳を見せて権力を振りかざし、屈服させようとするはずだ。

「おい!」

男が浩志の肩に手をかけてきた。すかさず浩志は男の手の甲を捻って投げた。今日は妙仁と古武道の稽古をしたばかりで、疲れているが体の動きはいい。男は面白いように宙を飛んで道に転がった。

「何をする!」

若い男が後ろから組み付いて来た。

男の右手を両手で握り、体を捻って腕を振りほどき、振り向き様に裏拳を相手の顔面に叩き込んだ。

「貴様!」

後ろに控えていた男たちが駆け寄って来た。

振り返って両手を下げ、自然体に構えた。

左側の男が腕を伸ばして来た。あくまでも拳ではなく捕縛するつもりのようだ。浩志は男の右腕を脇に挟んで体を回転させて投げ飛ばし、唖然としている残りの一人の鳩尾《みぞおち》に膝蹴りを入れて気絶させた。崩れる男のジャケットのポケットを探り、名刺入れを見つけると、男をそのまま路上に転がした。

「むっ！」

人気のない場所を選んだつもりだが、路地の向こうでカップルが呆然と立っていた。派手に動くには時間が早過ぎたようだ。一年間のブランクは大きい。体の切れは悪くないが、何かにつけ感覚が鈍《にぶ》っている。

カップルに見られないように顔を背け、ゆっくりともと来た道を戻り、次の十字路で左に曲がって井《い》の頭《かしら》通りに出た。尾行者はいない。代々木《よよぎ》方向に向かうタクシーを停めて乗り込んだ。

「どちらへ？」

バックミラー越しに運転手は尋ねてきた。

「東松原《ひがしまつばら》」

行き先を告げると、浩志は携帯で友恵と連絡を取った。彼女は下北沢にあった傭兵代理店へ歩いて通えるように、京王井の頭線の東松原駅の近くに住んでいると数年前に聞いたことがある。

「分かった。そこに行く」

友恵は自宅にいた。まだ、東松原に住んでいるようだ。

十数分後、待ち合わせに指定された東松原駅の近くにあるコーヒーショップの前で、浩志はタクシーを下りた。

「藤堂さん、こっち」

店に入ろうとすると、友恵が手を振りながら線路の向こうから小走りにやって来た。彼女も確か三十歳になっているはずだが、小柄で童顔、しかも一昨日会った時と同じ蛍光色のピンクのブルゾンにジーパンという格好をしている。どうみても社会人には見えない。

「すみません。込み入った話は店ではできませんので、散らかっていますが私の部屋に来てもらえませんか」

友恵は浩志の返事も待たずに歩き出した。

苦笑がてら浩志は彼女の後に付いて行った。

駅を通り越し、下北沢方面に向かって二分ほど歩き角を曲がったところで、友恵は三階建ての〝東松原コート〟というマンションに入って行った。安アパートにでも住んでいると思っていただけにいささか驚かされた。新築ではないが、入り口にはセキュリティーがあり、重量鉄骨のしっかりとした造りの建物だ。

階段を上がり、二階の奥の部屋に案内された。

玄関からリビングを抜け、六畳の部屋に通された。仕事部屋らしく、窓際のデスクにパソコンと三台のモニターが載っている。壁際にはコンピューター関係の本がぎっしりと詰まった本棚があり、オタクらしく、アニメのフィギュアが至る所に飾られていた。

「今、飲み物を出しますので、ソファーに座っていてください」

ブルゾンを脱いで、Tシャツ姿になった友恵は隣のダイニングに消えた。リビングは十畳ほどあり、ドアの数からして、2LDKで五、六十平米はありそうだ。

「ビールしかありませんが、ジュースよりはいいですよね」

友恵は缶ビールを差し出すと、パソコンデスク前の椅子に腰掛け、自分の缶ビールのプルトップを開けた。

「驚いた。いい部屋だな」

ゴアテックスのジャケットを脱ぎ、ソファーに腰掛けた浩志も缶ビールを開けた。

「安いから二年前に買っちゃいました。ここだけの話ですが、池谷さんが不動産屋さんを通さずに紹介してくれたんです」

あっけらかんと言った友恵は、屈託《くったく》なく笑った。美人だが、二人だけでいても異性を感じさせないのは、ある意味人徳なのかもしれない。

「先日お聞きしたプロのスナイパーの件でしたら、もう少しお時間をください。彼が拠点としていた場所の絞り込みができなくて、手こずっています」

友恵は頭を掻いてみせた。

「ビクトル・ムヒカのことじゃない。新たにこの会社を調べて欲しいんだ」

浩志は渋谷で襲って来た男の一人から抜き取った名刺を渡した。

「山岡雅俊《やまおかまさとし》、〝公益財団中東経済促進センター〟、住所は千代田《ちよだ》区平河《ひらかわ》町ですか」

名刺を見て友恵は首を捻った。

「住所と社名からして、ひょっとして、政府の外郭団体じゃないんですか」

「おそらくそうだろう。分かったら連絡をくれ」

「了解しました。ところで池谷さんはどうでしたか？」

友恵は途端に不安げな顔になった。

「完全に世間に背を向けている。世捨て人を楽しんでいるようだ」

「そうですか。私は池谷さんが不自由な生活をすれば、半年で飽きると思っていたんですが……。藤堂さんの力でなんとか傭兵代理店を再建できませんか。今の日本こそ、傭兵代理店と池谷さんの特務機関が必要なんです」

缶ビールをテーブルに置いた友恵は、訴えるような目で見つめてきた。

「今のままじゃ無理だろう。それに池谷は世間に一度名前を知られてしまっている。政府はともかく防衛省もあえて危険は冒さないはずだ」

場所を変えて代理店を復活させたところで、防衛省が池谷の特務機関をまた許可するとは思えない。

「やはり難しいですか」

友恵は肩を落とした。

「頼んだぞ」

浩志は彼女の肩を叩いて立ち上がった。

四

前日新宿三丁目にあるビジネスホテルに泊まった浩志は、タクシーで練馬に向かった。道玄坂の駐車場に停めたG320は、監視されている可能性があるためしばらく放っておくことにした。

首都高には乗らず目白《めじろ》通りから豊島園《としまえん》通りに入り、練馬春日《かすが》町の交差点で環八通りに右折したところで車を下りた。さりげなく尾行の有無を確認してから二百メートルほど歩き、畑の隣に〝モアマン〟という看板を掲げた事務所を通り過ぎて脇道に曲がった。事務所の裏には自動車修理工場である大きなプレハブがある。浩志は腰丈ほど上がっているシャッターを潜って中に入った。

「おはようございます」

ジープのボンネットを開けてエンジンルームを見ていた加藤が顔を上げた。他にも修理中らしきベンツのG320やクライスラーのジープ・ラングラーが置いてある。商売は繁盛しているようだ。

「辰也と宮坂はまだか？」

〝モアマン〟は、辰也が代表取締役社長を務め、宮坂と加藤の三人で立ち上げた自動車修理工場だが、今では中古車の販売まで手がけている。

世界屈指の傭兵チームと言われた浩志の率《ひき》いる〝リベンジャーズ〟の傭兵仲間は、誰しも食うに困らないよう職を持っていた。それは、目先の損得勘定に捕われずに浩志に付いて行くためであった。だが一昨年の暮れに宿敵であるブラックナイトの軍事部門、〝ヴォールク〟を壊滅させるという目的を果たしたことにより、解散している。

日本に傭兵代理店がなくなった関係で武器や備品の調達は国外の代理店で受けなければならず、チームが活動する上で様々な問題が予想される現状では再結成するにも、障害が多い。

「二人とも遅くまで仕事をしていましたから今日はゆっくりですが、十時過ぎには顔を出すはずです」

時計を見ると、午前九時四十分になっている。

「噂をすれば、ですよ」

シャッターを上げて辰也が入ってきた。

「藤堂さん、早いっすね」

「おはようございます」

辰也に続き宮坂も姿を見せた。

「さては、仕事帰りに二人で飲んだんですね」

二人続けて入って来たので、加藤がわざとらしくしかめっ面をしてみせた。

「疲れを今日に残さないようにガソリンを入れたんだ。ひょっとして、池谷さんのことで何か変わったことでもありましたか」

辰也は折り畳み椅子を出して勧めて来た。彼とは一昨日飲みながら話したばかりだ。日を置かずに顔を出したので、気になっているのだろう。

彼らは昨年の五月に傭兵代理店が攻撃された理由を調べるために米国で活動したが、それを最後に傭兵としての仕事はしていない。唯一活動しているのは、フィリピンのジャングルで反政府ゲリラと対峙する傭兵部隊に参加している〝クレイジーモンキー〟こと寺脇《てらわき》京介《きょうすけ》だけである。彼はこれまでもフィリピンの傭兵部隊に暇があれば参加していた。

「池谷とは当分会うつもりもない。実は、日本に来てから俺は監視されている。昨日、向こうが接触してきたので、それなりに対応してやったんだ」

「また、お手柔らかにお願いしますよ」

辰也が苦笑いをして言った。

「大したことはしていない。〝公益財団中東経済促進センター〟という名刺を持っていた。友恵に調べさせると、内調の国際部でも中東対策課の表向きの名称だと分かった」

昨夜、東松原駅の近くにある友恵のマンションを出たのは午後八時二十五分、ホテルにチェックインし、部屋に入ったのは八時五十分、ジャケットを脱いだところで、友恵から連絡が入った。わずか二十五分で、調査を頼んだ〝公益財団中東経済促進センター〟の正体が分かったというのだ。

政府のとある機関のサーバーに侵入し、調べるのに五分と掛からなかったらしい。たまたま浩志が携帯に出なかったので、時間を見計らって掛け直してきたようだ。

「内調の国際部！　まさか、内調の情報員に教育的指導をしたんじゃないでしょうね」

内調という単語に敏感に反応した辰也が目を細めて尋ねてきた。付き合いも長いので、浩志がどういう行動に出たか分かっているのだ。

ちなみに内調は総務部門、国内部門、国際部門の他に経済部門と内閣情報集約センター、内閣衛星情報センターの二つのセクターがある。

「病院に行くほどの怪我はしなかったはずだ。……たぶんな」

気にしてはいないが、改めて尋ねられると、確認していないので自信はない。最初に投げ飛ばした年配の男はあまり手加減をしなかった。それに受身がへたくそだったことも事実だ。

「やっちゃいましたか、やばいですよ。内調は内閣官房の組織、政府を敵に回したも同然です。それで、どうされるんですか？」

辰也らが困惑した表情になった。

「いや、おまえたちに日本の傭兵代理店から貰ったパスポートは使うなと言いに来ただけだ。パスポートから足が付いたらしい。俺は以前、ドイツの傭兵代理店で作ったパスポートで日本を出るつもりだ」

三人には出国前に頼み事があったのだが、彼らの仕事場を見て気が変わった。他にも仲間がいるが、瀬川や黒川らは大佐の警護に就《つ》かせている。また、ワットとペダノワの二人は、マレーシアで別れている。今は米国にいるはずだ。

「わざわざそんなことで来たんですか」

辰也は憮然《ぶぜん》とした表情になり、工場に隣接する事務所に行ったかと思ったら書類を手にすぐ戻って来た。

「これを見てください」

書類を手渡された。修理依頼書と書かれている。

「客から車を預かる際に書いてもらう書類です。突発的な事情により、納期が大幅に遅れることに同意した上でサインをしてもらうんです。俺たちはいつでも闘えるように、この会社を設立し、今でもそれは変わりません。繁盛しているからって、傭兵としての本職を忘れたことはありませんよ」

腕組みをした辰也は眉間《みけん》に皺《しわ》を寄せて不機嫌そうに言うと、宮坂と加藤の顔を順に見て互いに頷き合った。

「分かった」

彼らを軽んじているわけではない。彼らの実力を疑ったこともない。ただ、彼らをまた巻き込んでもいいものかと迷いがあったことは事実だ。

「そうこなくっちゃ」

辰也は無精髭《ぶしようひげ》に塗《まみ》れた顔を崩した。

五

江戸時代、大名屋敷、旗本屋敷があった千代田区平河町は、番町《ばん》、永田町《ながた》、紀尾井町《きおい》という一等地に接するお屋敷町跡である。また、国会議事堂に近いという地理的な条件から、一般の企業だけでなく政府の外郭団体が入居するオフィスビルや様々な団体の会館がある。

渋谷で浩志を取り囲んだ男たちの一人は、〝公益財団中東経済促進センター〟という名刺を持っていた。友恵の調べで、内調の国際部中東対策課が存在を隠蔽《いんぺい》するために名乗る組織名であることが判明し、さらに課長の下に係長と四人の情報員がいる。彼らの名前だけでなく経歴もすべて分かっていた。彼女にかかれば日本の脆弱《ぜいじゃく》なセキュリティーを破ることなど容易《たやす》いことなのだ。

三年前、日本に潜入し、様々な事件を起こした北朝鮮の工作員の捜索にリベンジャーズは協力した。その際、内調の国際部北朝鮮対策課の捜査官と浩志は行動をともにしている。彼らもやはり〝社団法人アジア情勢研究会〟と名乗り、千代田区平河町にある〝レジデンスビル〟に事務所を構えていた。だが、浩志の記憶では中東経済促進センターという財団はそのビルにはなかった。

同じ国際部でも元から他のビルにあったのかもしれないが、構成する人員の異動の履歴《りれき》を見る限り、今年になってから新たに新設されたようだ。それにしても、三年前の事件ではリベンジャーズは国家の危機を救っているだけに、別の課とはいえ、浩志に対して恩を仇《あだ》で返すような行為と言えた。

午後九時五十分、浩志はG320の運転席のシートにじっと座っていた。車は国立劇場の裏側、首都高速4号線の高架に沿った道に停めてある。道玄坂の駐車場に停めてあった車を加藤が引き取り、辰也と宮坂がスタッドレスタイヤに交換してくれた。天気予報では夜半には雨は雪に変わると言う。

耳にかけた小型のブルートゥースイヤホンが反応した。浩志はイヤホンの通話スイッチを押した。

——爆弾グマです。ビルから男が出てきました。トレーサーマンに確認させます。

雨が降っているため、傘が邪魔して確認し辛いのだろう。

辰也からの通信連絡だ。秋葉原《あきはばら》で急遽《きゅうきょ》ブルートゥース対応のハンディータイプの無線機を四台購入した。以前なら傭兵代理店で通信機器を含む備品や武器はすべて支給されたのだが、今回は自前で調達している。

辰也と宮坂と加藤らは、〝公益財団中東経済促進センター〟が入っている後藤《ごとう》ＳＫビルの手前に停められたクライスラーのジープ・コマンダーから監視している。

「リベンジャー、了解」

復讐者《ふくしゅうしゃ》を意味するリベンジャーをコードネームとして、浩志は再び使っている。長年使い慣れていることもあるが、傭兵とは弱き者、謂《いわ》れなき死を迎えた者になりかわって復讐する兵士だと思っているからだ。

——こちらトレーサーマン。確認しました。山岡雅俊です。リベンジャーの方へ向かっています。

加藤は浩志が名刺入れを抜き取った山岡を確認した。むろん初対面だが、友恵は身分証明書の写真のデータも抜かりなくダウンロードしていたのだ。

「了解、針の穴とトレーサーマンはバックアップに付け」

浩志はバックミラーを見た。四十メートル後方の歩道を山岡が歩いて来る。Ｇ３２０を後藤ＳＫビルから百メートル離れた地下鉄永田町駅寄りに停めたのは正解だった。

傘もささずに車から下りて道を渡り、ビルの陰に隠れた。雨は雪混じりのみぞれに変わっている。

山岡が目の前を通り過ぎた。浩志はすかさず寄り添うように歩き出した。

「騒ぐな。死にたくなかったら、言う通りにしろ」

ポケットから出した携帯を山岡の背中に突き当て、押し殺した声で命じた。

「わっ、分かった」

山岡は立ち止まった。後ろ手に手錠をかけ、傘を取り上げた。

「あの車に乗るんだ」

携帯の角で山岡を押しながら、左右を見て道を渡った。通行人はサラリーマン風の男が二人、二十メートル右前方にいる。左側の通行人は百メートル近く離れている。みぞれが降る中、寒さに震えながら歩く通行人が他人に構う余裕はないだろう。

Ｇ３２０の助手席のドアを開けて山岡を押し込むとドアを閉めて鍵をかけ、運転席に乗り込んだ。

――気が付いた者はいません。ごゆっくり。

加藤からの連絡だ。バックアップに付けた二人が異変に気が付けば知らせることになっている。

「こんなことをして、ただで済むと思っているのか？」

山岡は浩志からできるだけ離れようと、ドアに背中を付けている。

「逃げようと思うな。内調の情報員が世間から消えたところで、ニュースにもならない」

醒《さ》めた目付きで浩志は言った。

「なっ！」

ぴくりと体を震わせ、山岡は動きを止めた。

「外務省で六年間勤務し、先月末内調の国際部中東対策課に出向してきたことは分かっている。大学を卒業するまで空手をやっていたそうだな。おまえのことは何でも知っている」

浩志は冷淡な笑いを浮かべながら言った。友恵は内調に勤務する全職員の個人情報までダウンロードしていた。

「どっ、どこで」

山岡の目が泳いでいる。

「そもそもおまえは俺のことをどこまで知っているんだ。おまえが杉並《すぎなみ》に自宅があることは分かっている。意味は分かるな。嘘はつくなよ」

「……あっ、あんたが元傭兵だと聞いた。だが、詳しいことは聞いていない。本当だ。家族に手を出すな、頼む」

山岡の声は震えていた。彼に妻子がいることまで分かっている。何もするつもりはないが、家族の情報が漏れた時点で人質に取ったも同じである。

「木下堅二《きのしたけんじ》は、どこにいる？」

「貴様のせいで入院された」

昨日最初に浩志が投げ飛ばした年配の男だ。中東対策課の係長である。警察庁出身で、内調に二月に出向してきた。刑事のような口調は元の職場で身につけたようだ。総勢二百人弱の内調の職員で、プロパーと呼ばれる生え抜きの職員は四十パーセント、残りの六十パーセントは警察庁、公安調査庁、防衛省、外務省など、省庁からのエキスパートの出向者で占められる。

内調は情報の伝達を優先するため、長である内閣情報官の下に内閣審議官を置き、その下の管理職から調査官、分析官に至るまで横並びの組織にしている。中東対策課が課係制ということは事務方でなく、実動部隊の捜査官、あるいは情報員ということに違いない。

「自業自得だ。病院は？」

都内の自宅はすでに調べたが、誰もいなかった。

白状した後で山岡は激しく首を振った。

「赤坂《あかさか》中央病院だ。くそっ！」

「時間が経てば、不幸を招くだけだぞ」

山岡は浩志の視線を外して俯《うつむ》いた。

「……」


午後十時二十分、地下鉄赤坂見附《みつけ》駅にほど近い場所にある赤坂中央病院の駐車場に浩志はいた。見張っていた平河町の後藤ＳＫビルから一・二キロほどの距離だ。内調の山岡雅俊は手足を縛って猿ぐつわをし、後部の荷台に転がしてある。

職員専用口のドアの鍵が開き、警備員の格好をした加藤が出て来た。

「セキュリティーは解除しました。木下は三〇九号室の個室です。脳震盪《のうしんとう》を起こし、肋骨《ろっこつ》も骨折したようです」

さすがに追跡と潜入のプロだけに短時間でカルテまで見て来たようだ。

「見舞いに行くか」

「これを」

加藤から小脇に挟んでいた白衣を渡された。

「案内してくれ」

ゴアテックスを脱いで白衣を着た浩志は、職員通用口から潜入し、非常階段を使って三階の三〇九号室に入った。派手なイビキが聞こえる。

木下の口を手で塞《ふさ》ぎ、ベッドの上のライトを点《つ》けた。驚いて目を覚ました木下は、浩志だと分かった途端、両眼を見開いた。

「声を出さなければ、手を離してやる。生きたまま退院したかったら、質問に答えろ」

木下が頷いてみせたので、手を離した。

「内調が俺に何の用だ」

「なっ！」

傭兵だと見くびっていたのだろう。木下の右頬が痙攣《けいれん》した。

「内調の百九十六人、全職員の名簿と履歴を手に入れた。おまえが警察庁からの出向者だということも、四人家族で文京《ぶんきよう》区に住んでいることも分かっている。さっさと、答えろ」

「……分かった。私は国際部の主幹から君を連れて来るように命じられた。ただそれだけだ。だが、私は職業柄、警察庁のサーバーから君の履歴を調べた。限られた人間にしかアクセスできないトップシークレットの情報だ。君の前歴が傭兵であり、それに偽造パスポートで入出国を繰り返していることを知った。犯罪者を協力させるには、犯罪に目をつぶることだと分かっている。我々に協力すれば、偽造パスポートのことは問わない」

警察庁のサーバーには浩志とリベンジャーズの作戦内容と成果までは載せられてなかっ

たようだ。そのため木下は浩志を単純に犯罪者と勘違いしたわけだ。内調の職員に逮捕権などない。また、職業柄身分を明かすことなどできないため、木下はあえて高圧的な態度で浩志を従わせようとしたのだろう。

「俺に用があるのは、柏原《かしわばら》か」

柏原は国際部の長で、各部門のトップは慣例的に主幹と呼ばれる。彼は浩志が以前国際部の北朝鮮対策課と関わったときにはまだ外務省にいた。事件はトップシークレットになっているために傭兵チームに関する引き継ぎはなされなかったようだ。

「藤堂、取引しよう。内調職員のデータを返せ、おまえの犯罪的行為はなかったことにしてやる」

どこまでも浩志を犯罪者として扱うつもりらしい。

「くだらん」

木下の顔を枕で覆って口を塞ぎ、骨折している脇腹を拳で叩いて気絶させると、浩志は病室を後にした。

六

南北を新宿通りと靖国《やすくに》通りに挟まれ、東西を中央線と内堀通りに囲まれた番町は、江戸時代に将軍を警護する大番組があったことにその名は由来する。

四ツ谷《よや》駅にほど近い二番町にパレスインガーデンという高級マンションがあった。築年数は二十年以上経つが、城という名に相応《ふさわ》しい重量鉄骨の耐震構造を持ち、内装も大理石を敷き詰めた重厚な八階建ての住宅である。このマンションの六〇九号室に内調の国際部主幹である柏原祐介《ゆうすけ》が、妻と二人で住んでいた。

午後十一時四分、日付が変わる前にみぞれは雪になり、辺りを白く染めはじめている。浩志は六番町と二番町の境目にある交差点の近くにG320を停めた。ほとんどの車はまだ雪対策をしておらず、通行量も気にするほどでもない。タイヤをスタッドレスに換えたのは正解だ。

ポケットに手を突っ込み、道を渡って二番町に入った。

――こちら爆弾グマ。ターゲットのマンションに警護らしき人影があります。確認できる範囲で、正面玄関に二名、駐車場の入口にも二名。私服のため、警備員ではありません。

パレスインガーデンには斥候《せっこう》として辰也らを先に行かせていた。加藤に潜入させ、セキュリティーを解除するはずだった。

「リベンジャーだ。警戒態勢を敷いているんだろう。木下は、俺が理由もなく一方的に暴力を振るったとでも報告したに違いない。距離を取って待機」

相手が弱過ぎたため、結果的には一方的な暴力になってしまったことは事実である。

――どうされるんですか？　内部にも隠れている可能性がありますよ。一人でいかれるんですか。

辰也は一年のブランクがある浩志を気遣っているのだろう。

「やつらは警察や公安には応援を求めないはずだ」

警察や公安からの出向者は多いが、内調は内閣官房直下の組織のため、応援に外部の組織は使わないはずだ。また、逮捕権もない彼らは拳銃を携帯しない。

――確かに銃の心配はないかもしれませんが、同じミスをするとは思えません。内調は警視庁や自衛隊からの出向者も多いんです。俺たちにも手伝わせてください。

「これぐらいのことは、俺だけで充分だ。むしろ、一人で解決できなければ、この先チームを復活させても俺自身戦力にならない」

内調は浩志が一人で動いていると思っているはずだ。辰也らの存在を知られるのは得策とは言えなかった。傭兵代理店が機能していない今の日本では、浩志ら傭兵の身分は保証されていない。下手をすれば犯罪者として扱われることはすでに分かっている。直接動くのは必要最低限にするべきなのだ。

――しかし……。

「三十秒後に、ジャミングを開始。三分後に解除」

まだ不服そうな辰也の言葉を遮《さえぎ》った。妨害電波を出し、敵の通信を攪乱《かくらん》するのは三分で充分だ。それ以上対処に時間が掛かるのなら、退却するべきだろう。

――了解しました。俺たちが必要な時は必ず連絡してください。

「分かった」

浩志はうっすらと積もった路上の雪をジャングルブーツで踏みしめながら歩き、パレスインガーデンのエントランスの前に立った。

さっそく二人の男が出てきた。年齢は三十歳前後か、二人とも一八〇センチほどあり、体つきもいい。

「藤堂浩志か？」

左側に立っている男が、探るような目付きで尋ねてきた。

「柏原に話があると伝えろ」

ポケットに手を入れたまま言った。

「むろん報告する。少し時間をくれ」

男はエントランスのガラスドアを開けて中に入り、無線機で連絡を取りはじめた。右側にいる男は、不動の姿勢で立っている。自然体で構えているのだ。昨日接触してきた四人組と違い、かなり戦闘力が高いと見ていい。

「……？」

背後の左右違う方角から人の気配が近付いて来る。駐車場で見張っていた男たちが回り込んで来たようだ。前に立っている男は浩志を見据えたまま表情を変えない。

「おまえも国際部の人間か？」

浩志は前の男に話しかけ、何も気付いていない振りをしてポケットからゆっくりと両手を出した。

「手を上げろ！」

忍び寄って来た男が、背中に硬い物を突きつけて来た。右後ろの男だ。感触から銃口に間違いはなさそうだ。

「ここは米国じゃない。無抵抗の市民に銃を出すのか？」

浩志は両手を下げたまま肩を竦めた。

「おまえは同僚を病院送りにした。しかも一般市民じゃない。理由はそれで充分だ。背中の9ミリ拳銃は安全装置を外してある。大人しく従うんだ」

男はドスの利いた声で言った。

「年代物なら、ガバメントかベレッタ92の方が俺の好みだ」

浩志は息を漏らすように笑った。

9ミリ拳銃は、ドイツ製のシグザウエルP220を日本でライセンス生産されたもので自衛隊に支給されている。通常内調では武器の携帯は許されない。拳銃を持ち出してまで警備に就いているとは正直思っていなかった。だが、それだけに浩志を危険人物と認識したのだろう。

無線で連絡をしていた男が戻って来ると、浩志の背後の二人に頷いてみせた。あらかじめ動きは決められていたようだ。

「主幹は会われると言っている。手錠《てじょう》をかけた状態で来てもらう。両手を上げろ」

男の態度からして四人のリーダーらしい。

「会いに来てやったんだ。礼儀をわきまえろ」

銃を無視し、背後の男たちの位置を探った。

「時と場合による」

前の男がそう言うと、背中に当てられた銃口が強く押し当てられ、左後ろの男は手錠を出したらしく、金属音を立てながら近付いて来た。

「仕様がない」

ゆっくりと右手を上げはじめると、銃口がわずかに緩んだ。瞬間、体を左に回転させ、銃を左腕で払い除けると、右手刀を相手の首筋に叩き込み、同時に手錠を持っていた男の鳩尾を側足蹴りで蹴り抜き、二人を気絶させた。

「むっ！」

体を捻ると、頭のすぐ傍で空を斬る音がした。右前方の男がいつの間にか特殊警棒を握り締めている。男は警棒を振り上げた。浩志は咄嗟《とっさ》に飛び出して男の右手首を摑んで相手の脇の下を潜り、腕を捻って投げ飛ばすと警棒を奪った。肩を外されて後頭部から落下した男は口から泡を吹いて昏倒《こんとう》した。

「くそっ！」

無線機の男が、特殊警棒を振り回して来た。紙一重《かみひとえ》で避けた浩志は、奪った警棒で男の手首を打ち据え、逆手に持った警棒で首を引っかけて引き寄せると、膝蹴りを鳩尾に喰らわせた。手加減はしたが、手首の骨にヒビぐらい入っているだろう。

「甘いな」

落ちている９ミリ拳銃を拾い、マガジンを抜いて弾丸を確認し、再び装塡《そうてん》してシリンダーを引いた。弾丸は排出されなかった。安全装置は解除されていたが、初弾は装塡されていなかったのだ。忘れたわけでもないだろう。基本中の基本とはいえ、実戦経験がないために初弾を込める癖《くせ》もないに違いない。

「案内しろ」

浩志は手首を押さえて踞《うずくま》っている男のこめかみに銃口を当てた。

新傭兵代理店

一

　横殴りの雪がベンツG320のフロントガラスにへばりつき、ワイパーがそれをこそぎ落とす。冬らしいといえば、それまでだが、今年の冬は各地に異常な豪雪をもたらしている。

　真夜中の東名高速道路を浩志は走っていた。百メートル後方に辰也と宮坂と加藤の三人が乗ったジープ・コマンダーが付いて来る。二台ともスタッドレスタイヤを履き、悪路を物ともせずに進んでいた。助手席にはタオルで目隠しをした内調国際部主幹柏原祐介が座っている。荷台に乗せていた山岡雅俊は足手まといになるので、柏原のマンションで気絶している男たちの許に置いて来た。

　二番町の高級マンションに正面から堂々と潜入した浩志は、警護に就いていた四人の内調の職員を倒し、銃で脅して柏原の許まで案内させた。彼らを荒々しく撃退し、圧倒的な力の差を見せつけたのは、脅しの効果を上げるためでもある。

柏原もまさか部下が脅されているとは想像もつかなかったらしく、部屋のドアを衒《てら》いもなく開けた。彼らに共通しているのは、危険に対する認識の甘さである。想定外の事象にはまったく対処できないのだ。これは彼らに限ったことではない。二〇一一年東日本大震災における福島第一原発事故を例に挙げるまでもなく、お役所仕事に慣れきった日本人はリスクマネジメント能力に欠ける。彼らはいずれも目先のコストや利益だけで危険を序列化させ、〝想定〟という範囲を低く設定しているに過ぎない。危険に想定外というものは本来ないのだ。

パジャマ姿の柏原を玄関から引きずり出し、案内させた男の後頭部を殴って廊下に転がしておいた。すでに犯罪者扱いされているので、内閣官房の組織が相手だろうと手加減するつもりはない。事態を早急に解決するために、浩志はスピードを優先させた。下手に長引かせれば、内調は手に余るとして、公安に応援を頼む可能性も考えられたからだ。

「私をどこに連れて行くつもりだ」

拉致《らち》してから三十分ほど沈黙を保っていた柏原が口を開いた。

「おまえ次第だ」

「身代金か、死を選べということか？」

意外に落ち着いた声で尋ねてきた。沈黙を破ったのは、それなりに覚悟を決めたからだろう。身長は一七〇センチほどだが、がっちりとした体格をしている。外務省出身で外交官として欧米だけでなく、中東の大使館勤務も歴任した事情通らしい。

「俺が金目当てで動いていると思うのか？」

「金で動くから傭兵じゃないのか」

質問を質問で返された。柏原は自分に非がないと思っているようだ。

「木下は俺を犯罪者として接触し、拘束《こうそく》しようとした。俺は戦場だけでなく、裏社会でも闘って来た。拘束されたら、闇に葬《ほうむ》られる。それが常識だ。まして国家権力ならなおさら、国民の知らないところで処理をするのが鉄則だろう」

「馬鹿な、ここは日本だぞ。北朝鮮や中国のような共産国家じゃない。それに木下が君を犯罪者扱いしたなんて報告も受けていない」

「警察庁のサーバーで不正確な俺の情報を手に入れたようだ。パスポートが偽造だとし、罪を許すから従えと言うのは、恫喝《どうかつ》だろう」

「なっ！　……それが本当なら申し訳ない。私は君に協力を請うつもりで接触するように命じただけだ」

警察庁と指摘されて思い当たる節があったようだ。

「部下を見る目がないということだ」

木下は傭兵と聞いた時点で、浩志の人物を疑ったのだろう。そのため、警察庁のサーバーにアクセスして調べたようだが、情報は見る者によって捉《とら》え方も変わる。

「そもそも俺のことをどこで知った？」

柏原に用件を聞く前に確かめることがあった。浩志の存在はトップシークレットになっており、政府でも限られた人間しか知らないはずだ。

「ここ数年の間に日本が何度か海外のテロ組織により、重大な危機に陥《おちい》ったことは政府関係者の間では知られていた。その度に自衛隊の特殊作戦群か、警視庁の特殊部隊が対処したものと、私は思っていた。だが、最近になってそのいくつかは、傭兵代理店を通じ、特殊な傭兵チームによって解決を図って来たことを私は知ったのだ」

柏原の言う傭兵チームとは、もちろん浩志率いる〝リベンジャーズ〟のことである。浩志は話の先を促すべく黙って聞いた。

「昨年、下北沢にある質屋が爆破炎上するという事件でマスコミが騒ぎ、それを政府が密《ひそ》かにマスコミ各社に情報の拡散化をしないように通達を出した。内閣官房でもセキュリティーレベルが高い私は、事件の真相を知る機会に恵まれた。質屋は表の顔で、裏では傭兵代理店を営業していたことを知ったのだ。被害に遭った池谷氏は防衛庁出身らしいから、防衛省も関わっていたと私は睨んでいる」

予想していた通りの答えが返って来た。池谷は特務機関の存在がばれるのを恐れて引退したのだが、爆破事件がきっかけで政府内部では本来関係のない部署にまで存在があらわになったようだ。しかも柏原は浩志が以前内調の国際部と一緒に仕事をしたことも知らないらしい。やはり、トップシークレットとして、情報の引き継ぎはなされなかったに違いない。

「私は米国の特殊部隊なみのチームを防衛省も通さずに雇えると知って、本当に驚いた。正直言って小躍りしたくらいだ。だが、皮肉なことに傭兵代理店が、あの事件で潰れてしまい、池谷氏も行方不明になった。だから、直接依頼することにしたのだ。結果はどうあれ、君に会うことができた。これまでの非礼をお詫《わ》びしたい。まずは話を聞いてもらえないだろうか」

柏原は頭を下げてきた。

「クライアントから直接仕事は引き受けない。トラブルの因《もと》だ」

話しながら浩志は厚木インターチェンジで下りて、小田原厚木道路に乗り換えた。

「確かに仕事を依頼するには国家機密を話すことになる。では、海外にある傭兵代理店に連絡しろというのか。私でも経験がない。第一、情報漏れがないか心配だ。いや、政府の仕事を海外の代理店に出すことは難しい。室長が許さないだろう」

腕を組んで柏原は、大きな溜息をついた。

「海外の代理店以外にも、第三者を通じて俺に依頼する方法がある」

「第三者?」

柏原は首を傾げた。

「黙って乗っていろ」

浩志は口元を緩めた。

二

小田原厚木道路から国道135号を走り、雪を被った椰子《やし》の街路樹を横目に熱海の温泉街を抜ける。しばらく走り、トンネル前の分岐を左折して崖の上に向かった。

ヘッドライトに照らし出された街灯もない道を進み、もはや道路と区別がつかなくなった雪に埋もれた空き地に車を停めた。

車から下りると、寒風とともに雪が顔に殴りつけて来る。ゴアテックスのジャケットの襟を立てた。まるでデジャブーを見ているように三日前と同じ行動をしている。

「下りろ」

助手席のドアを開け、柏原の頭に巻いてあったタオルを剝ぎ取った。

「寒い!」

柏原は両腕を体に巻き付けた。さすがにパジャマと裸足では無理だと思い、マンションの一階のエントランスで気絶している部下のコートを着せ、スリッパも靴に履き替えさせたが、足しにはならないだろう。

空き地の端にある石段を下りて、東屋風の建物の玄関前に立った。

「今開けますので、お待ちください」

引き戸を叩こうとすると、車の音を聞きつけたのか中から池谷の声がした。思わず腕時計を見た。午前一時を回っている。

鍵が何重にも掛けられているらしく、がちゃがちゃと音を立て引き戸が開けられた。昼間来た時は不用心だと思っていたが、夜はさすがに厳重に施錠するらしい。

「どうなさいました。寒いですからお入りください」

作務衣姿の池谷が寝ぼけ眼で手招きをしている。

「客を連れて来た」

柏原の腕を摑んで、先に家の中に押し込んだ。

「どっ、どちら様で？」

眠気が醒めたらしく、両目を見開いた池谷は声を上げた。

「紹介は後だ」

引き戸を閉めた浩志は、あがり框《かまち》に座りジャングルブーツを脱いだ。

「少々お待ちを、熱いお茶を入れましょう」

池谷はサンダルを脱いで部屋に上がり、裸電球を点けた。三日前と同じで何もない空間がそこにあった。しかも今しがた起きて来たはずなのに布団もない。片付けたとしたら、浩志が車を空き地に停めた時にすでに起きていたことになる。

「うん？」

三和土の左側は二畳ほどの板の間の台所になっている。床に一センチほどの隙間があることに気が付いた。

池谷は下北沢にあった丸池屋に秘密の地下室を持っていたことを思い出した。人一倍用心深い男が、何のセキュリティーもなしに生活するのを怪しんでいたが、一見平屋と見せかけ、寝室は地下にあるようだ。おそらく空き地や途中の石段にも赤外線センサーや監視カメラが付けられているに違いない。

〈そういうことか〉

納得した浩志は、部屋に上がって囲炉裏端に座り、灰を被っている炭の位置を変えて火を熾《おこ》した。

「あの方は、どなたですか？」

浩志の左隣に座った柏原は、囲炉裏に手をかざしながら小声で尋ねてきた。

「池谷悟郎だ」

「えっ！」

柏原は右手で口を押さえ、ゆっくりと頷いてみせた。

「お待たせしました」

お茶を入れた湯のみを浩志と柏原に配ると、池谷は柏原の向かいに座り、湯のみを載せたお盆を傍らに置いた。

柏原に自己紹介するように、浩志は顎《あご》を少し上げて促した。

「はじめまして、内調国際部の柏原祐介です」

「内調！」

池谷はのけぞって後ろに手を突いた。

「池谷さんには一度お会いしたいと思っていました。深夜、こんな格好ですみません」

柏原はちらりと浩志を見て、頭を下げた。

「あなたは確か国際部の主幹ですよね」

「私のことをご存知なのですか」

今度は柏原が体を反《そ》らせた。内調は情報機関だけに人事は外部の者は知らないはずだからだ。

「蛇《じゃ》の道は蛇《へび》。私も情報畑の人間でしたから。内調の幹部の方の経歴や人となりは存じ上げています。それにしてもいったい、どういうことですか？」

助けを求めるように池谷は浩志を見た。

「国際部であんたを探していたそうだ」

浩志は涼しい顔で言った。

「と、おっしゃられても……。まさか……藤堂さんが突然訪ねられたのでは？　とりあえず、ご連絡される所があったら、お電話してください」

困惑の表情を見せた池谷は、柏原の格好からある程度状況を掴んだようだ。柏原が意味ありげに頷くと、池谷は懐から携帯電話を出して渡した。持っていないと言っていたが、やはり使っていた。

「助かります。部下が先走って、公安に応援を頼むようなことがあれば、お互いトップシークレットでなくなってしまいますので」

柏原はその場で部下に騒がないようにと命じて電話を切った。

浩志は囲炉裏から離れ、海側の障子を開けて雪が舞う外の景色を見た。

「それではご用件をお伺いしましょう。ただし、私が一般人であることをお忘れなく」

池谷はお茶を一口啜《すす》ると、傍らに湯のみを置いた。もっとも、柏原が身分を名乗った時点で国家機密に触れていることになる。

「先月、発生した〝アルジェリア人質拘束事件〟を受けて国際部では急遽《きゆうきよ》、中近東対策課を発足させました。事件の真相を調べ、今後の対テロ活動に役立てるためです」

「なるほど、あの事件の調査は、内調が仕切られるのが一番いいでしょう。警察では荷が重過ぎる。とはいえ、防衛省では表立って情報本部を動かすこともできないでしょう」

テレビもパソコンもないと聞いたが、かなり詳しく事情を知っているようだ。池谷は地下室にそれなりの設備を整えているのだろう。

「ところが、アルジェリア政府に働きをかけてもおざなりな情報を寄越すだけで、事件の真相が摑めません」

首を横に振った柏原は溜息をついた。

「あの国に私は何度も訪れたことがありますが、フランスからの独立を自らの手で勝ち取ったことから自立心が強く、他国からの干渉を非常に嫌いますからね」

池谷は遠い目をして言った。

「そのようです。そこで、旧宗主国であるフランスが幹事になり、各国から警察官を派遣するという案を出したところ、アルジェリア政府は渋々各一名なら許すと答えが返ってきました」

「警官一人ぐらいならと、アルジェリア政府も妥協《だきよう》したのでしょう。とはいえ、言葉通り警官を派遣した国はなかったんじゃないですか。それにしても、各国の代表がアルジェリアに入ったことは知りませんでしたが」

池谷は湯のみを取って、お茶を啜った。

「さすがです。……日本からは発足させたばかりの中近東対策課から、片倉啓吾という特別捜査官を警視庁鑑識課課長という肩書きで参加させました。米国は間違いなくCIA、他国もおそらく情報員を派遣したんでしょう。どの国も公式に発表しなかったのはそのためです」

柏原は一瞬目を見開いたが、池谷に慣れて来たのか、手元の湯のみを取った。

「なるほど」

相槌を打った池谷は馬のように長い顔を縦に何度も振った。

「今月の九日に各国の代表は隣国モロッコの首都ラバトに集合し、翌日アルジェリアに入国し、二日掛けて事件現場であるイナメナスのプラントに到着しました。一行は丸一日現場検証に費《つい》やし、翌日の十二日、首都アルジェに向けて出発しましたが、突如《とつじょ》として行方不明になりました。アルジェリア政府は軍を出動させて、捜索していますが、一週間経っても消息は知れず片倉からの連絡もありません」

十二日というのは、大佐の葬儀があった翌日である。

「そう言えば、片倉啓吾という名をどこかで聞いた気がします」

首を左右に傾げて池谷は言った。

「彼は語学が堪能で英語、フランス語、中国語、スペイン語、アラビア語の他にも数カ国語を使いこなします。そのため、大使館員の情報官としてここ数年海外で働いていましたが、アルジェリアの事件で中近東対策課発足を機に内調に出向してきました」

「思い出しました。外務省でも腕利きの分析官として若手のエースだと聞いたことがある。だが、なんでそんなエリートをアルジェリアのような危険な国に行かせたのですか」

池谷は顔を突き出した後、頭を傾げた。

「彼はお役所仕事が嫌いで、自ら海外の現場の仕事を望んでいました。米国のＣＩＡのような仕事になぜか憧れていたようですね。私から言わせてもらえれば、ハリウッド映画の見過ぎですね。しかしエリートだけに彼の希望を叶《かな》えないわけにはいかないんですよ」

「辞められても困りますからね」

池谷は相槌を打った。

「本題に入ります。片倉を探し出し、日本に連れ戻して欲しいのです」

柏原は両手を突いて頭を下げた。

「ちょっと待ってください。私は、今は一般人です。そう言われても困ります」

「池谷さんを通じて、なんとか藤堂さんにお願いできませんでしょうか」

「と言われても……」

二人の視線を背中に感じた。

「くだらん。今まで民間人が誘拐されて政府がまともに動いたことがあるか？」

浩志は振り返り、吐き捨てるように言った。

「そっ、それは……」

柏原は口ごもった。

民間人の誘拐事件で身代金の交渉程度はしてきたかもしれないが、基本的に自己責任だと放置するケースがほとんどだ。海外で情報員が捕われたからといって傭兵を雇ってまで救出するというのなら、政府の身勝手以外何ものでもない。

「米国人も行方不明なら、今頃ＣＩＡが動いている。場所が特定されたら、デルタフォースかネイビーシールズが作戦を実行するはずだ。俺たちが、命をかけるまでもない」

国家公務員が拉致されたのなら、国で対処すべきだろう。しかも、傭兵代理店がない現状では、海外ですべての装備を整えねばならない。あまりにもリスクが大きい。

「オバマ大統領はフランス軍のマリ北部掃討作戦に参加しないと決定しました。そのため今、あの地域で米軍が軍事活動をすれば、掃討作戦に引きずり込まれてしまいます。だから米国は動きが取れないのです。それに自衛隊の特殊部隊が国外で活動できないのはご存知ですよね」

柏原はなおも食い下がって来た。

「話は聞かなかった」

浩志は部屋を横切り、あがり框に座ってジャングルブーツに足を通した。

三

午前一時四十分、海風に乗った雪が渦《うず》を巻いて夜空に舞っていた。だが、まるで無声映画を見ているように辺りは深閑《しんかん》としている。

池谷の家を出た浩志は、ゴアテックスのファスナーを閉めながら空き地に向かって歩き出した。玄関の飛び石は雪に覆われ、わずかな盛り上がりとなって石段まで続いている。

「お待ちください」

引き戸を開けて飛び出して来た柏原が、駆け寄って来た。

「しつこいぞ」

袖にしがみついて来た柏原を浩志は、腕を返して振り払った。

「行方不明となった片倉は、事件の真相を手に入れたらしいのです」

柏原はよろけながらも必死に言った。

「それがどうした」

「日本の安全保障にも関わることと、彼は現地から連絡を寄越しました。我々としては何としても彼を救出し、詳しい情報を手に入れたい。頼みます。力を貸してください」

柏原は足を滑らせて転んだが、そのまま浩志の足下で土下座して見せた。

「柏原さん!」

遅れて出てきた池谷が慌てて柏原を起こそうと手を取った。

「藤堂さん、私からもお願いします。今一度、家にお入りください。私からも傭兵代理店について説明しなければならないことがあります」

池谷も深々と頭を下げて来た。

溜息をついた浩志は、渋々家に戻った。

「柏原さん、あなたは私の知りうる限りでは信頼できる人物だと思っています。しかし、改めて国家に忠誠を誓《ちか》い、ここで見聞きしたことを他言しないとお約束していただけますか?」

最後に入って来た池谷は、玄関の引き戸を閉めながら柏原の顔をまじまじと見つめて言った。

「むろんです。私は日本に忠誠を誓ったからこそ、今の職に就いています。国に害を及ぼすことでなければ、この命に代えても秘密は守ります」

解けた雪が頭から流れるのを柏原は拭《ぬぐ》おうともせずに答えた。

「いいでしょう。お二人とも私の居室にご案内します」

浩志と柏原の顔を交互に見た池谷は、あがり框の板の下を両手で掴んで持ち上げた。すると、台所の板の間があがり框ごと一・五メートルほど持ち上がった。かなりの重量と思われるが、油圧ジャッキで上がるようになっている。

「そのうち自動で開くように工事するつもりです」

池谷は床下に現れた階段を下りながら言った。

呆気に取られている柏原を先に行かせ、浩志は扉になっている床を閉めながら階段を下りた。

地上階との境は四、五十センチあるのだろう。地下までは二・五メートルほどで、地下室の天井高は二メートル前後、いささか圧迫感を覚える。広さは八畳ほどで奥にもドアがあるので、他にも部屋があるようだ。階段の右側の壁はスチール製のロッカーになっており、その前にソファーがある。左側は長いテーブルと椅子があり、パソコンと六つのモニターがあった。五つのモニターには家の周囲の様子が映っている。やはり監視カメラがあるようだ。

「まるで、秘密基地だ」

柏原は感心しているようだ。

「ここが新しい傭兵代理店なんて言わないだろうな」

下北沢にあった丸池屋の方が設備は格段に充実していたことを知っているだけに、浩志は冷ややかに言った。

「まさか、ここはパニックルームです。奥にはベッドルームもありますので、あくまでもプライベートな空間です。ただし、新しい傭兵代理店とも言えます」

池谷は右手を目の前で振ると、意味深な表情で言った。

「どういうことだ」

浩志は首を傾げた。

「私が傭兵代理店を設立したのは、一九九四年のことです。はじめは芝浦に作り、次に下北沢に移転しました。下北沢では昨年の爆弾騒ぎも含めて三回も襲撃されています。襲われた理由は、建物という器があり、攻撃を受けるターゲットになり得たからです」

肩を竦めた浩志はソファーに座った。革製でマットは硬く座り心地はいい。柏原も隣に腰を下ろした。

「実は防衛省のサーバーに十ギガほど間借りして傭兵代理店の機能をそこにすべて移転させました。指紋認証か音声認証でアクセスすることができます」

池谷はパソコンを起動させて、インターネットを立ち上げ、机の上の小さなボックスに親指を付けた。すると、ローマ字で〝MARUIKEYA〟というサイトが画面上に現れた。

「丸池屋の名で傭兵代理店の登録がしてあるのでそのまま使いました。海外の傭兵代理店と情報交換する上でも、オープンなサイトが一つ必要なのです。ここから、さらに仮想傭兵代理店に入ることができます。登録されている傭兵の方や、私が許可した方はこちらからアクセスしていただくことになります。これからは仮想空間にある傭兵代理店で仕事ができるので、もはや建物はいらず、どこでもこれまでと同じサービスが受けられるようになるのです」

キーボードを叩き、池谷は仮想傭兵代理店を開いてみせた。懐かしい下北沢の丸池屋の写真が掲示され、自動的に店内の写真に変わった。傭兵の登録、抹消、登録傭兵リストなど様々な項目のメニューが写真の下にある。

「アクセスしてきたユーザーにより、メニューも変わります。私ならオーナーとして、藤堂さんなら傭兵として、柏原さんが登録すれば、お客様用の画面になり対応させていただきます」

淡々と池谷は説明した。

「すばらしい。防衛省がよくここまで許しましたね」

柏原は画面を見つめて唸《うな》った。

「防衛省の許可は得ていません。というのも、傭兵代理店が潰れたのも現政権の要求もあったからです。昨年末に発足した安倍《あべ》政権は、憲法第九十六条を改正し、憲法改正を簡略化し、さらに憲法第九条も改正することで自衛隊を軍隊とし、専守防衛の枠から外そうとしています。この際、首相が言うところの現憲法は占領軍による押しつけという考え方に対してのコメントは控えますが、自衛隊のお株を奪う傭兵代理店は、目の上のたんこぶになりました。そのため私は防衛省との関係を断ち切られてしまったのです」

苦々しい表情で池谷は語った。浩志のチームが活躍する限り、自衛隊の特殊部隊の出番が少なくなることは確かだ。

「馬鹿な。それではどうやって防衛省のサーバーを使っているのですか」

柏原は苦笑がてら質問をした。

「URLを見てください。防衛省のものではありません。防衛省のファイヤーウォールを利用し、さらに管理者にも分からない場所に二重のファイヤーウォールを構築してデータは保存されています。そのため、ハッカーが厳重な防衛省のセキュリティーを破っても、傭兵代理店のセキュリティーまでは破れないようになっているんです。もっとも仮に侵入しようとすれば、強力なマルウェアを送り込んで反撃するようにプログラミングがなされています」

浩志にはすでに誰がシステムを構築したのか分かっていた。こんなことができるのは世界広しといえど、友恵しかいない。

「それでは、どうしてわざわざ防衛省のサーバーを使うのですか」

もっともな質問だ。

「それは、セキュリティーの高いサーバーを使う必要があることと、防衛省の機密データにアクセスすることができるからです。もっとも、ミラーサイトは、通常はとある場所にあるネットワークを閉鎖したサーバーに作ってあり、防衛省のサーバーがダウンした時に稼働するようにリスクヘッジは考えてあります」

ミラーサイトとは同じ機能をするサイトのことだ。

「しかし、たとえ防衛省のサーバーにホームページを構築しても、サーバーにログインを繰り返せば、システム管理者に知られてしまう」

柏原はネットワーク関係の知識は多少あるようだ。

「防衛省のサーバーには、密かにバックドアが設けてありますので、そこから出入りするのです。管理者が見ても、サーバーにはログインの痕跡すら残りません。画面を見たユーザーもまさか防衛省のサーバーだなんて思いませんよ」

バックドアとはプログラムの抜け道のことだ。管理者からはプログラムが正常に動いているように見える。むろんプログラムを改竄するために高度なテクニックを必要とされる。

「彼女に最近二度ほど会ったが、何も聞かなかったぞ」

柏原がいるので、あえて友恵の名は出さなかった。

「彼女に設計を依頼したのは半年前のことです。遊び半分で作ったようなので、忘れているのでしょう。私は使い勝手とセキュリティーのテストをこの三ヶ月間してきました。本格的に稼働させるにはサーバーに直接アクセスして手を加える必要があります。彼女にはまだ、最終的な設計変更や修正点の説明をしていません。傭兵のみなさんには完璧に仕上がったらお知らせしようと思っていました。黙っていてすみませんでした」

友恵は米軍のサーバーをハッキングして軍事衛星を使うことすらできる。防衛省のサーバーに密かに手を加える程度なら、簡単過ぎて彼女の記憶にすら残らないようだ。

「遊び半分か。……なるほど。いつ仕上がるんだ？」

感心する他ない。友恵を防衛省で働かせているのは、〝サイバー空間防衛隊〟の養成と支援のためだけではなく、サーバーに怪しまれずに近付かせるためだったようだ。

「彼女なら、二日と掛からないでしょう」

Ｖサインのように二本指を立てて、池谷は首を縦に振ってみせた。

「彼女？」

事情を知らない柏原は訝《いぶか》しげな表情で、浩志と池谷の話を聞いている。

「すみません、内輪の話をして。彼女とは傭兵代理店のスタッフのことです」

池谷は眉尻を下げて柏原に頭を下げると、

「どうでしょう、藤堂さん、仮想空間の傭兵代理店でこれまでとほぼ同じサービスが提供できます。柏原さんのお仕事を請けていただけないでしょうか」

大きな歯を見せてにやりと浩志に笑ってみせた。もはや世捨て人の仮面は脱ぎ捨て、元の悪徳商人という顔つきに戻っている。この男の場合、腹黒い人間に見えた方が頼もしく思えるから不思議だ。池谷は防衛省との関係を断たれたが、柏原を引き入れることでまんまと内閣官房の組織である内調にパイプを作ろうとしているようだ。

「分かった」

浩志は柏原を見て頷いた。

四

二日後、浩志がねぐらにしている芝浦の倉庫にほど近い郵便局で、郵便局留めの小荷物を受け取った。荷物は二十センチ四方で、いたって軽い。差出人は池谷で、住所は世田谷区となっている。友恵が手配したのかもしれない。荷物が届くことは一昨日熱海にある池谷の家を出る際に聞いていた。傭兵仲間にも一斉に送られたようだ。

仮想傭兵代理店を実働させることを池谷から命じられた友恵は、修正作業をたった一日で終えたようだ。現在、彼女がメンテナンスを任されているらしい。また、傭兵代理店の実働要員としてのコマンドスタッフは、瀬川と黒川が再雇用された。自衛隊に戻った中條には連絡していないようだ。

倉庫の地下室に戻り、リビングのソファーに座って荷物を開封した。中から最新の日本製スマートフォンと衛星携帯電話、それにＵＳＢのキーホルダーが出てきた。

スマートフォンは、完全防水で画面も鮮明な上に電池が長持ちするＩＧＺＯという省電力パネルを使ったものだ。しかもステンレスを削り出した頑丈なカバーが付けられている。

USBのキーホルダーは、指紋認証の機能を備えたトークンと呼ばれる小型の装置である。これをインターネットに繋がるパソコンのポートに差し込んで指紋認証を受ければ、浩志は仮想傭兵代理店にアクセスすることができるようだ。

衛星携帯電話は、これまでも使ったことがある。これさえあれば、ジャングルの奥地だろうと、太平洋の離れ小島だろうと通話ができる。そういう意味では目新しい装備とは言えなかった。

早速、自分のノートパソコンを起動させ、トークンをUSBポートに差し込んでインターネットに接続した。すると、URLを指定することなく自動的に仮想傭兵代理店が立ち上がった。

「ほお」

浩志は仮想傭兵代理店のトップ画面を見て唸った。というのも一昨日池谷の部屋で見た画面とは明らかに違っていたからだ。タイトルは〝新傭兵代理店〟となっている。わざわざ頭に〝新〟と入れたのは、池谷がそれとなくシステムを誇示しているからに違いない。

メニューは、仕事の依頼、サポートプログラム、武器のオーダーなど、従来の傭兵代理店の機能に加え、お問合せとビデオチャットの項目があった。ビデオチャットは現在交信可能な人物のコードネームが載せられている。一番上にある〝ダークホース〟をクリックした。すると、画面の右上に小さなビデオ画面が表示され、右下のボタンをクリックして全画面表示に切り替えた。項目や機能は問題ないようだ。

だが、下北沢のうらぶれた質屋の応接室で打ち合せをしたころを思い出すと、味気なさを感じてしまう。これも時代というものか。

――おはようございます。

画面に池谷の顔が映り、背後で人が通り過ぎた。〝ダークホース〟は、馬面を自認する池谷のコードネームだ。

「今どこにいるんだ?」

少なくとも池谷がパニックルームと呼ぶ、熱海の家の地下でないことは確かだ。

――シャルル・ド・ゴール国際空港のカフェで、トランジット待ちをしています。こちらの時間で午前七時三十分発のエールフランスで、アルジェまで出かけます。

パリとの時差は八時間、とすれば現地時間は午前四時を過ぎたところだろう。ちなみにパリからアルジェまでは二時間十五分の飛行距離だ。

「アルジェ?　まさか俺たちと行動をともにする気か」

浩志もメンバーを集めてアルジェに行くことになっている。アルジェはアルジェリアの首都である。

──まさか足手まといになるだけです。実はある方に協力要請を受けましたので、急遽行くことになりました。

池谷はもったいぶった言い方をした。

「出不精《でぶしょう》じゃなかったのか？」

浩志の知りうる限りでは、池谷は外出を嫌った。それなのに、浩志と最後に会った翌日に日本を発《た》っている。

──いつでもコマンドのみなさんの要求に即応するために、これまで引きこもりのように下北沢の店から出ることはありませんでした。それだけのことです。出不精ではありませんよ。

他人に聞かれてもいいように池谷は傭兵をコマンドという言葉に置き換えたようだ。

「まさかとは思うが、あんたも柏原から依頼されたのか？」

浩志は、内調の柏原の要請でアルジェリアに向かう準備をしている。もし、池谷が加わるというのなら、彼が言うように足手まといになるだけだ。

──まさか、他のクライアントです。いずれご説明します。

「今俺が見ているサイトは、オーナーがいなくても機能するのか？」

聞いても答える様子はないので、質問を変えた。友恵に任されていると聞いたが、それはあくまでもメンテナンス上の問題だと認識している。

――もちろんです。私がいなくても機能するようになっています。もっともインターネットが通じる環境なら、世界中どこからでも私はオーナーとして働くことができますが。

「アルジェに限らず、インターネットが通じない場所はいくらでもある。あんたが不在の場合、コマンドの派遣やクライアントとの打ち合せは、誰がするんだ」

――私も衛星携帯電話を持っておりますので、どこでも連絡はできます。ただ私が日本に不在の場合は、大佐にその役目をお願いしてあります。大佐もあと一、二ヶ月で元気になられるでしょう。

すました顔で池谷は言った。

「馬鹿も休み休み言え。確かに大佐の癌の進行は止まったらしいが、完治して元の状態に戻れるという保証はないんだぞ」

――病は気からと申します。大佐に必要なのは生きていく上での目標です。彼に話したところ、大変喜んでいました。

大佐の入院先に池谷は行ったようだ。抜け目のない男だ。

「だが、彼の復帰前まではどうするつもりだ」

――瀬川か、黒川が、私の代わりを務めることになります。もっともそちらの方が現実的でしょう。これを機に私は、代理店の社長ではなく、一従業員として働くつもりです。

嬉しそうな顔をして池谷は答えた。おそらくそれが本音なのだろう。かつて敏腕諜報員とまで言われた男は、年老いてもなお現場への復帰を夢見ていたに違いない。

「年寄りの冷や水にならないように気をつけることだ。ところで柏原の依頼の件だが、とりあえず、辰也と京介を連れて行くつもりだ。京介に連絡を取って欲しい」

柏原の依頼は、アルジェリアで行方不明の内調の捜査官を捜すことだ。浩志は英語、フランス語の他に中国語とアラビア語も多少話せる。辰也も英仏語は堪能だが、アラビア語は日常会話程度で、現地人のように読み書きできるのは、チームの中ではワットと京介だけだ。しかも京介はアルジェリアで一年ほど働き、現地のこともよく分かっている。

――ご存知かもしれませんが、私が代理店を閉めている間に、京介さんは、フィリピンの仕事を引き受け、現在は連絡が取れない状態です。すでに任期は過ぎていますので、いつでも解約できるはずです。申し訳ございませんが、フィリピンに立ち寄って連れ出してもらえませんか。その分の経費は、こちらでお支払いします。航空券の手配ができたら、メールでお知らせします。

京介はフィリピンの傭兵部隊に参加している。反政府ゲリラと闘うためにジャングルにいる可能性も考えられた。

「わざわざ迎えに行くのか」

連絡ができないとはいえ、子供の使いのように迎えに行く気にはなれない。

――今回の作戦で京介さんは適材だと思います。それからフィリピンのミンダナオ島はぶっそうだと聞いております。宮坂さんと加藤さんにも私が依頼通知を出します。彼らも藤堂さんと行動を共にしたいはずですよ。アルジェリアでは全員の招集が必要かもしれません。とりあえず、五人でアルジェに向かってください。

確かに一年もチームとしてはまともに仕事をしていない。

「分かった。それじゃあ午後の便を取っておいてくれ」

浩志は根負けして渋々承諾した。だが、寄り道するとなれば急がねばならない。

――了解しました。夕方にある直行便を手配します。それから、装備の手配をフィリピンの代理店に伝えておきます。

「頼んだ」

フィリピンのマカティには、浩志も古くから付き合いがある傭兵代理店がある。治安が悪いフィリピンではとりあえず武器の調達が必須だ。

結局、今回の仕事は仮想傭兵代理店のビデオチャット機能だけで、確かに下北沢まで行かなくても用件は済んだ。

画面を何気なく見ていると、依頼物件という項目が点滅していることに気が付いた。クリックしてみると、書類のような画面に飛んだ。

クライアントは書かれていないが、依頼物件の受託責任者の項目に浩志のコードネームであるリベンジャーと記載され、以下、受託者として爆弾グマ、針の穴、トレーサーマン、クレイジーモンキーとそれぞれ記入されており、それに備考欄に、ピッカリは現地合流とご丁寧《ていねい》に書かれている。たとえ他人が見ても、傭兵を招集したとは気付かれない。池谷は空港でコーヒーを飲みながら〝新傭兵代理店〟のサイトでインプットしたらしい。
スマートフォンにメールの受信があった。パソコンの画面で見た依頼物件の内容が、ミッションというタイトルで送られて来た。パソコン上で依頼物件の書類を作成すると、自動的にメールが送られて来るらしい。さすがに友恵が作ったプログラムだけにそつはない。

「ふーむ」

感心はするが、溜息が出た。

ターキーの味が滑らかになり、品が良くなった。慣れればいいのかもしれない。だが、無骨な男の舌は繊細《せんさい》さを拒《こば》む。それと同じことだ。浩志は腕を組んで天井を仰《あお》いだ。

五

街角に雪が残る東京を後にした浩志は、午後五時二十分発マニラ行きの全日空で四時間半後にはマニラ・ニノイ・アキノ国際空港に到着していた。

飛行機の中でゴアテックスのジャケットをバックパックに仕舞い、Tシャツに麻のジャケットという軽装になっていた。温度は三十度を切っているが、湿度は八十パーセント近い。たっぷりと汗を搾り取られそうだ。

空港からはタクシーで十分の距離にあるフィリピンの首都マニラの東南に位置するマカティ市に向かった。

マカティはフィリピンのウォール街とも呼ばれる経済特区で、中心部のビジネス街に林立する高層ビル群を見れば、誰でもその呼び名に納得するはずだ。

午後十時十二分、アヤラ・アベニューのメディカルセンターに隣接する二十階建てのオフィスビルの前でタクシーを下りた。

このビルの十六階にフィリピンの傭兵代理店であるアントニオ・セキュリティーがある。十六階のフロアに下りると、以前は赤だったカーペットが薄いグレーになっていた。東南アジアではありがちな冷えすぎる空調ではなく、程よく快適な温度と湿度が保たれているのは変わらない。非常口に近い一番奥の部屋のドアをノックした。

「ハロー」

ドアを開けて招き入れたのは、メスチーソ（混血）の美人秘書だ。歳は二十歳代半ば、胸の谷間が見えるドレスを着ている。数年前に訪れた時は社長以外のスタッフはすべて女性でとびきりの美人というのを売り物にしていた。今も変わらないようだ。

「ミスター・藤堂、相変わらず、元気そうだね。あなたの死亡説は何度も聞かされているから、最近じゃ慣れてしまった。まあ、掛けてくれ」

社長のアントニオ・E・ガルシアにハグされた。まだ五十七歳のはずだが、頭はすっかりはげ上がっている。それでもスペイン系特有の彫りの深い顔は色つやがよく、健康的に見える。だが、ソファーに座る動作が以前に比べれば鈍くなった。

「その都度《つど》生き返るだけだ」

浩志は苦笑気味に答え、アントニオの前のソファーに腰を下ろした。ランカウイ島の暗殺未遂事件は、すでに業界では知れ渡っているようだ。

「今日の用件は、ミスター・寺脇だったよね。軍に問い合わせたところ、傭兵部隊は現在ミンダナオ島で作戦行動中ということで、本人とは連絡が取れなかったよ」

アントニオはすまなさそうな顔で言った。京介はフィリピンの傭兵部隊に彼の紹介で入っていた。

「今どこにいるんだ?」

「ミンダナオ島にいるが、詳しくは現地に入らないと分からないんだ。駐留しているフィリピン人指揮官のフェルナンド・リベラを紹介する。彼の部隊と行動をともにしているから直接会って聞けば分かるはずだ。航空券はサービスしておくよ。現地への案内人も手配しておいた」

アントニオは自分の名刺にフェルナンドの名前と連絡先を書き入れて渡して来た。この男はフィリピンの政財界から武器のシンジケートまで顔が広い。噂によると、傭兵代理店よりも裏社会の仕事の方が稼ぎはいいらしい。

「装備も頼む。グロック19に予備の弾丸、無線機、各四セット」

本当ならアサルトライフルも欲しいが、軍が展開している場所に持参すれば、ゲリラと間違えられる。銃が自由化されているフィリピンでもさすがにそれはできない。護身用の最低限の武器だけにした。

「すぐに用意する。全部ホテルに届けるかい？」

美人秘書に手振りで銃を用意するように命じたアントニオは尋ねてきた。女は頷くとすぐに隣の部屋に消えた。入ったことはないが、武器庫があるようだ。

「一丁だけ持っていく。残りはパーラマンションに届けてくれ」

コンドミニアムタイプのホテル、パーラマンションは、フィリピンでの定宿である。マカティにありながら、値段も安くて広い。

「またあのホテルですか。もっといいところに私が予約しましょうか。あそこの設備は古いし、セキュリティーレベルも低い」

首と人差し指をアントニオは同時に振ってみせた。

「いいんだ。セキュリティーが高いホテルはかえって面倒だ」

マカティはフィリピン政府が威信を賭けた経済特区のため、普段から警官によるパトロールや荷物検査などが行われ、街としてのセキュリティーレベルは高い。もっとも敵がプロなら、ホテルの星の数に関係なく襲って来るだろう。

「あなたほどの一流は、豪華なホテルに泊まるべきなのに」

アントニオは、大袈裟《おおげさ》に肩を竦めてみせた。

待つこともなく秘書は武器庫から戻って来た。銃と弾丸を入れたプラスチック製のバスケットをまるでスーパーで買い物でもしているように持っている。女は自分の机の上にバスケットを置き、マガジンに9ミリパラベラム弾を詰めはじめた。浩志が持ち帰ると言ったので、弾込めのサービスしてくれるようだ。

浩志と目が合うと、女はにこりと笑ってみせた。武器を携帯していない状況で、他人がマガジンに弾を込めるのを見ているのは、気持ちのいいものではない。信頼ができる傭兵代理店ということもあるが、美人だから許せるというものだ。

女は慣れた手つきで二つのマガジンに弾丸を詰めると、銀のトレーにグロックと一緒に載せて持って来た。

浩志はグロックに残弾がないか確かめるとマガジンを入れてズボンの後ろに仕舞い、別のマガジンをジャケットのポケットに入れた。

「ところで引退した池谷から連絡を受けたが、どうなっているんだい？　業界仲間では心配しているんだ。日本がこの先どうなるのかってね。今、軍事的に弱みを見せれば、中国や北朝鮮の思うつぼだ」

　傭兵代理店はそれぞれの国の政府と裏で繫がっていることが多い。アントニオが心配しているのは、傭兵代理店を池谷が閉鎖状態にしているのは、日本が軍事的に後退しているると思ったのだろう。

　東シナ海、南シナ海に面する、台湾、マレーシア、フィリピン、ベトナム、ブルネイ、インドネシアは、中国と領土問題でトラブルを抱えている。だが、どの国も中国の圧倒的な軍事的プレゼンスにより、劣勢に追い込まれていた。

　唯一、対峙《たいじ》しているのは日本だけで、それだけにこれら東南アジア諸国から期待されているのだ。だが、勘違いしてはいけないのは、彼らは敵の敵は味方だと思っているだけで、諸手を上げて日本を受け入れているわけではない。

「大丈夫だ。心配することはない、池谷はちゃんと考えている。それに今の日本政府もそれほど馬鹿じゃないようだ」

　浩志をはじめとした傭兵には、前倒しで傭兵代理店を仮想店舗という形でオープンさせたが、業界的には当初の予定通り、三月から営業を再開するそうだ。

「あなたがそう言うのなら、信頼しよう。とにかく中国は年々図々しくなる。このままでは、スカーボロー礁《しょう》まで奪われ、中国の領海がフィリピンの沿岸にまで広がってしまう」

　いつも陽気なアントニオが、大きな溜息をついた。

かつて米軍はフィリピンに基地を持ち駐屯《ちゅうとん》していたが、今日の沖縄と同様、様々な問題を抱え、地元住民とのトラブルが絶えなかった。そのため、フィリピンでは米軍駐留に反対する意見が高まり、一九九二年に米軍はスービック基地とクラーク基地から撤退《てったい》した。その三年後、中国はスプラトリー諸島（南沙《なんさ》諸島）を侵略し、占拠した。

さらに中国は、フィリピンの西方沖にあるスカーボロー礁の領有権をも主張している。地理的に近いフィリピンの古くから漁場であるが、海南《かいなん》島に住む自分たちが中国人だと認識もしていなかった少数民族も昔から近くで漁をしていたという。彼らが千キロ近く離れた漁場まで足を延ばしたかは疑問だが、中国が領有権を主張するのは、海南島を支配下に置いたことにより、少数民族のかつての漁場も自国領だと主張しているのだ。

現在（二〇一三年三月）、この海域では中国の監視船の威嚇《いかく》により、フィリピン人の漁師は浜から見える眼前の漁場から閉め出された。また領有権問題が大きくなった二〇一二年から中国はフィリピンからの輸入を止めて経済封鎖を断行している。中国は国際法も無視し、〝核心的利益〟を押し進めているのだ。

「帰るぞ」

銃を手に入れたので、愚痴《ぐち》に付き合っている暇はない。

「バーにでも飲みに行かないか。社員も何人か連れて行こう」

アントニオは美人秘書に手招きをしてウインクをして見せた。

「遠慮しておこう」

浩志は表情もなく立ち上がった。

六

マカティのホテルで一夜を明かした浩志は、タクシーでマニラ空港に向かった。昨日、別の便で到着した辰也と宮坂と加藤も同じホテルだったが、すでに空港に着いているはずだ。ミンダナオ島へは同じ便の航空機に乗ることになっている。

午前九時十五分、定刻より少し遅れてフィリピン航空機は離陸した。航空券はフィリピンの傭兵代理店の社長であるアントニオがサービスしてくれたのだが、望んだわけでもないのに浩志は前方のプレミアムクラスの席で、辰也らは後部のエコノミーになっている。ただということで彼らは文句もいわずに席に着いた。

確かにプレミアムクラスは二人掛けシートでゆったりとしている。だが、隣に座ったホセ・アバロスと勝手に自己紹介してきたフィリピン人が、持ち前のラテン系の陽気さで話しかけてくるおまけが付いてきた。一時間四十分のフライトだが、適当にあしらって眠るほかないようだ。

午前十一時七分、ダバオ国際空港に到着した。前方のドアが開けられ、タラップを下りる。機内アナウンスでは気温は二十九度らしいが、湿度は八十パーセントを超えている。飛行機のエアコンで冷えきった体も瞬時に熱を帯《お》びて汗が浮かんできた。真冬の日本に慣れた体は一日や二日では馴染《なじ》まない。

体にまとわりつく湿気から逃れるように空港ビルに入り、手荷物受取所のターンテーブルで荷物を待っていると、いつの間にか隣の席に座っていたホセが寄り添うように立っていた。歳は三十代後半、身長は一七二、三センチ、贅肉《ぜいにく》のない体をしている。ポロシャツにコットンパンツとラフなスタイルだが、日に焼けてスポーツ刈りをしており観光客には見えない。

「ホテルはもう決まっていますか？」

機内では眠った振りをしていたが、懲《こ》りもせずにホセは話しかけてきた。人懐っこいフィリピン人は、よくこんな質問をしてくるものだ。

「どこでもいいだろう」

浩志はわざと日本語で答え、ホセに背を向けたまま自分のスーツケースをターンテーブルから引き上げた。いつもは海外に行くにも身軽にしているが、マカティで手に入れた銃を隠しておく必要から、アントニオが用意してくれた二重底になっているスーツケースを使っている。

手荷物受取所から出る前にトイレに入り、スーツケースからグロックを出してズボンの後ろに隠し、耳にブルートゥースイヤホンを入れて無線機の電源を入れた。観光地とはいえ、フィリピンで気を許すつもりはない。

空港ビルの入口付近に、小さなプラカードを持った現地人が数人立っていた。日系の旅行代理店の現地ガイドらしく、同じ飛行機に乗り合わせた日本人観光客を集めている。ゴルフクラブを抱えた中年がほとんどだ。

ミンダナオ島はイスラム系住民が多く、キリスト教を国教とする政府を目の敵《かたき》にする反政府ゲリラの拠点があり、総じて貧乏である。だが、一方で豊かな自然を売り物にしたリゾート地としても開発が進められてきた。

ミンダナオ島の反政府ゲリラはいくつもあるが、中でも最大勢力を誇ったモロ・イスラム解放戦線（ＭＩＬＦ）が二〇一二年に政府と和平を成立させて治安がよくなったこともあり、観光地として見直されている。

出迎える人の列の最後尾にアントニオ・セキュリティーと書かれたプラカードを持った国軍の兵士が立っていた。兵士は浩志の姿を認めると、慌てて敬礼をしてみせた。

「うん？」

兵士の視線がわずかにずれていることに気付いて振り返ると、ホセが敬礼をしていた。

「………」

浩志はホセを睨みつけた。

「話しかけても無視されるので、ちゃんとお話ができなかったんですよ。アントニオにあなたを案内するように言われたんです。お仲間と一緒に車に乗っていただけますか」

ホセは苦笑いをしてみせた。

「だったら、先に用件を言え」

「アントニオから、人前であなたの名前を呼んではいけないと言われていたんですよ。それに私はゲリラから標的にされています。空港や飛行機の中では他人の振りをした方が、あなたには迷惑がかからない。詳しくは車の中で話しませんか」

ホセは戸惑いの表情を見せながらも頷いてみせた。

「いいだろう」

浩志はホセを先に歩かせた。

第二次世界大戦で活躍した、米軍では〝ケネディジープと呼ばれた三台の〝M151〟が、空港前の道にタクシーを押しのけるように停まっていた。旧式のジープだが、米軍の海兵隊でも後継機種であるハンヴィーが大型で小回りが利かないからと、未だに現役として使われている。

浩志はホセと二台目に、辰也らは三台目に乗り込んだ。

「私は南ルソン方面隊、第2歩兵師団に所属する部隊の指揮官をしています。西ミンダナオ方面隊のフェルナンド・リベラ少尉からミスター・寺脇の仲間が迎えに来ると聞き、アントニオに連絡をして案内人を買って出たのです」

やはりアントニオは軍にも太いパイプを持っているようだ。

「どういうことだ？」

「たまたまですが、第2歩兵師団の突発的な戦力補給として傭兵部隊を使うことになり、私は引き継ぎのためにリベラ少尉と会うことになっていたのです。もっともミスター・寺脇を当てにしてきたんですがね」

ホセは浩志の顔色を窺うように言った。

「……」

彼の真意が分からず、首を捻った。

「ミスター・寺脇とは以前、ゲリラ掃討作戦で一緒に闘ったことがあり、実力も知っています。無鉄砲ですが、腕は一流だと思っています。傭兵部隊で一番の腕利きと言えましょう。今抜けられては困るんですよ」

ホセは案内役ではなく、京介を諦めさせようと浩志のフライトに合わせてきたようだ。任期が切れて自由契約状態の京介はいつでも辞めることができる。それを阻止《そし》したいのだろう。

「辞めるかどうかは、本人が決めることだ」

浩志は抑揚《よくよう》もなく言った。

迎えに来たことは確かだが、作戦に参加するのは本人の自由意志だ。

「分かりました。私も彼の意思を尊重しましょう」

ホセは小さく頷いてみせた。

三台の車列はダバオの中心部を抜けて郊外に出た。ひたすら北に向かっている。駐屯地に向かっているはずだ。周囲はバナナ農園が広がっている。

「うん？」

先頭車がゆっくりと停止した。百メートル先にバナナを満載したトラックが道を塞《ふさ》ぐ形で停まっている。ボンネットを開けて男が覗き込んでいた。

「故障みたいですね」

ホセは運転席に体を乗り出して言った。

浩志は気付かれないように後部から車を下りて、鬱蒼《うっそう》と茂るバナナ農園に入った。

「前方のトラックが怪しい。全員下車。トレーサーマンは道の左側で俺と合流。あとの二人は右側の安全を確認するんだ」

——爆弾グマ、了解。

無線連絡をすると、いつもサブリーダーを務める辰也から返事が返って来た。長年チームを組んでいただけに、よく分かっている。

もしトラックで通行を止めて待伏せをするのなら、反撃ができないように道の左右から襲うはずだ。だが、先頭車がトラックから離れて停まったために完全に包囲するまでは時間があるはずだ。

垂れ下がった大きなバナナの葉に隠れると、すぐに加藤も現れた。

〈やはりな〉

浩志はにやりと笑った。

ＡＫ74を担いだ二人の男が、バナナの木陰を縫《ぬ》うように近付いて来る。二人とも〝Ｍ151〟を見ながら進み、浩志らにはまったく気付いていない。加藤にここは任せろと、合図し、バナナを積んだトラックの方に行かせた。

一人目をやり過ごし、二人目の男の背後から手刀を首筋に叩き込んだ。倒れる男を抱きかかえて音もなく地面に転がし、前を歩く男のすぐ後ろに付いた。

男は三台目の〝Ｍ151〟が見える位置に着くと、腰を下ろして振り返った。すかさず男の顎を蹴り上げて昏倒《こんとう》させると、トラックの方角に引き返した。木陰に無線機を持った男と、一台目の〝Ｍ151〟に向けてＡＫ74を構えている男がいる。

ＡＫ74の男が突然前のめりに倒れると、慌てて振り返った無線機の男も体をくの字に折り曲げて倒れた。手を貸すまでもなく、加藤が倒したのだ。

「こちらリベンジャー。四人いた。そっちはどうだ？」

――爆弾グマです。こちらも四人倒しました。

「他にもいないか、捜索せよ」

――了解。

連絡を終えると、浩志は農園から道路に出て、トラックの前に立った。

男はまだトラックのボンネットの中を覗いている。仲間が銃撃をはじめるまで囮《おとり》になっているのだろう。

「仲間は全員倒した。手を上げて降伏しろ」

浩志の傍らで敵のAK74を奪った加藤が、銃口を男に向けた。

「撃つな！　俺はただの農民だ。ゲリラとは関係ない」

男は機械油に塗れて真っ黒になっている。汚れたランニングシャツにだぶだぶのズボンを穿《は》いていた。

「まさか、ゲリラに待伏せされていたんですか？」

ホセが車から下りて来た。

「そのようだ」

男から目を離さずに答えた。

ホセが近付いて来ると、男は左手をズボンのポケットにさりげなく入れた。

「むっ！」

浩志はジャケットを跳ね上げ、グロックを抜いて男の右腕を撃ち抜いた。

倒れた男の右手には銃が握られている。加藤が駆け寄って男の銃を蹴り飛ばし、ＡＫ74の銃底で男の頭を殴って気絶させた。ズボンに隠してある銃をポケットに入れた左手で押し上げ、飛び出した銃を右手で抜いて撃つつもりだったのだろう。だぶだぶのズボンには銃が斜めに隠せるようにポケットが付いているはずだ。ファストドロウ・テクニック（銃さばき）としては古典的な手である。

「このやり方は……。こいつは、ＮＰＡの〝Sparrow（雀）〟に間違いありません。危うく殺されるところでした。ありがとうございます」

ホセは絶句したあと、額の汗を拭った。

フィリピンには、マルクス共産主義反政府組織である共産党がある。だが政治活動とは別に軍事部門である新人民軍（ＮＰＡ）を持ち、〝Sparrow Units〟と呼ばれる暗殺部隊まで持つ。彼らはズボンに隠し持った拳銃で暗殺することを得意とし、敵対する政治家や警官を殺害する。そのためフィリピンでは共産党を非合法組織とし、政党として公認していない。

「テクニックが古い。殺される方がどうかしている」

浩志は苦笑を漏らした。

アルジェの女

一

鼻腔《びこう》をくすぐる甘い香りがする。ショーケースに並べられた美しい彩《いろど》りのスイートたちが放つ芳香《ほうこう》だ。

羽毛のブルゾンを椅子の背もたれに掛け厚手のセーターを着た美香は、顎を両手で支えるようにテーブルに肘をついていた。目の前に置かれたアンジェリーナのマカロンと、大きなマロングラッセが載せられたモンブランには手を付けていない。ふと我に返って銀のポットを持ち上げ、空のカップに紅茶を注いだ。腕時計の針は、午後二時十八分を指している。待たされることは分かっていた。寒いのでショコラショにしようか迷ったが、紅茶にしたのは正解だった。

店の名前は〝フランボワーズ〟。高級住宅街にあるカフェでフロアは広いが、二人掛けのテーブル席がゆとりを持って配置されているので、二十人も入れば満席になる。だが、客は美香ひとりだった。ＢＧＭにはクラシックが流れ、店のウインドウからは冷たい雨に濡れた石畳の道路と、向かいにあるレンガの家を改築したフランス語でラ・ムールと書かれた看板を掲げたおしゃれなレストランが見える。ルーブル美術館の近くに、この店とよく似たカフェがあった。

美香は金縁のカップの柄を持ち、紅茶を口にした。視線を感じて外を見ると、ウインドウの外から彼女を見つめるラクダと目があった。栗色の体毛をしたヒトコブラクダだ。小型種かもしれないが、彼女の肩ほどの背丈しかないので、まだ赤ん坊なのかもしれない。美香が店に入る前から同じ姿勢で立っている。なぜラクダが店の前にいるのかは知らない。振り向く人もいるが、とりわけ珍しがるわけでもなく人々は通り過ぎる。

ここは地中海に面したアフリカ北部にあるアルジェリアの首都、アルジェだからだ。ランカウイ島で浩志と別れ、クアラルンプールからドバイ経由でアルジェに着いてから六日が過ぎた。本当は彼と日本に帰るつもりだった。アクシデントさえなければだが。

大佐の偽装葬儀が行われた翌日である。一本の電話が美香の携帯に掛かって来た。電話番号は非通知だ。

「ハロー？」

耳に当てた携帯からしわがれた男の声が響いてきた。

——梨紗《りさ》、私だ。

「…………」

美香は思わず辺りを見渡した。

葬儀で狙撃され、死体の振りをした浩志は、ランカウイ島の病院に担《かつ》ぎ込まれていた。警察や病院の幹部は浩志が狙撃される可能性があることを大佐から聞かされており、その際、どう対処するかまで彼から指示を受けていた。浩志は付き添いの美香とともに病院を深夜に抜け出し、大佐が経営するコンドミニアムに滞在していた。

外出はできなかったが、コンドミニアムにはなんでもそろっており不自由はなかった。しかも庭にはプールとジャグジーがあるため、音楽を聴きながらゆっくりと過ごすことができる。電話は浩志がシャワーを浴びている時に掛かってきたのだ。

——それとも、相原由香里《あいはらゆかり》、あるいは森美香と呼んだ方がいいのか？

「嫌みを言っているつもり？　そもそも、どうしてこの番号が分かったの？」

声を潜めて美香は返事をした。

——私が誰だか忘れたのか。

「用件は何？」

美香は男の言葉を遮り、苛立《いらだ》ち気味に尋ねた。

——私を嫌うのは分かる。父親らしいことは何一つしてやれなかったからな。

電話の主は美香の父親である片倉誠治《せいじ》であった。彼女が高校を卒業してからは会ったことがない。浩志には家族のことは何も話していなかった。彼も森美香が偽名であることを知っているが、本名を聞かれたことはない。その優しさに甘えて、過去を語ることはなかったのだ。

「世間話をするのなら、電話を切るわよ」

眉間に皺《しわ》を寄せた美香は、声を荒らげた。

——啓吾が拉致されたようだ。

「えっ！　いつ？」

美香は両手で携帯を握り締めて尋ねた。

——今日だ。兄のことだと心配になるらしいな。アルジェリアだ。先月、イナメナス付近にある天然ガス精製プラントがテロリストに襲われたのを覚えているだろう。その調査に出かけた帰りに襲われたらしい。

「外務省でそんな調査をしたの？」

——啓吾は、今月になって外務省から内調に出向している。あいつは中近東の大使館で外務省の情報員として働いていた。それを見込まれて捜査官として行かされたようだ。米国人を含む数人のグループで行動していた。

「犯人からの声明は？」

矢継ぎ早に美香は質問をした。

――まだない。だから生死の確認もできていない。日本政府は未だ拉致されたことすら知らないはずだ。

「お父さんはどうするつもり？」

――私が日本政府のために動けないことは分かっているだろう。私はおまえに動いて欲しい。できれば、おまえの彼氏に働いてもらえないか。どうせ、狙撃されて死んだというのは偽装なんだろう。

ふっと誠治が鼻で笑うのが分かった。

「彼は命を狙われたばかりなのよ。簡単に言わないで」

――おまえ、本気で藤堂に惚《ほ》れているな。

咎《とが》めるような口調で誠治は言った。

「そうよ。愛している。彼を絶対死なせたくない。だから、身内のことで危険な目に遭わせたくないの。それよりも米国は動かないの？」

――先月起きたイナメナスの事件はなぜか日本が一番被害を受けている。だから米国政府は関心がない。それに下手に米国が動けば、あの地域の心証を悪くするばかりか、フランスの戦争に巻き込まれる。それよりも彼がチームを率いて行ってくれたら啓吾を救い出せるかもしれない。

「勝手に期待するのは止めて。私が行って来る。その代わり、向こうのエージェントと接触させて。何か情報を持っているんでしょう」

腹立たしげに美香は言った。

――……いいだろう。

少し間をおいて、溜息が携帯から聞こえてきた。

「お父さん、無理かもしれないけど、お母さんに会いに行って」

気を落ち着けた美香は静かに言った。

――………。

しばらく無言が続き電話は切れた。

美香が学生時代母、範子《のりこ》は癌で亡くなっている。父親に墓の下で眠る母に謝って欲しかった。

通りに人通りが増えてきた。傘をさした女性客が店に次々と入って来る。日に四回あるイスラム教の昼のお祈りの時間が終わり、街に活気が戻ったようだ。

アルジェでは午後十二時五十四分から昼のお祈りがはじまり、職場や家で祈りを捧げる者もいるが、モスクに出かける信者もいる。その間、店を閉じるレストランも多い。

美香はまたショーケースに目を移した。テーブルのマカロンとモンブランは、待ち合せの目印になっているために手を付けることはできない。どうせ待たされるのならチョコレートケーキか、シュー生地にキャラメルと生クリームがたっぷり載せられたサントノーレを買おうかと思っている。

また新しい客が入って来た。髪にスカーフをし、ウールのコートを着た大柄な中年女だ。

「待った？　ごめんね。ユウコ。モスクが混んでいたの」

女はテーブルのマカロンとモンブランを見つけると、笑顔を振りまきながら近付いて来た。あらかじめ父親から聞かされていた合い言葉を女はフランス語で言った。アルジェリアは一九六二年に独立するまでフランスの植民地だった。公用語はアラビア語であるが、街にはフランス語が溢《あふ》れている。特に年齢が高くなるとその傾向は強くなるようだ。

「いいのよ。私は気楽な観光旅行、今日も生憎の天気ね」

美香も合い言葉をフランス語で返すと、女は頷きながら彼女の前の椅子に座った。

「詳しい話は別の場所でしましょ。あなたはどっちを食べる。一つ手伝ってあげるわよ」

女は親しげに聞いてきた。まるで、十年来の友人のようだ。

「二つともいいわよ。私はサントノーレが食べたいの」

「本当？　二つとも私の好物なの。ラッキーだったわ」

嬉しそうな顔をした女が皿を引き寄せたので、美香は苦笑を浮かべてナイフとフォークを渡した。目印を決めたのは、彼女らしい。

本場パリと遜色《そんしょく》ないスイーツを堪能した二人は、店を出た。ラクダは微動だにしない。剝製《はくせい》かもしれないと、美香は横目で見ながら通りに出た。

「……？」

傘をさしながら美香は店を出る際、さりげなく周囲の状況を摑んでいる。背後に二人の不審な男がいることに気が付いた。

「分かっている。少し歩くわよ」

女も気付いていているらしく、笑顔を崩さずに言った。

二

アルジェリア民主人民共和国は、アフリカ大陸で最も国土が大きい国である。北は地中海に面し、東にチュニジアとリビア、南東にニジェール、南西にマリとモーリタニア、西はモロッコとサハラ・アラブ民主共和国と接する。南カリフォルニアと同じ緯度である首都アルジェは、旧宗主国であるフランスと地中海を挟んで対岸にあり、フランス統治時代の建築物が建ち並ぶ街並に古代ギリシャ・ローマの遺跡が点在する。そのため、〝北アフリカのパリ〞とまで呼ばれている。

イドラというアルジェの高級住宅街にあるカフェを出た美香と中年の女は、ラビ・アリク通りまで歩いてタクシーに乗った。

女はフランス系米国人、ジスレーヌ・カセットと名乗ったが、どうせ偽名だろう。まして CIAの情報員なら素性《すじよう》を明かすはずはない。どうでもいいような世間話をフランス語で絶え間なく話して来る。話し好きというのではなく、情報員として美香の人物や能力を見極めようとしているに違いない。美香も負けずに質問を返した。まるで銃撃戦のような会話に、タクシードライバーは辟易《へきえき》しているようで時折溜息を漏らす。

十数分後、港に近い〝エル・オルセー〞という五つ星のホテルに到着した。尾行の確認はしていたが、尾けてくる車はなかった。予約を入れてあったらしくジスレーヌは、フロントで鍵を受け取り、エレベーターに乗った。

「あなたは、パリに住んでいたのね。しゃべり方がいかにもパリっ子だわ」

ジスレーヌは青みがかった瞳でじっと見つめて来た。乗客は二人だけだ。

「子供の頃、数年住んでいたわよ」

「まさか、あなたのフランス語は完璧、昨日パリから出てきたと言われても信じるわ」

目を見開いたジスレーヌは、首を振った。

「フランス語は好きだから忘れないようにしているの」

美香はくすりと笑った。

嘘では決してない。ただ、父親である誠治の仕事の関係で、フランスだけでなく英国やドイツ、ロシアなど高校まで数カ国を転々とした。ラテン語系は不思議なもので、二カ国語をしっかりと覚えると、他の言語の習得には苦労しない。欧米の主立った言語はほとんどマスターしたために大学時代は、積極的に中国や東南アジアに出かけてラテン語系でない言語を身につけた。

だが、今から思えば、それは父や兄の背を見て育ったからに違いない。家の中では常に七、八カ国で会話がなされた。母はロシア系ハーフの日本人だったが、日本語とロシア語しか話せなかったために、時に孤立することがあった。

高校を卒業する直前まで、父親が世界を股に掛けた商社マンであることに誇りを持っていた。だが、それもある事件で一転する。ドイツのハンブルクで一家の乗った車が銃撃され、車は大破した。奇跡的に家族は大怪我をせずにすんだが、父親はその夜失踪《しっそう》した。

母親と大学を卒業していた兄は日本に帰ったが、美香は一人ドイツに残って高校を卒業し、米国の大学に入学した。不思議なことに給料は父の会社からその後も支給され、生活に困ることはなかった。不審に思った兄の啓吾が、米国に本社がある父親の会社を調べると実体がないダミー会社だった。

大学二年の時に誠治から突然電話が掛かって来たことがある。そこで美香は自分の推理をぶつけてみた。父親はＣＩＡの情報員で、家族は単に隠れ蓑《みの》だったのじゃないかと。というのも、反米的な人物の暗殺や米国絡みの事件を契機に引っ越しをすることが多かったからだ。

実は兄の啓吾も美香も薄々感づいていた。父親が多言語会話に熱心で、しかも海外では治安が悪いからと、子供の頃から銃や護身術の訓練もさせられた。兄の啓吾は反発していたが、美香は素直にそれを受け入れた。今から考えれば、情報員として英才教育を受けていたに違いない。誠治は美香の推理に対して、否定も肯定もしなかった。

美香は米国から帰国後、国家公務員一種（二〇一一年廃止）を取得して内調の職員になり、特別捜査官となった。父親を嫌いながら、まるでその後を追うようにキャリア路線を蹴ってまで情報員になったのだ。その後、自ら志願して森美香として潜入捜査をすることになり、浩志と出会った。

現在は森美香として戸籍もパスポートも手に入れている。片倉梨紗、昭和五十三年（一九七八年）七月二日生まれという戸籍は捨てた。というのも片倉という戸籍も作られたものだと調べて分かっていたため、名乗るつもりもなかったのだ。その点、兄の啓吾は外務省に入省したため、そのまま片倉を名乗っていた。

誠治からは、六年ほど前から時折電話がかかってくる。その都度《つど》、浩志以外誰にも教えていない携帯にまで掛かってきた。その調査能力は暗に情報員であることを認めるようなものだ。試しに内調の捜査官として米国と情報交換がしたいと言ったことがある。すると本当にＣＩＡの情報員を紹介されたことがあった。誠治は局内でも地位が高い幹部クラスであることは、容易に想像ができた。

「どうしたの？　下りるわよ」

家族のことを考えていたら、いつの間にかジスレーヌはエレベーターを下りていた。

「ごめんなさい」

慌てて廊下に出た美香は、彼女に従ってホテルの一室に入った。

部屋はシングルだが五つ星というだけあって、広々とし贅沢な作りになっている。

「盗聴器やカメラのチェックはしてあるから、安心して」

ジスレーヌは先ほどまでと違って、いささか緊張した面《おも》持《も》ちで握手を求めてきた。陽気なアルジェリアの女は演技だったようだ。

「ありがとう。会ってくれて感謝するわ」

羽毛のブルゾンを脱いだ美香は、屈託のない笑顔を浮かべてジスレーヌと握手を交わした。肩に掛けている花柄のトートバッグには盗聴器を発見する小型の機械も忍ばせてあるのだが、彼女を信じてあえて出さないことにした。

「あなたに会うのが遅れたのは、情報収集するのに時間が掛かっただけ。他意はないわ」

昨夜彼女から電話で今日の待ち合せが決まったのだが、アルジェに着いてから一週間の間接触はなかった。この国で情報の入手が難しいことは分かっている。それに美香を監視して人物の確認をしていたのかもしれない。

「正直言って、私も他国の情報員に協力するように命じられたのは、はじめてで戸惑っていたの。でも、あなたははじめてじゃないようね。局のサーバーにあなたの記録が残っていたわ」

やはり、美香のことを調べていたようだ。

「それなら、改めて自己紹介する必要はなさそうね」

「まずは、結果から話すわ。ポリス視察団の行方は依然として分からない。こちらも全力を挙げて調査中なの。ただ、あまり待たせてもと思って、接触を試みた」

「そうなの」

美香は素直に受け入れた。時間が掛かっているのであまり期待はしていなかったのだ。

頷いたジスレーヌは話を続けた。

「ただ、先月起きた襲撃人質拉致事件の真相は分かっているので話せるわ」

異存はないので、話を進めるように目で頷いてみせた。

「マリ北部を制圧するイスラム過激派のフランス軍による掃討作戦に反発して、アルカイダ系の武装勢力がプラントを攻撃し、人質を取ったとされていたのは、間違いだった」

ジスレーヌはベッドに腰掛けて話しはじめた。美香もベッド脇に置いてある椅子の位置を直して座った。

そもそもフランスがマリのイスラム過激派の掃討作戦（セルヴァル作戦）に乗り出したのは、人道的なことからではない。マリの隣国ニジェールにおけるウランの利権のためである。それを知っているからこそ、米国のオバマ大統領はフランスの協力要請を断り、フランスは単独介入した。

原発大国フランスのウラン原料の三分の一がニジェールで産出される。そのため、ニジェールの安全保障を脅《おびや》かすマリのイスラム過激派を野放しにできなかった。また、フランスの企業アルバが経営するウラン鉱山は、環境破壊と放射能汚染で地域住民に多大な被害をもたらしているが、マリ政府と結託しているので住民から訴えられることはない。公害を気にしなくてもいい産地国は奇特な存在で、フランスとしては電力を守ることは自衛と判断し、戦争を起こしても損はないのだ。

事件に関係する報道では、二〇一三年一月十六日未明、アルカイダ系の武装勢力〝イスラム聖戦士血盟団〟が、アルジェリア東部イナメナスから西南およそ四十キロに位置する天然ガス精製プラントを襲撃しはじめた。この時点で犯人はマリの国境から千キロも侵入したと考えられていたが、彼らはわずか八十キロ東のリビアから潜入していた。

武装勢力は、警備のアルジェリア軍を容易く撃破し、多数の人質を取り、フランス軍のセルヴァル作戦の停止と仲間の釈放を要求した。結果的にアルジェリア軍は、要求を無視する形で十七日には攻撃を開始する。そして二十一日には特殊部隊が突入し、現場を制圧することで作戦は終了した。

「事件の推移だけ見ていると、武装勢力はマリ政府とフランスに対するテロ活動をしたかのように見えたわ。でも、当初、アルジェリア軍の強攻策を非難していた欧米諸国が、こぞって態度を変えて作戦の評価していることに違和感を覚えたわね」

話を聞きながら美香も頷いてみせた。

「そういうこと。武装勢力にポリシーのかけらもなく、彼らは人質を取って身代金を要求するただの犯罪集団だった。しかもプラント内に犯人側の内通者がいて、プラントの詳細図や人員まで漏洩《ろうえい》していた。身代金の標的にされたのが、日本。米英は決して身代金交渉には応じないからよ。その証拠に、日本政府はN社の社員が人質になった時点で、身代金交渉で解決を模索していた。犯人側に見透《みす》かされていたのね」

ジスレーヌは得意げに話を続けた。

確かに、日本人の被害はN社の社員だけで十人と突出していた。しかも、N社の元副社長である最高幹部まで殺害されている。だが、彼を襲撃するには、綿密な計画が必要だったはずだ。内通者がいたと言われるのは、幹部のスケジュールを知った上で襲撃が行われたと見られるからだ。身代金目的の誘拐で、そこまで必要だったのだろうか。どこか引っかかりを覚えた。

「……そうね」

相槌を打ちながらも、美香は首を傾げた。

三

ＣＩＡのエージェントと思われるジスレーヌからは、目新しい情報を得ることはできなかった。彼女からは、新しい情報が入り次第知らせてもらうことにして別れた。

「一週間も待たされてこれか」

ホテルのエントランスで思わず愚痴が出た。

美香自身もこれまで、何もしなかったわけではない。アルジェリア政府関係者や軍の高官の自宅に盗聴器を仕掛けたり、地元のメディア関係者に話を聞いたりと、積極的に情報収集に努めてきたが成果はまるで上がらなかった。こんな時、自分が女であることの限界を感じる。欧米諸国なら男女差はないが、イスラム圏など男尊女卑の国では、体を売ったとしても情報の真髄《しんずい》に迫ることは難しいだろう。

「うん？」

エントランスを出たところで、視線を感じた。傘をさしてさりげなく周囲を観察し、イドラのカフェの近くで見た不審なイスラム系の男が二人いることに気が付いた。二人とも一八〇センチほどの身長があり、一人は長髪で二十代前半、もう一人は短髪で三十半ば、どちらも黒っぽいジャケットを着ている。

美香は八百メートルほど東にある〝ホテル・アルバート・1イアル〟に宿泊している。歩いて十分ほどの距離だ。三つ星のホテルだが、清潔で値段も安い上に市の中心部にあるため、何かと便利だ。

「世界遺産でも見に行こうかな」

独り言を言って、美香はタクシーに乗り込んだ。

男たちはホテルの前に停めてあった車に乗り込んだ。仲間が他にもいるようだ。

ホテルの裏の通りからパリのサン・トーギュスタン通りとまったく同じ名前の通りに入った。どことなく建物や道幅も似てなくもない。もっともパリはレストランや本屋が点在するおしゃれな通りだが、アルジェは倦怠感《けんたいかん》が漂う裏通りといった感じだ。窓の外に洗濯《せんたく》物《もの》が干されていたり、カーテンがひらめいていたりと庶民的な生活の臭いがする。

サン・トーギュスタン通りを抜けた交差点で美香はタクシーを下りた。一週間も滞在しているためにアルジェの地理は完璧に頭に入っている。街は起伏に富んでいた。小道を歩いていると、いきなり長い階段になることもある。そのため、いつもジーパンを穿き、靴はウォーキングシューズにしている。

雨は小雨になった。五分ほど曲がりくねった坂道を上って行くと、道は狭くなり、両側の建物が壁のように迫ってきた。昼というのに通りは薄暗い。見上げると建物で切り取られた細い帯状の空があることに気が付く。アルジェの観光名所であり、世界遺産にも登録されている旧市街〝カスバ〟である。高低差百十八メートルの起伏に富んだ地形に細い路地が縦横に張り巡らされ、古い石やレンガの建物がびっしりと建ち並んでいる。

以前は、モロッコの〝カスバ〟は観光名所、アルジェの〝カスバ〟は貧民窟《ひんみんくつ》と呼ばれていた。道にはゴミが溢れ、建物も荒れるに任せていたが、世界遺産に登録されて復旧が進められている。だが、今なお貧困から抜け出せない住民が暮らし、倒壊の危機にある建物も沢山あることに変わりなく、観光名所と言いながらも狭く暗い路地裏は近寄りがたい。

美香は二人の男も〝カスバ〟に足を踏み入れたことを確認しつつ、迷路のような石畳の路地の奥へと進んだ。

両側の建物が傾き、上部を木材を渡して支えてある場所が前方に見えて来た。それまで尾行者たちとの距離を保ちながら階段をゆっくりと上っていたが、幅が一メートルほどの脇道に突然入り込み傘を畳んで全力で走った。背後で高い靴音を立てながら男たちも追って来る。

〝カスバ〟には地図にも載っていない路地が沢山ある。いくつもの角を曲がり、美香は執《しっ》拗《よう》に追いかけて来る男たちとの距離を離した。

「どこに行った、あの女！」

長髪の男が袋小路に入り、アラブ語で荒々しく罵った。傘もささずに追って来たために濡れそぼっている。

「おかしい。確かにこっちに来たはずだ」

短髪の男は油断なく周囲を見ながら、若い男の後から路地に入って来ると、おもむろに銃をジャケットの下から抜いた。

袋小路の手前にある民家に隠れていた美香は、そっとドアを開けて男たちの背後に立った。ダウンジャケットのポケットから筒状の特殊警棒をそっと取り出して右手に隠し持ち、トートバッグを道端に置いた。男たちを物陰に隠れてやり過ごすつもりだったが、武器を出した以上叩きのめして戦闘力を削《そ》ぐ必要がある。

「私のことを探していた?」

美香は流暢《りゅうちょう》なアラビア語で言うと、腕を勢いよく振った。鋭い金属音を立てて特殊警棒が伸びた。

「何!」

男たちが振り返ると同時に美香は走り寄って、特殊警棒を振り下ろし、年上の男の首筋に容赦《ようしゃ》なく叩き込んだ。鎖骨が折れる音がし、男は白目を剝いて倒れた。

「くそっ!」

若い男はジャケットからすばやく折畳みナイフを取り出し、刃を出すと戸惑うことなく振り回してきた。かなり喧嘩慣れしているようだ。男の容赦ない攻撃は、これまで何人も人を傷つけて磨かれたに違いない。

美香は特殊警棒を逆さに持ち替え、体をかわすとナイフを持った男の手首を引っかけ、左手を添えてその腕を捻った。男はナイフを落とし、激痛に悲鳴を上げた。美香は構わず、男を振り回して壁に顔面をぶつけて昏倒させた。男は石の壁に血の跡を残しながら倒れた。敵の力を利用する合気道の技だ。右手首も骨折させたはずだ。

アンダマン海を見下ろすコテージで浩志と美香は一年もの間隠れ住んだ。その間、二人は愛し合った。仕事と言えば浩志は魚釣り、美香は料理、それに読書とのんびり過ごした。だが、いつでも復帰できるように二人で武道の稽古をするなど、体を鍛えることも忘れなかった。様々な実戦的な技だけでなく、浩志から闘う心構えまで学んだ彼女は、二年前とは比べものにならないほど逞《たくま》しくなっている。

美香は気絶した男たちを調べ、武器とポケットに入っているものをすべて取り上げてトートバッグに入れ、その場を立ち去った。

「はっ！」

袋小路から出たところで、人とぶつかりそうになった。咄嗟《とっさ》にポケットの特殊警棒を握り締めた美香は、彼女を避けようとして転んだ男を見て口に手を当てた。

「驚いた。大丈夫ですか？」

慌てて美香は尻餅をついた男の肩に手を回した。

「……驚いたのはこちらです。……夕食まで時間があると思って、〝カスバ〟を見学に来たら、あなたが目の前を走って行くではありませんか。……しかもその後を人相の悪い男が二人も付いて行くのを見て、ただ事ではないと思って追って来たのです」

必死に走って来たらしく、池谷は胸を押さえ息を切らしながら答えた。一昨日成田を発った彼は、エジプトに立ち寄り、今日の午後にアルジェに着いていた。夕食は、一緒にしながら打ち合せをする約束をしていたのだ。

美香は腕時計を見た。

「あら、もう四時を過ぎている。でも夕食には少し早いわね。それじゃ、歩いてレストランまで行きましょう」

さきほどの修羅場も忘れ、美香は明るく言った。

「男たちはどうしました？」

池谷が袋小路の方を見て心配している。

「どこかに行っちゃったわ。気にしなくてもいいんじゃない」

「そっ、そうですか」

美香が腕を掴んで引っ張ると、池谷は気難しい表情をしながらも歩き出した。

四

一九八七年、エジプトのカイロで開業された地下鉄がアフリカでは一番古い。二番目は二〇一一年開業のアルジェリアである。

フランスの統治下であったころすでに構想はあったが、アルジェで工事がはじまったのは一九八二年になる。だが、経済危機や十年にもおよぶ内戦で中断され、二〇一一年十一月にようやく営業運転が始まった。延伸の工事も進められているが、二〇一三年現在で総延長十六・五キロ、十駅間で運行されている。

美香と池谷は宿泊している〝ホテル・アルバート・1イアル〟からほど近い〝タフラ・中央郵便局前〟から地下鉄に乗車し、五つ目の〝ジャルダン・デセ〟駅で下車した。街の中心部からやや外れているが、駅名にもなっている〝ジャルダン・デセ〟がある。〝随想の庭園〟とでも訳そうか、庭園の周囲には五つ星のホテルが点在する静かな場所である。

二人は庭園を散歩がてら通り抜け、園の西側に隣接するソフィテルホテルの〝エルモロジャネ〟というレストランに入った。ボーイに案内されて、ガラス越しに庭園を眺めることができるテーブル席に座った。雨に濡れた庭園の緑が美しく映《は》える。

午後六時十分、ディナーには少し早い。客がまだ少ないためにいい席に座れたようだ。

「いかにもイスラムらしいムーア洋式で落ち着いていますね。それに眺めもいい」

池谷はレストランの内装を見て感心している。

「ここのアルジェリア料理はおいしいの。街のレストランの方が、庶民的でおいしい店もあるけど、池谷さんのお口に合わないかもしれないと思いまして」

美香は椅子の下にトートバッグを置いた。襲って来た男から奪った銃やナイフを持っているだけにホテルのクロークには預けられない。

「気を遣わなくていいんですよ。私もアルジェリアには若い頃来たことがあります。もっともフランスの植民地時代で、ずいぶん昔の話ですが」

池谷は英語とフランス語とドイツ語が堪能で、防衛庁の情報局に所属する情報員としてフランスとアルジェリアにも駐在したことがあった。

「それにしても、ご連絡したら、まさかこちらにいらっしゃるとは思いませんでしたわ」

美香は銃が欲しかったので、池谷にアルジェにある傭兵代理店を紹介してほしいと頼んだ。だが、まさかアルジェまで来るとは思っていなかったので、戸惑っていた。

「すみません。こちらに来たのは私の勝手です。何十年ぶりかに仕事から解放され、自由に動きたかったのですよ。それにアフリカに来るのも長年の夢でした。お役に立てるかどうか分かりませんが、精一杯お手伝いさせてください。明日、地元の傭兵代理店にお連れします」

「その件なんですが、銃はとりあえず調達しました」

美香はすまなそうに言った。男から奪った銃はロシア製のマカロフだった。予備のマガジンもあったので、護身用としては事足りる。

「えっ、そうなんですか。さすがです」

一瞬目を見開いた池谷は、美香の顔を見ると大きく頷いてみせた。

「料理を注文しましょう」

美香はアルジェリアの国民食である〝クスクス〟があるコースメニューとアルジェリア産のワインを頼んだ。

「会ってお聞きしようと思っていたのですが、今回の行方不明になった日本人の捜査をされているようですが、それは本店の指令なのですか。確か、辞表を出されたと聞いていましたが」

池谷は美香の顔色を窺《うかが》うように上目遣いで尋ねてきた。本店とは内調のことである。

池谷は日本語で話しているが、公共の場ということで言葉を選んでいるのだ。

「行方不明者？　何のことですか」

美香はとぼけてみせた。自分の素性を知られたくなかったので、アルジェにいる理由を池谷に話してなかった。

「立ち入ったことをお聞きしますが、行方不明になられたK氏は、あなたのお兄様じゃないのですか?」

池谷は情報本部の柏原から得た情報をもとに片倉啓吾の身元を調べ、梨紗という妹がいることを突き止めた。二人の履歴を調べることは、長年情報機関にいた彼にとって容易いことである。そして、梨紗が美香の本名であることも突き止めていた。

「どうして、それを……」

美香は啞然として池谷を見た。

米国をリーダーとして各国の警官による視察団が行方不明になったことは、未だにニュースにも上がっていなかった。

「これは極秘ですが、あなたは元本店の方なので、構わないでしょう。実は本店の国際部の方から、行方不明者の捜索を依頼されたのです。それでK氏の履歴を調べているうちにあなたの古いデータも見つけてしまったのです」

「あの人に話したのですか?」

険しい表情で美香は尋ねた。浩志にも本名を明かしたことはなかった。

「まさか。私の口は堅いですから、話しません。私はコマンドを派遣する前に少しでも情報を得ようと思っていたところに、あなたから連絡が入りましたので、これ幸いに駆けつけたわけです。あなたなら何らかの情報を手に入れている可能性がありますからね」

池谷は元々情報を得るために地元の傭兵代理店に行くつもりだった。

「そうですか。では、彼もこちらに来るのかしら」

美香は、ほっと胸を撫で下ろした。

「フィリピンに立ち寄ってから、こちらにいらっしゃいます。おそらく明日にでも顔が見られるはずですよ」

池谷は浩志がフィリピンに行けば、すぐに京介を連れ出すことができると簡単に考えていた。航空券の手配をしてそれで安心しているようだ。

「彼には話した方がいいかしら」

今まで黙っていただけに、今さら本名を名乗るのも違和感を覚えるのだろう。美香は苦悩の表情を見せた。

「どちらでもお好きにされてはいかがですか。あの方は、些細《ささい》なことを気にするようなお人ではありませんから。こんな感じでニヒルに笑って頷くかもしれませんが」

美香が真剣に悩んでいる姿を見て池谷は浩志の真似をしてにやりと笑ってみせた。

「そうね。話しても多分、それでって、逆に聞かれそう」

馬面の池谷が妙な顔をしたので、美香は口元を押さえて笑った。

食事は和《なご》やかな雰囲気で終わり、帰りはタクシーで〝ホテル・アルバート・１イアル〟まで帰った。

部屋に戻った美香は、さっそく二人の男たちから奪った所持品を床の上に拡げて調べはじめた。銃はマカロフ、折畳みのアーミーナイフは中国製の安物、それに財布が二つに免許証もあったが、彼らがどんな組織に所属するのか分かるような物はなかった。

深夜、美香はベッドの枕元に置いたスマートフォンの振動とアラームで目覚めた。部屋はまだ暗い。目覚ましではないことに気が付き、すぐにスマートフォンを手に取った。ジスレーヌ・カセットからだと表示されている。

「アロー」

耳元に当てて電話に出た。

――……仲間が殺された。たっ、助けて……。

ジスレーヌの喘《あえ》ぎ声が聞こえてきた。

「どこにいるの？」

「ノートルダム大聖堂の近く……」

苦しそうに息を吐きながらも、ジスレーヌは答えた。アルジェの高台の上に建つノートルダム教会にいるらしい。

「分かった」

美香は詳しい場所を聞き出すと、特殊警棒と折畳みナイフをダウンジャケットのポケットに入れ、マカロフをズボンの後ろに差し込んだ。

五

フランス語で「私たちの淑女《しゅくじょ》あるいは貴婦人」という意味である〝ノートルダム〟を冠する教会は、フランスにある八つの大聖堂だけでなく、ヨーロッパやカナダ、それにアルジェリアなどのフランス語圏の都市に点在する。

アルジェリア湾を見下ろす高さ百二十四メートルの岬の上に建つノートルダム・ド・アフリーク教会は、一八五八年に建設がはじまり、一八七二年に完成した。こぢんまりとしているが、威厳ある教会を人々はアフリカのマリアと呼ぶ。

ジスレーヌから助けを求められた美香は、従業員に見つからないようにホテルの裏口から出た。時刻は午前三時二十分、アルジェで女が一人で出歩いていい時間ではない。

昨夜まで降っていた雨は止んだが、気温は十度を切った。美香はホテルとオルロージュ庭園に挟まれた細い通りを走り抜け、ドクター・シェリフ・サダン通りに出た。トラックが時折通り過ぎる。駐車中の車を探し、次のブロックでまた裏路地に入った。

数台の車が街灯もない場所に停められている。どの車も年式は古い。表の通りから三台目の一九八九年型シトロエンCXの運転席の脇に立つと、美香は用心深く周囲を見渡し、特殊警棒を取り出した。

ＣＸのドアロックはされている。美香は特殊警棒を握り、先端の金属部分で運転席の窓を突き破った。すばやくドアを開けてハンドルの下に手を突っ込み、配線を引っ張りだすと、ナイフで切断し、両手に握った配線を接触させてセルモーターを動かした。エンジンは鈍い唸り声を上げながらも一発でかかった。

「車泥棒もできそうね」

一人で頷くと、美香はアクセルを踏んで表の通りに出た。市内の曲がりくねった道をひたすら北に向かい、郊外のビサッス・ラバ通りに出た。さすがに行き交う車もない。

道はやがて上り坂になり、月光に照らし出されたノートルダム教会が見えてきた。美香は教会を通り越し、Ｕターンさせて近くの建物の陰に車を停めた。教会前のバシリック通りはこの先で袋小路になっているからだ。

車を下りた美香はマカロフを抜き、月明かりを避けてゆっくりと進んだ。教会はフランスを懐かしむように通りを背にし、地中海に向いて建てられている。西側にある深い森に美香は足を踏み入れた。

ジスレーヌは通りから見えないように教会の入り口の石段の下にいるらしい。市内の宿泊先のホテルの裏で仲間と一緒にいるところを銃撃され、タクシーを乗り換えて尾行を振り切りここまで来たらしい。米国大使館まで行こうとしたが、敵の姿を確認したために諦めたようだ。市内の病院で待ち伏せされている可能性もあるため、あえて郊外まで逃げたに違いない。決して神にすがったわけではなく、人目を避けるべく郊外の教会を選んだのは懸命な判断だ。大使館や病院には夜が明けてから行けば安全は確保できる。

しばらく森の中で様子を窺った美香は、闇夜のベールを脱ぐように森から出た。海から吹き上げる風の音だけが聞こえる。壁に沿って時計回りに教会の正面に辿り着いた。

ローマ・ビザンチン様式建築の教会は、左右に大きな入口があり、十段の階段がある。正面は月を背にしているため、建物のシルエットが見えるだけで、墨で塗りつぶされたように暗い。

ポケットから小型のペンライトを出して点灯させた美香は、左手にライトを握り、その上に銃を持った右手を載せた。

階段下を照らし、血痕《けっこん》を見つけたが、ジスレーヌの姿はない。

「……？」

階段の上の方に血痕が続いていることに気が付いた。血痕を辿り、ペンライトの光の輪が、教会のドアの下に踞《うずくま》っている女の姿を捉えた。

「ジスレーヌ！」

銃をズボンにねじ込み階段を駆け上がった美香は、ぐったりとしているジスレーヌを抱き起こしてドアにもたれさせた。体が冷えきっている。しかも左肩を撃たれたらしく、血がべっとりとコートに付いていた。

「……会ったばかりのあなたに頼って、ごめんなさい。……でも、私の命が狙われたのは、きっとあなたにも関わることだと思ったから、直接伝えたかったの」

気が付いたジスレーヌはフランス語でなく、英語で答えた。

「ありがとう。理由は後で聞くから、しばらくじっとしていて」

ブラウスのボタンを外して傷口を見ると、弾丸は貫通していた。美香はハンカチを出して傷口に押し当て、肩に掛けていたトートバッグからホテルから持って来たフェイスタオルを取り出し、傷口をきつく縛った。

「これで大丈夫。米国大使館に応援は頼めないの？」

 へたに動くよりは、ここで救助を待つ方が懸命だ。

「大使館で銃を扱える者は、六人。……そのうちの五人はリビアの国境付近に行っている。残りの一人は殺された。護衛の兵士もいるけど、大使館勤務じゃない私には、命令する権限はないの」

銃を扱える六人というのはＣＩＡの情報員なのだろう。彼らの関心はアルジェリアではなく、情勢が不安定な隣国リビアにあるようだ。人手不足で止むなく美香を頼ったに違いない。

「もちろん仲間にも連絡したけど救助が来るのは夜が明けて、お昼近くになると思う。大使はもちろん事務官も数人いるけど、連中はあてにできないしね」

補足したジスレーヌは苦笑を漏らした。

「それじゃ、しばらく星空を観賞しましょうか。気分が良くなったら移動しましょう。どのみちここにいたら、凍え死《こご》んでしまうわ」

美香はライトを消して彼女の横に腰を下ろした。地中海を覆う夜空には満天の星が輝いている。

「寒い！」

ジスレーヌは自分の体を抱きかかえるように腕を体に絡ませると震えだした。気温が低いこともあるが、出血して血圧と血糖値が下がっているに違いない。

トートバッグから、ホテルのバスタオルを出して彼女の肩に掛け、バッグの中を右手で探った。

「あった。食べかけだけど、元気が出るわよ」

美香はトートバッグからチョコレートバーとペットボトルの水を出して、ジスレーヌに渡した。アルジェの市場で買った地元産のチョコレートだが、やたら甘いので端をかじっただけで食べずにバッグに入れてあった。また、衛生面に注意しなければならないため、ペットボトルの水はいつも携帯している。ポシェットやハンドバッグではなく、旅先では大きめのトートバッグを持つようにしていると何かと便利だ。

「あなたのバッグには魔法でも掛かっているの」

手渡された物を見て、ジスレーヌはくすりと笑い、水をうまそうに飲み、チョコレートバーをかじった。

「そうよ。でも魔法はこれでおしまい」

「日本のアニメで、ブルーの猫型ロボットがポケットから何でも出して見せるのと同じね。息子は二人とも大好きだけど、軍人の夫は、怠慢《たいまん》な人間になるから教育上よくないと本気で怒るの。でも、私は好きよ」

チョコレートで血糖値が上がったらしく、ジスレーヌの顔色はよくなってきた。年配に見えたが、まだ三十の半ば、美香と変わらないのかもしれない。夫が軍人で、妻はＣＩＡの情報員、敵と闘って血を流すことを二人とも厭《いと》わない。平和ぼけしている日本人には到底理解できそうにないが、合衆国に忠誠を近い、祖国を守るという気持ちが根底にあるという意味では、米国の標準的な家族と言えよう。

二人は英語にフランス語を交えながらまるで女子高生のように語り合った。寒さに勝つために話さずにはいられなかったのだ。

車のブレーキ音が教会の裏手から聞こえた。

「歩ける？」

彼女の耳元で尋ねた。だめなら一人で闘うまでだ。

「ええ」

ジスレーヌは、力強く答えた。

美香は立ち上がって彼女に手を貸した。

六

アフリカは全て灼熱《しやくねつ》の地だと勘違いされることが多い。アルジェリアは北部の地中海性気候と南部に延々と広がる砂漠の砂漠気候に分かれる。北部は冬に雪が降ることもあるが、南部の砂漠では雨はめったに降らず、冬でも日中は三十五度を超える乾燥地帯である。

アルジェは、新潟と群馬の県境あたりと同じ緯度である。冬には雪こそめったに降らないが、最低気温は零《れい》度前後まで下がることも珍しくない。

教会の敷地に二台の車が乗り込み、八人の男が下りて来た。銃とハンドライトを持ち、教会の周囲を見回っている。ジスレーヌを探していることは明らかだ。彼女を乗せたタクシーを見つけて運転手から聞いたのだろう。

怪我をしているジスレーヌを連れて美香は教会の西側の森に隠れた。ここなら、ナイトビジョンでも使わない限り見つかる心配はない。だが、気温は十度を切ったらしく、足下から寒気が襲って来る。長く留まることはできないだろう。

ライトが森の方に向かって照らされた。

「まずい」

教会を調べて諦めるだろうと思っていたが、ライトが森の方に向かって照らされた。


美香はジスレーヌを支えながら森を移動し、バシリック通りに出た。森に沿って歩けばライトを当てられない限り見つかることはない。車を教会から離れたところに停めたのは、正解だった。百メートルほど歩き、民家の敷地内に勝手に停めたシトロエンの助手席にジスレーヌを乗せると、美香はハンドル下に垂れ下がっている配線を両手に持ち、接触させた。だが、火花すら散らない。何度試しても、セルモーターは反応しなかった。放電してバッテリーが上がってしまったようだ。

「ここに隠れていて、車を取って来る」

「ちょっと待って、敵の車を奪うつもり?」

車を降りようとした美香の腕をジスレーヌが摑んだ。

「それしか方法はないでしょう」

ニコリと笑って答えた。

「クレイジー。そんなことをしたら、殺されてしまうわ」

「大丈夫、私は決して死なない。そう信じている。でも自分の力を過信しているわけじゃないの。だけどそう思える。それにあなたを決して死なせはしない」

今命があるのは、浩志が救ってくれたからだと思っている。何度も助けられた。彼がいつも来てくれるとは思っていない。だが、不思議と彼のことを思うと力が湧いて来る。

「どうして、私のために命をかけるの？」

「それは、あなたが頼ってきたからよ。あなたに返事をした以上、約束は守る。それにあなたはもう私の友人、そうでしょう」

美香は彼女の手を優しく叩いて引き離し、車を下りた。

右手に握ったマカロフを下に向け、鬱蒼とした森に紛《まぎ》れるように走った。ライトの光芒《こうぼう》が森の中で錯綜《さくそう》している。敵はジスレーヌがタクシーで来たことから、まだ教会の近くにいると確信を持っているようだ。石段に残された彼女の血痕を見つけられたのかもしれない。

道を隔てて教会の向かいにある建物の暗闇に飛び込んだ。教会の広場に停めてある車は二台。一台は、十年以上前のプジョー２０６で、もう一台は二、三年前のルノーのバンであるエスパスだ。

奥に停めてあるエスパスの前に男が一人、プジョーの運転席の前にも別の男が立っている。いつでも車が出せるようにしているのだろう。

美香はマカロフを仕舞い、ポケットから特殊警棒を出すと、先端を握って音を立てないように引っ張りだした。

二人とも煙草を吸いながら教会の方を見ている。彼らの死角から道を渡り、プジョーの後ろに隠れた。男たちに変化はない。

車に沿ってゆっくりと男に近付く。

男は吸っていた煙草を足下に投げつけ、踏みつぶそうと振り返った。

「なっ！」

二メートル先の男に気付かれた。

駆け寄って特殊警棒を振りかぶり、男の顔面を横から殴りつけた。顔に当たる寸前で男は美香の腕を掴んだ。

「くっ！」

美香は男の金的を蹴り上げて腕を解き、男の側頭部を殴って昏倒させた。

パンッ！　パンッ！　破裂音が二度。

左腕に激痛が走った。エスパスの前に立っていた男が銃撃してきたのだ。

銃を撃って来た男に特殊警棒を投げつけ、倒れ込みながらマカロフを抜いて男の太腿に二発撃ち込んだ。

立ち上がると男の銃を蹴り飛ばし、プジョーの運転席に乗り込んだ。付けっ放しになっていたキーを回そうとしたが、マカロフを握った指が離れない。興奮しているために指が硬直しているのだ。

「落ち着いて、美香！」

自分に言い聞かせ、左手でマカロフを右手から剝がすように持ち替えて銃を腰の後ろに挟んだ。

エンジンをかけると、バックで道まで出てそのまま百メートル戻った。

「乗って！」

ドアを開けて、声を張り上げた。

暗闇に潜んでいたジスレーヌが、助手席に飛び込んで来た。

「大丈夫？」

青ざめた表情で尋ねてきた。

「行くわよ」

心配顔のジスレーヌを無視し、アクセルを目一杯踏んだ。銃弾は腕を掠《かす》めただけで大した傷ではない。

教会の横を猛スピードで通り過ぎると、エスパスも道に飛び出して来た。森を捜索していた連中が銃声を聞きつけたのだろう。

バックミラーを見た美香は唇を嚙んだ。

ビサッス・ラバ通りの坂道を一気に下り、アルジェを南北に貫くフレ・ヴァロン道路に入った。エスパスとの距離は百五十メートル。

「えっ！」

距離を離そうと、アクセルを床まで踏んだがスピードが出ない。アクセルを離し、もう一度踏んだが、スピードメーターの針は中央の１１０キロを超えることができず、いたずらにエンジン音を高めるだけだ。

「何、このポコンツ！」

悪態をついた途端に激しい衝撃に襲われ、体が前に押しやられた。

「いつの間に！」

バックミラーを見た美香は叫び声を上げた。敵に追突されたのだ。

エスパスは余裕の走りを見せる。左横に並び、今度はサイドボディーをぶつけて来た。

「くっ！」

ハンドルを左にきって美香は押しやられないように耐えた。

「伏せて！　ジスレーヌ」

言葉も終わらないうちに銃撃された。サイドとフロントウインドウが粉々に割れた。エスパスの後部座席の男が撃ってきた。

相手のボディに車をぶつけ、左手にマカロフを握り、美香は応戦した。エスパスが離れて後方に下がった。

「美香、謝ることがある。あなたと接触して情報を提供するように上層部から命令されたけど、それには魂胆があった。あなたに情報を流し、藤堂と彼のチームに、拉致された人質を助け出すように仕向けることが真の目的だった。ＣＩＡはすでに人質の所在地を摑んでいる」

行方は分からないと言ったのはすぐに教えれば、不自然だからだろう。浩志らのチームがアルジェに入った時点で教えるつもりだったに違いない。

「分かっている。多分、そんなことだと思っていたわ」

計画したのは美香の父親だろう。想定内のことだ。

「本当にごめんなさい」

ジスレーヌはすまなそうに言った。

「〝フランボワーズ〟でショコラショとチョコレートケーキを奢《おご》ってくれたら、許してあげる」

美香は笑って答えた。命令に従った彼女を恨む気持ちはなかった。

「すてき！　私も一緒に食べるわ。このまま走って、米国大使館に乗り込みましょう」

吹っ切れたのか、ジスレーヌも笑った。

「最初から、そのつもりよ」

米国大使館はアルジェの中心部にある。教会からは南に八キロほどの距離だ。

右に寄って側道に入りフレ・ヴァロン道路から抜け、急ハンドルを切って高架で交差するヌーヴ道路に左折した。曲がりくねった道を通り、途中で狭い裏通りを抜ける。スピードが出せないので敵も後方に甘んじている。

鋭角に交差する道からタイヤを軋ませながらエル・イブラハム通りに曲がった。大使館までは、残り二キロ。

再び銃撃され、リアウインドウが粉々に砕け散った。

「しつこいわね。ハンドルを持っていて」

美香はジスレーヌにハンドルを持たせ、後ろに向き直ってマカロフを連射した。だがエスパスの助手席の男はひるむどころか、身を乗り出して撃ち返してきた。

全弾を撃ち尽くし、ポケットのマガジンとすばやく取り替えた。

「きゃっ！」

車が一瞬蛇行《だこう》した。ジスレーヌが撃たれたようだ。

「大丈夫？」

美香はハンドルを左手で握り、彼女を気遣った。

「私が気絶しないうちに始末して」

ジスレーヌはハンドルを持ったまま気丈に言ったが、右のこめかみから頬に血が流れてきた。弾丸が掠めたようだ。

「頼んだわよ」

再び後ろを向いてマカロフのトリガーを引いた。助手席の男に三発の銃弾を撃ち込んで黙らせ、運転している男に銃弾を集中させた。フロントガラスが蜂の巣状態になったエスパスは蛇行をはじめ、道路際のビルに激しく接触し、車体を空中で回転させると、路面に叩き付けられて停まった。

「やった！」

歓声を上げた美香は正面に向き直って、慌ててブレーキを踏んだ。ジスレーヌが気絶していた。ハンドルを切ったがカーブが曲がりきれず、正面の壁が眼前に迫った。咄嗟にサイドブレーキを踏んで車を横滑りさせ、壁にサイドボディーをぶつけて停まった。

「もうっ！」

キーを回したが、エンジンはかからない。エンジンルームから煙が出ていた。ジスレーヌを乗り越えて助手席から車を下りた美香は、彼女を揺さぶって目覚めさせた。

「行くわよ」

美香はジスレーヌを車から下ろし、肩で担ぐように歩き出した。

新人民軍

一

ミンダナオ島のダバオにある西ミンダナオ方面隊に京介をわざわざ迎えに来た浩志は、郊外の駐屯地で無事に合流することができた。

京介はフィリピンの傭兵部隊に六ヶ月という契約で入隊し、二ヶ月前に任期は終わっていた。契約は一ヶ月ごとに更新しているが、自由契約となっているため、いつでも隊を離れることはできる。

だが、彼のことをよく知る南ルソン方面隊、第2歩兵師団に所属するホセ・アバロス大尉は、ルソン島での作戦に傭兵部隊を投入し、その際、京介が重要な戦力となるため、部隊を辞めることに強く反対してきた。

京介にとってフィリピンでの仕事は兵士としての勘を養うための一時的なものである。

浩志が再び活動することになれば、選択の余地はなく、ホセの必死の引き止めも意に介さない。しかも、仲間が大勢来てくれたので、彼は嬉々として荷物をまとめて駐屯地を後にした。

「まったく、こんなことなら俺たちが雁首《がんくび》揃えて来るまでもなかったですね。おかげで京介は調子に乗っていますよ」

ベンチで新聞を読む浩志に、辰也が文句を言ってきた。途中で新人民軍の暗殺部隊と遭遇したことも忘れているようだ。

午後四時、ダバオ国際空港のロビーで浩志らは五時二十分発の便を待っていた。

「浅岡さん、俺のことが羨《うらや》ましいですか？　俺が有能な傭兵だってのは、フィリピンの外人部隊じゃあ、有名な話なんですから。じゃなかったら藤堂さんが直接来られることはないでしょう」

京介は辰也の肩を叩いた。浩志が直々に迎えに来たことで浮かれていることは事実だ。

「馬鹿野郎、殺すぞ」

辰也は京介の背後にすばやく回り込み、右腕を首に絡ませ、左手を腕に添えて一気に締め上げた。柔道で裸締、格闘技ではスリーパーホールド、あるいはバックチョークと呼ばれる技であるが、敵を無音のうちに落とすには有効だ。辰也なら首の骨を折ることもできる。京介の顔が見る見る赤くなり、右手で辰也の腕を叩いてもがいている。

「二度と馴れ馴れしく俺の肩を叩くな」

辰也は腕を解いた。

「……人でなし」

首を押さえて荒い息を吐きながら、京介は尻餅をついた。

空港職員が何事かと見ているが、辰也らにとってはじゃれ合っているに過ぎない。宮坂や加藤は傍《はた》でにやにやと笑っている。京介が自らの言動で自爆するのは、今にはじまったことではないのだ。

「この馬鹿に何とか言ってやってくださいよ」

辰也が京介を指差して文句を言って来たが、浩志は鼻で笑って取り合わなかった。

今回内調から引き受けた仕事はアルジェリアである。全土でフランス語が通じるが、植民地時代を知らない若者や旧宗主国であるフランスを嫌う者はアラビア語を話す。そのため、アラビア語が堪能な京介をメンバーに加えたのだが、彼はアルジェリアの傭兵部隊にかつて所属していたこともあり、浩志はその経験も買っていた。

京介はコードネームにもなっている〝クレイジーモンキー〟以外に、〝クレイジー京介〟というあだ名も持っている。付き合いが古い仲間からは、むしろこちらの方が通じる。テロ対策で緊張している空港に、紛争地に向かうため戦闘服で行ったために逮捕され、仲間からは物笑いの種になったことで付けられた。だが、そもそも彼が傭兵になった理由がクレイジーだったからにほかならない。

一九九六年、高校を卒業した京介は、ソ連軍が撤退し、支配権を巡って内紛状態のアフガニスタンに単身向かった。いわゆる〝アフガニスタン紛争〟で、ターリバーンに対抗する北部同盟に義勇兵として参加している。

ソ連軍のアフガン侵攻に抵抗するムジャーヒディーン（イスラム勢力）に加担する日本人も少なからずいたことは事実であるが、英語もアラビア語も話せない十八歳のガキが飛び込んだのだから、クレイジーと言われても仕方がない。本人いわく、原理主義のターリバーンが人民を抑圧することが許せなかったと言うが、銃を支給されて戦場に出られることだけで、志願したに違いない。

当時パキスタンからの援助を受けて圧倒的な武器を装備していたターリバーンは、アフガニスタン全土の九割を掌握《しょうあく》するまでに力を付け、片や北部同盟は善戦虚《むな》しく敗退を続ける。三年間闘い北部同盟に見切りをつけた京介は、新たな紛争地を求めてアルジェリアに渡った。

アルジェリアは一九九一年から政府軍とイスラム反政府軍との間で内戦が勃発《ぼっぱつ》し、激しい戦闘が続いたが九七年に停戦、九九年の恩赦でほとんどの反乱軍は解体された。だが、一部のイスラム武装集団は活動を続け、二〇〇七年には、〝イスラーム・マグリブ諸国のアルカイダ機構（ＡＱＩＭ）〟となり、テロを継続させている。

京介はティアレで武装集団を掃討する傭兵部隊に志願した。短期ではあるがこの部隊で大佐こと、マジェール・佐藤も副司令官として活躍している。また、京介が志願した時に入隊を許したのは、当時、副司令官を務めていた浩志であった。司令官はアルジェリア人の軍人で、副司令官が傭兵部隊の実質的なトップである。

浩志は血の気の多い若造である京介を訓練でとことんしごいた。京介がムジャーヒディーンの戦士から三年間で習ったことは、ロシア製のアサルトライフルAK47と対戦車ロケット砲、RPG7の扱い方だけで、兵士としての基礎知識も軍の規律も知らないずぶの素人と同じだった。だが、だれにも負けないだけのガッツはあった。それだけに他の傭兵仲間とレベルは違うものの、浩志はチームに参加を許してきた。

「……」

浩志はポケットの衛星携帯が振動していることに気が付き、すばやく耳に当てた。

――友恵です。人物までは特定できませんが、例のスナイパーと頻繁《ひんぱん》にメールで連絡を取っていた会社が判明しました。

友恵からの連絡だ。浩志を暗殺しようとしたビクトル・ムヒカを調べるように彼女に依頼していた。

「よく分かったな」

――最初はムヒカが宿泊していたホテルを探しましたが、見つかりませんでした。そこで、アパートやマンション、貸家まで範囲を広げたところ、空港の近くにある一軒家を借りていたことが分かりました。

葬儀は朝行われたので、ムヒカは島に宿泊したと考えられた。地元の警察ではホテルを片っ端から調べたが、見つけることはできなかったのだ。

「何、マレーシアまで行ったのか？」

――ランカウイ島にいます。アレキサンドル・ユニセフという名で、一軒家が二月一杯借りられていました。侵入して、ムヒカのパソコンを持ち出して調べたのです。

パソコンを盗み出したらしい。友恵は淡々と説明した。いつもながらクールな女だ。ホテルではすぐに足がつくのであらかじめ、一軒家を借りていたのだろう。

「それで、その会社は？」

――〝北京通信環科技〟という会社から発信されていました。

「〝北京通信環科技〟？　聞いたことないな」

――調べてみたら、結構有名でしたよ。実体がないということで。

電話口から友恵の笑い声が漏れ聞こえた。

「どういうことだ？」

――中国にはオフィスだけあってほとんど社員がいない、幽霊会社が結構あるそうです。ただし、株式を上場し、売り上げを出しているので実際に調べてみないと分からない。この手の会社を通じて、投資や土地の売買が行われるのです。トンネル会社なのでしょう。日本にも支社があるので、瀬川さんに調べてもらうように頼みました。

「幽霊会社か」

思わず溜息が出た。実体がなければ、調べはすぐに壁に当たる可能性はあった。

——ただ、実績を調べていたら、面白いことが分かりました。二年前に上海にある〝陳《チン》金属製品有限公司〟の全株を買い取って、合併し貿易事業部としました。

「……〝陳金属製品有限公司〟？　あの会社か！」

浩志は眉間に皺を寄せた。

〝陳金属製品有限公司〟は表向きは金属加工業としているが、実体は中国から中東諸国に武器を売り捌《さば》く死の商人だった。国際犯罪組織であるブラックナイトのアジアでの拠点と見られていた。

社長は陳海峰《ハイファン》で、ブラックナイトの大幹部だったと言われている。またナンバー2と言われた王洋《おうよう》は、浩志らとの戦闘で死んだ。

——ナンバー2の王洋が死んで、会社が弱体化したために北京通信が買い取った。あるいは陳金属製品の会社名を消滅させて実体を隠すために傘下にしたと見るのは、考え過ぎでしょうか。

友恵の推理は悪くはない。

「いずれにせよ、まともな会社じゃないことは確かだな。それにしてもブラックナイトはまだあったのか」

浩志と仲間が軍事部門を殲滅させたことで、暴力的な後ろ盾を失った組織は壊滅したと聞いている。

――私もそう思っていました。ただ、中国のブラックナイトはロシアと違い、力を温存させていた可能性も考えられます。とにかく一旦日本に帰って、引き続き調査を進めます。

「頼んだ」

浩志は電話を切った後、舌打ちをした。ブラックナイトという単語は二度と聞きたくなかった。

二

午後五時を過ぎた。ダバオ空港の出発ロビーは、十七時二十分発マニラ行きのフィリピン航空と十七時三十五分発のゼスト・エアウェイズ航空の出発が遅れているために人でごった返している。

先発で昨日アルジェに行っている池谷からは連絡がない。ダバオとアルジェでは七時間の時差がある。アルジェでは午前十時半頃だ。もっとも池谷はこの時点で、未明に美香が負傷しているジスレーヌを連れて米国大使館に行ったことなど知らなかった。

外は激しい雷雨が降り、湿度が九十パーセントを超える空港ビルのエアコンはまったく役に立っていない。搭乗間際になって遅れの理由は整備点検のためというアナウンスがされただけで、南国時間に慣れた現地人ならともかく、蒸し暑さも手伝って外国から来た乗客は苛立っていた。

浩志らはロビーの椅子に座っていたが、人が大勢集まってきたので、出口に近いビルの片隅に移動した。傭兵としての習慣だが、人目や群衆を避けるだけでなく、テロを避けるためだ。人が集まる場所では、得体の知れない荷物が置かれていても目立つことはない。また、体に爆弾を巻いた人間が人ごみに紛れていたら、浩志といえど避けることは不可能だ。

駐車場側の出入口から三人の軍人が入って来た。人ごみをかき分け、まっすぐにやってくる。

「当分の間、飛行機は飛びませんよ」

軍服に着替えたホセ・アバロス大尉が浩志の前に立った。部下と合流したのだろう。背の高い二人の兵士は背後で直立不動の姿勢で立っている。

「理由は?」

折畳んだ新聞から目を離すこともなく浩志は尋ねた。

「二つの航空会社のマニラ行きの機体に、爆弾が仕掛けてあると脅迫電話があったからです。安全確認に少なくとも二、三時間はかかるでしょう。ただ、本当に仕掛けられていたら、二機ともフライトは中止され、厳戒態勢を敷かれます。当然空港も閉鎖されるでしょう」

「……」

浩志は視線をホセに移した。

「軍の輸送機が二、三十分で到着します。給油が終わり次第、マニラに戻りますが、よろしければご一緒にいかがですか？」

「断る」

新聞にまた視線を戻した。

ホセの申し出には、京介を返せと言う魂胆が見えている。空港が閉鎖されては困るが、アルジェには午後十一時五十五分マニラ発のエミレーツ航空で行くことになっている。一、二時間の遅れなら充分間に合う。

「それでは率直にお話しします。我々に力を貸してください」

「京介に直接言うんだな。俺はやつのマネージャーじゃない」

ホセの熱意は感じられる。だが、傭兵の仕事は個人の問題だ。軍隊と違って命令で作戦に参加することはない。

「私はミスター・藤堂、あなたにお願いしているのです。私はお名前を伺っていませんでしたが、あなた方がただ者でないことは、新人民軍の〝Sparrow〟の待伏せを阻止《そし》したことで充分分かりました。そこで、失礼ながらマカティの傭兵代理店にあなたに仕事の依頼をしたいと言って、名前を聞いたのです」

仕事を依頼すると言われれば、傭兵代理店は傭兵の名前を明かすかもしれない。代理店の社長であるカルロスは、政府や軍にパイプを持っているだけに嫌と言えなかったのだろう。

「俺たちは仕事を依頼されて移動中だ。プロにダブルブッキングはありえない」

浩志は冷たく言い放った。

「ダブルブッキング……、そうですか。失礼しました」

ホセは大きな溜息をつくと、部下を連れて退散した。

「フィリピンにも優秀な特殊部隊はあるはずだ。俺たちに仕事を依頼するまでもないだろう」

浩志は京介を呼んで尋ねた。

「うちのチームより優秀かという問題は置いといて、軍や警察にも特殊部隊はあります。ただ、手が回らないのですよ。日本では多分報道されていないとは思いますが、二年ほど前からミンダナオ島だけでなくマニラ周辺でも新人民軍によるテロが頻発しています」

フィリピンの傭兵部隊に度々参加している京介は、事情に通じていた。

政府軍と毛沢東《もうたくとう》主義を掲げる新人民軍との闘いは四十年以上にもわたり、四万人以上の人命が失われている。政府軍の徹底した掃討で一時は二万五千人を超えた新人民軍の戦闘員の数は、二〇一〇年までに四千百人まで減らすことに成功したものの、二〇一一年から再び増加を辿っている。

「ミンダナオ島の他の武装勢力とは平和交渉が進んでいますが、新人民軍の要求は、土地改革と共産化ですからね、政府としては受け入れる余地がないんですよ。手口も軍人や警官の殺害だけでなく、強盗やゆすりなど夜盗と変わりません。大きな声じゃ言えませんが、新人民軍に中国は無関係と言われていたのですが、どうもそうじゃないようです」

毛沢東主義を掲げる共産党、いわゆる〝毛派〟は、フィリピンだけでなくネパール、インド、インドネシアにも存在する。ネパールでは二〇一一年に〝毛派〟が政権を取って中国の傀儡《かいらい》政権となり、インドでは〝毛派〟の武装勢力のテロが頻発している。いずれの〝毛派〟もバックには中国の存在がある。

フィリピンでも新人民軍の兵士を労働者に紛れ込ませて労働組合を作り、労働紛争を起こしている。手口はインドで〝毛派〟の労働組合員が労働者の不満を煽るのとまったく同じだ。また、彼らは日本人を殺せというビラを配り、対日イメージの低下も図っている。

二〇一〇年十二月フィリピン政府軍のリカルド・デービッド参謀長は、「中国共産党と新人民軍とのつながりは、もはや存在しない」とわざわざ宣言している。当時経済的な支援を望むフィリピンが中国に配慮した発言だったことは間違いないだろう。

「また、中国か」

浩志は渋い表情をした。自分の暗殺にも中国の組織が関係していたと友恵から聞かされただけに引っかかりを覚えた。

三

午後六時四十分、マニラ行きフィリピン航空機は出発時間を一時間半近く過ぎたが、ダバオ空港のアナウンスは機体の整備中と繰り返すだけだった。

雷を伴った豪雨は、不快な湿気だけ残して上がっていた。出発ロビーで待ちくたびれた乗客はぐったりとし、床に直接腰を下ろす者も大勢ではじめた。

荷物や客をかき分けるように軍服姿のホセが今度は一人でやって来た。

「まだいたのか」

皮肉混じりに浩志は言った。

「輸送機の給油が終わりましたので離陸します。さきほどはぶしつけなお願いをしてすみませんでした。お詫びと言ってはなんですが、ご一緒にいかがですか。この分では、マニラ行きはまだ一、二時間飛ばないでしょう。正直なところ、将来的にお力になっていただければと思ってはおりますが、搭乗に条件はありません。特別にチャーターしたものではありませんので、気を遣う必要は無用です」

ホセは白い歯を見せて笑った。憎めない男だ。一人でやって来たのは、頭を下げるところを部下に見せたくないからだろう。

「条件がないのなら、世話になろう」

さすがに午後十一時五十五分発のエミレーツ航空に乗るには、そろそろダバオを離れなくてはならない。背に腹は代えられなかった。

「断られたら、どうしようかと思いましたよ」

浩志が頷くと、ホセは手を差し出してきた。握手をすると、ホセの右手に硬い銃ダコがあることが分かる。長年厳しい訓練を積んで来た男の手だ。

ホセに案内されて滑走路に出た。エプロンにあったフィリピン航空機とゼスト・エアウエイズ航空機は、格納庫近くまで下げられ、代わりに迷彩カラーのC130が停めてある。ロッキード社製、通称〝ハーキュリーズ〟と呼ばれるC130はかつて駐留していた米軍からのお下がりかもしれない。

「シートはすべてエコノミーで機内食もありませんが、我慢してください。それから、西ミンダナオ方面隊に所属していた傭兵部隊も乗り合わせています」

冗談混じりにホセは言った。彼の元々の任務は傭兵部隊を連れて帰ることだった。他にも客がいるのなら、気を遣う必要はなさそうだ。

C130の後部ハッチから機内に乗り込んだ。案内役のホセは通信連絡があるらしく、コックピットに移った。もっともフィリピン軍人も一緒だと、傭兵たちが気を遣うということもある。

貨物はほとんどなく、左翼側の壁に設置されているシートには軍服を着た十六人の男たちが座っていた。浩志の後から乗り込んで来た京介に手を上げて挨拶する者もいる。傭兵部隊の男たちだ。他人のことは言えないが、どいつもこいつも癖のある面構えをしている。アジア系が半数、その他に白人が三人に、ヒスパニック系四人と人種も様々だ。

浩志たちが乗り込むと、後部ハッチは閉まり、C130はエプロンから離れた。傭兵部隊と反対の右翼側の折畳みシートに座り、シートベルトを装着する。C130に乗るのは久しぶりだ。兵員輸送用のシートの座り心地は悪いが、機内がホテルのように明るく、武器を搭載していない旅客機よりは落ち着く。

滑走路の端に到着したC130は、足止めを食らっている二機の民間機を尻目に走り出すとあっという間に離陸した。短距離で離陸できることもこの機の特徴だ。一九五六年に米軍で運用が開始された輸送機であるが、改良を加えられ米軍だけでなく世界中の軍隊で未だに現役として働いている。

「逃げ出したクレージー京介がいるじゃねえか、どうしたんだ？」

無精髭を生やした白人が京介を見て、薄汚く笑った。喧嘩を売っているのは明らかだ。

「止めろ、マット」

すぐ近くにいる口髭を伸ばした白人が注意した。

「なんだ、トム。おまえは黄色いの好きなのか」

マットと呼ばれた男は、トムを睨みつけた。

「さすがにトムは、でかいだけのマッド（mad　狂気）と違うな。仲間の信頼があるからな」

京介は笑いながら飛行機の騒音に負けない大声で言い返した。

「おまえはいつになったらまともに発音できるようになるんだ。俺はマット（matt）だ。マッドじゃねぇ」

マットは真っ赤な顔をして怒鳴《どな》り返してきた。

「それはすまなかったな、マッド（mud　泥）」

京介は肩を竦めてみせた。うんざりした顔をしていた他の傭兵たちが、にやにやと二人のやり取りを見ている。京介を応援しているようだ。

浩志は短気な京介の落ち着いた様子に目を見張った。これまでの彼は、すぐに腹を立てて喧嘩を買って乱闘を起こしたことも度々あったからだ。

「あいつは、元レンジャー部隊にいたと自慢している米国人のマットウー（Matthew）です。確かに射撃はうまいですが、レンジャーだなんて嘘に決まっていますよ。いつも人を見下して隊では鼻つまみものなんです」

京介はわざと日本語で説明してきた。マットはあだ名のようだ。米国陸軍特殊作戦コマンドの傘下にある第75レンジャー連隊は、精鋭部隊として知られている。

「俺の前で日本語を使うな。薄汚いジャップどもが」

マットは中指を立てると、唾を吐いてみせた。

「何だと！」

京介だけでなく、傭兵仲間まで色めき立った。

「藤堂さん、俺が代表して締めてやってもいいですか？」

辰也がシートベルトを外しながら尋ねてきた。

「馬鹿は放っておけ。一時間半もすれば、二度と顔も見なくなる」

浩志は眠そうに言った。

「……そうですね」

不服そうだが、辰也は頷いてみせた。

「どうした、腰抜け揃いか。真中に座っているやつ。おまえだ。どうせ、戦場も経験したことがないんだろう。臆病者のクレージー京介を部下にするくらいだ。腰抜けの大将が。黙りこくって、俺が恐いのか」

マットが浩志を指差して笑った。

「がまんできん！」

辰也と京介だけでなく、普段冷静な宮坂や加藤までもシートベルトを外して、立ち上がった。

「座れ！」

浩志は仲間を座らせると、シートベルトの金具を外してゆっくりと立ち上がった。

「レンジャー連隊にいたらしいな。だとしたら空手、ボクシング、グレイシー柔術もできるはずだ。だが、日本の武道は知らないだろう。俺が特別に教えてやる」

マットの前に立った浩志は、手招きをした。

「俺に教えるだと、おもしれえ。その代わり、一つ約束しろ。おまえの仲間に手を出させるな。おまえを足腰立たないようにしたからって、後ろからサバイバルナイフでぐさりじや、割に合わねえ」

立ち上がるとマットは、身長一九〇センチ近くあった。恵まれた体格だけに自惚《うぬぼ》れるのも分かる。

「仲間に卑怯者《ひきようもの》はいない。言っただろう。俺は武道の技を教えてやるだけだ。遠慮はいらない。好きに攻撃してみせろ」

浩志は両手をだらりと下げて立った。古武道の自然体の構えである。

「ふざけた野郎だ。前歯を全部折ってやる」

マットはいきなり右ストレートを放ってきた。マットの腕に右腕だけ絡ませ、軽く一本背負いをした。床に置いてあった装備の上に叩き付けられたマットは、すぐに起き上がってきた。自慢するだけあってタフな男だ。だが、本当にレンジャー連隊にいたのなら、これほど簡単には投げられることはない。どうせ海兵隊上がりのチンピラだろう。

「油断したぜ」

薄ら笑いを浮かべたマットは、ボクシングスタイルに構え、ジャブを出しながら近付いて来た。確かにパンチのスピードは速い。

「どうした。もう一度、俺を投げ飛ばしてみろ。その前に顎の骨を砕いてやる」

左右のジャブを繰り返し、左ストレート、続けて体を捻ってトリッキーな右ストレートを打ってきた。

浩志は素早く体をかわし、右腕をマットの首に絡ませて引き寄せながら持ち上げ、古武道の首投げという技で後方に投げ飛ばした。

マットは首を押さえ、咳《せ》き込みながらも立ち上がった。まともに技をかけると首の骨を折ってしまうために手加減をした。

「ぶっ殺してやる！」

腰のベルトからマットはコンバットナイフを抜いた。

「オモチャは仕舞え」

浩志は苦笑を漏らした。頭に血が上った辰也らが相手をしたら、マットに大怪我をさせる危険性があったため、あえて喧嘩を買ったのだが、結果は同じになりそうだ。

マットは聞く耳をもたずにナイフを振り回して来た。すばやく懐に飛び込み、ナイフを持った右手を引き崩した上に後ろ手にし、回転させながら組み伏せた。すかさず後頭部を右膝で押さえ付け、マットの右腕を捻りながら勢いよく持ち上げる。腕が肩から外れる鈍い音を立てた。

「ぎゃあー！」

叫び声を上げたマットは、ナイフを離してのたうち回っている。

「辰也、直してやれ」

ナイフを拾い上げた浩志は、席に着いた。正面の傭兵たちは全員口を開けたまま固まっている。

「任せてください。宮坂、押さえていてくれ」

嬉しそうな顔をした辰也と宮坂が立ち上がった。

マットを宮坂が後ろから羽交い締めにすると、辰也は腕を取って肩に強引にねじ込んだ。間違ってはいないが、少々荒っぽい。

「ゔー!」

呻《うめ》き声を上げたマットは、白目を剝いて失神した。

四

ダバオ国際空港を離陸して一時間が経過した。天候は悪くない。飛行は順調だ。フィリピンの空軍に配備されているC130のエンジンは4040馬力、最大速度は620キロ、巡航速度は550キロ、マニラ・ニノイ・アキノ国際空港にあるヴィラモール空軍基地にはダバオから一時間五十分ほどで着けるはずだ。

気絶したマットは、目障《めざわ》りなため格納庫の隅《すみ》の方に傭兵たちが転がした。扱いが悪いのは普段から嫌われている証拠だ。浩志が肩を外したために当分の間、銃を撃つことはできない。傭兵は正規の軍人と違う。働けない者は首だ。マットには殺意の代償として身を以《もっ》て払わせてやった。

「うん?」

浩志は機体が左に傾斜していることに気が付いた。

コックピットからホセが慌てた様子で現れた。

「ミスター・藤堂、申し訳ございません。司令部から緊急指令が入り、急遽パナイ島のカティックラン空港に着陸することになりました。私と傭兵部隊を下ろしたら、すぐにマニラに向かわせます。三十分ほどロスしますが、ご協力お願いします」

沈痛な表情から、深刻な事態が発生したに違いない。

C130の飛行速度から考えれば、パナイ島を過ぎた上空にいるはずだ。カティックラン空港は、島の北端にあるために少し引き返すことになる。機は旋回していたのだ。

「どうした?」

「パナイ島の北端沖合二キロにあるボラカイ島に武装ゲリラが出没し、銃を乱射しているようです。おそらく観光客を拉致する、身代金目当ての犯行でしょう。すでに死傷者も出たようです。イロイロ州に駐留している軍と市の警察隊も向かっていますが、現場まで三時間近くかかり、その上彼らでは戦力不足です。軍の特殊部隊を投入したいのですが、現在現場から一番近くにいるのは我々なのです」

パナイ島はヴィサヤ諸島に属し、フィリピン軍の中央方面隊が管轄《かんかつ》しているが、本隊はセブ島に駐留している。しかもパナイ島の軍や警察の人員は知れているのだろう。

ボラカイ島はパナイ島とネグロス島を挟んで南東にあるセブ島と約二百八十キロも離れている。治安はいい島だが、軍や警察の力が及ばないというところをゲリラに狙われたに違いない。

「敵の数と位置は?」

「地元のポリスステーションに電話が通じないからと、パナイ島の警察署に複数の救助を求める通報が入りました。ゲリラは十人前後としか分かっていません。パティアック・リゾートホテルが襲撃されたという報告や、ゲリラが二隻の漁船で浜に乗り付けて来たという情報も入っています」

漁船はルソン島南部かミンダナオ島北部の漁師から盗んだのだろう。だとすれば沿岸漁業船だ。せいぜい十人程度、二隻の漁船でも敵の数は多くて二十人だろう。

「カティックラン空港からどうするつもりだ?」

浩志は質問を続けた。

「空港職員の車両でカティックランの浜まで移動し、船はまだ手配できていませんが、渡し船を見つけます。おそらく着陸して四、五十分で島に上陸できるはずです」

四十分もあれば、小さな島の住民や観光客を皆殺しにすることもできる。ホセが傭兵部隊を率いて島に上陸したころには、観光客を拉致して漁船で逃走しているだろう。

飛行機の機首が下がった。着陸態勢に入ったのだ。

「上空で旋回させろ」

「……」

浩志の言葉にホセは首を捻った。

「たとえ四十分で上陸できたとしても、死体が転がっているだけだ。時間の余裕はないぞ」

「まさか……」

ホセが息を飲んで浩志を見つめた。

「パラシュート降下し、ゲリラを急襲するほかないだろう」

浩志が席を立つと、間髪《かんはつ》入れずに仲間も立ち上がった。これで全員の意思の確認はできた。聞くまでもない。

「武器とパラシュートを貸せ」

「待ってください。私も二名の部下を連れて行きます」

ホセが拳を握りしめた。

「俺たちも連れて行ってくれ」

傭兵部隊のトムと呼ばれていた白人が手を上げた。敵の数が分からない以上、仲間は大勢いた方がいい。

「高高度パラシュート降下で夜襲の経験があるか？」

浩志が志願者を募ると、十六人中、三人が立ち上がった。他の者は溜息混じりに首を横に振った。夜間のパラシュート降下経験があるというだけで、兵士としての実力は分かる。

「彼らの指揮は、ホセ、おまえが執れ」

「了解しました」

敬礼で答えたホセがコックピットに消えると、すぐに飛行機は機首を上げて水平飛行に移った。

「名前を聞こう」

立ち上がった三人の男たちに尋ねた。

「トーマス・エルバート、オーストラリア出身。トムと呼んでくれ」

最初に手を上げたトムが一番に名乗り出た。身長一八〇センチ、歳は四十一、二歳というところか。

「クリス・カプアーノ、米国人。ドジャーズのカプアーノと同姓同名だが、俺は投手じゃないぜ。トムとは付き合いが長いんだ」

身長一八二、三センチ、三十代の後半だろう。おしゃべり好きな白人だ。

「アデュール・トンラオ、タイ人です。私の聞き間違いかもしれませんが、ホセ大尉はあなたのことをミスター・藤堂と呼んでいた気がするんです。あなたは浩志・藤堂じゃないんですか？　特殊部隊にいる友人から名前を聞いたことがあるんです。チベットで亡くなったと聞きましたが」

最後にタイ人の男が名乗り出た。一七二、三センチ、痩《や》せて見えるが、筋肉質で太い腕をしている。三十四、五歳だろう。タイの第三特殊部隊には訓練で何度も付き合っている。また指揮官とも顔見知りだ。

「馬鹿な、藤堂はミャンマーで死んだと聞いた」

米国人のクリスが肩を竦めてみせた。

「おまえたちの情報は古い。俺はロシアで死んだと聞いたぞ。京介、どうなっているんだ？」

トムは苦笑いを浮かべ、京介に尋ねた。

瀕死《ひんし》の重傷を負う度に業界では死亡説が流れた。すでに伝説の人物となっているようだが、裏を返せば浩志の死を望む者がいるということかもしれない。

「皆には黙っていたが、俺もリベンジャーズの一員なんだ。この方は指揮官の浩志・藤堂に間違いない。それとついでにこっちの三人もメンバーなんだ」

京介は胸を張って答えた。

「誰がついでなんだよ」

辰也が京介の肩を摑んで睨みつけた。

「俺の目の前にいるのは、本当にあの藤堂なのか？」

トムが両目を見開いて浩志を見た。

「そういうことだ」

隠すつもりもないので頷くと、三人の男たちは次々と握手を求めてきた。

コックピットから二人の部下を連れてホセが出てきた。二人とも空港で見かけた背の高い兵士だ。

「手伝ってくれ!」

三人は格納庫の片隅に置かれているスチール製のコンテナまで走り寄って、中から銃とパラシュートを出し始めた。パラシュートは軽量の新しい型だが、アサルトライフルはかなり使い込まれたM16Aだった。

フィリピン軍の武器の刷新が進んでいないと聞いていたが、本当のようだ。二〇一〇年に米国離れを進めたフィリピンは、中国と軍事協定を結び、中国製の武器の輸入で装備の入れ替えを図ったが、二国間の関係が悪化した今はそれも行われていないはずだ。

「降下地点を確認したい。地図を貸してくれ」

本来ならば、綿密な計画を立てなければならない。だが、時間が差し迫った今は、降下地点を互いに確認し、同士討ちを避けるだけであとは現地で判断するほかないだろう。無茶な作戦だが、こうしている間も無関係な人命が失われていくのだ。

地図を拡げたホセは、ホテルなどの施設をペンで直接書き込みはじめた。

浩志は確認しながら、二つのチームの降下地点を指示した。

五

ボラカイ島は、面積千二ヘクタール、南北に七・五キロ、東西に二キロという小さな島で、全長四キロという西岸のホワイトビーチ（白砂浜）が有名で都会化されていないリゾートとして人気がある。

米国の〝トラベル＋レジャー〟という旅行雑誌で二〇一二年のリゾート島で世界一と評され、その人気に火が点いた。ここ数年雨後のタケノコのようにホテルが林立し、五つ星ホテルから、接客も知らない安直な宿まで大小合わせて二百ある。また、浄水施設の不備や排出されるゴミ問題による環境悪化は深刻であり、増え続ける観光客と儲け主義の観光業者の体質を早急に変えなければ、楽園の地位を急落させる日は近い。

パナイ島の上空八千メートルを旋回していたＣ１３０は高度を五千メートルまで落とした。夜間とはいえ、敵に認識されないようにするのなら高度八千メートル以上から降下するのが望ましい。だが、輸送機にはパラシュートこそ人数分あったが、酸素マスクや防寒着の用意はないため、降下高度を五千メートルとした。

浩志は開きはじめたハッチ上部に立ち、その後ろに辰也、宮坂、加藤、京介の順に並んでいる。全員目立たない黒のウインドブレーカーやジャケットに着替えていた。職業柄闇に染まる服はいつも携帯している。

彼らの隣にホセ・アバロス大尉を先頭にトーマス・エルバート、クリス・カプアーノ、アデュール・トンラオと傭兵が続き、ホセの部下であるアルバロ・ロペスとイゴール・リエラはしんがりを務めて端にいる。

各自に配給された装備はアサルトライフルのM16Aに予備弾と無線機だが、浩志らは隠し持っていたグロック19も携帯している。

午後七時五十七分、C130の乗員が浩志の肩を叩いてきた。ボラカイ島の上空に達したとパイロットから無線連絡が入ったのだ。

浩志は数歩走って勢いよくハッチを蹴って飛び降りた。続いて仲間も次々と宙に躍り出た。リベンジャーズを結成したころ、満足にパラシュート降下ができるのは、フランスの外人部隊でも精鋭で知られる第二外人落下傘連隊出身の浩志と辰也、それに陸自の空挺部隊に所属していた瀬川と黒川だけであった。だが、その後、仲間は各自特訓を繰り返し、京介でさえ夜間の降下もできるようになっている。

ボラカイ島の東はシブヤン海に、西はスールー海に面し、真っ暗な上空からでも、密集するホテルと街灯の光が帯になっている西側のホワイトビーチを見失うことはない。

武装ゲリラは煌々《こうこう》と光を放つホワイトビーチを目印に上陸したに違いない。だが、西側に降下することは、発見されやすく標的になる可能性がある。そのため、反対側の東にある海岸に降りることにした。

高度千メートル、ゲリラを警戒し、ホテルなどの施設がほとんどない島の北端に向かって降下している。もっとも事件発生後、わずか二、三十分で攻撃部隊がパラシュート降下してくるとは夢にも思わないだろう。

浩志は左右の掌の角度を変え、体を空中で滑らせるように島の東側にある海岸上空まで移動した。

高度三百メートルを切った。メインリップコードを引いてパラシュートを開く。急速に砂浜に接近、受身を取らずにそのまま数歩歩いて着地した。すばやくパラシュートを丸めて抱え、砂浜から近くの雑木林に駆け込んでショルダーハーネスを外してパラシュートを茂みに隠した。

浩志に続いて砂浜に降りて来た辰也らも雑木林でパラシュートを次々と脱ぎ捨て、銃を構えた。

――こちらクローバー1、着地成功。

ホセから無線連絡が入った。

急場のチームだけにホセのチームはクローバーのコードネームを付け、浩志らはスペードと、互いに覚えやすい名前にした。

「スペード1だ。こちらも着地成功。行動に移る」

――クローバー1、了解。成功を祈る。

浩志がすぐさま応じると、ホセも返答してきた。

降下中に狙い撃ちされるリスクを分散させるために、ホセのチームは浩志らよりも五百メートル南の海岸に着地している。彼らはそのまま島を横断し、西のホワイトビーチに乗り込んで来た敵の漁船を奪い、そこで待機することになっている。

浩志らも西に移動し、通報があったホテルに向かう。とりあえず、現状を把握し、敵の実体を確認することが先決である。出会った敵とむやみに交戦しても、戦況を有利に運ぶことはできない。

島を抜ける道は使わず、椰子の木が生い茂るジャングルに分け入る。二つのチームが降下したポイントは南北に長い島の中央部でくびれている。幅は五百メールほどしかない。

午後八時十分。ジャングルの草木の隙間から、ホワイトビーチと並行するメインストリートト沿いの建物の裏側が見える場所に着いた。街灯は煌々と輝き、音楽が聞こえてくる。様々な土産物店やレストランやダイビングショップなどがあるようだ。

「うん？」

レストランと思われる建物の裏に置かれている段ボールやゴミ箱の陰に、数人の男女が膝を抱えて座っていることに気が付いた。夜目が利く浩志でなかったら見逃していたかもしれない。

辰也と宮坂と京介に周囲を警戒させ、浩志は加藤を伴い彼らに近付いた。銃を持った二人に気が付いた男女は抱き合って震えはじめた。

「心配ない。我々はフィリピン政府軍に協力する者だ。助けに来た」

浩志は銃を肩に担いでしゃがむと、英語で説明した。

「ほっ、本当か？　……ゲリラじゃないのか」

男が三人に、女が二人いる。中央に座る男が戸惑いつつも尋ねてきた。暗いので顔はよく分からないが、英語に独特の訛りがあるのでフィリピン人なのだろう。

「我々はパラシュート降下で上陸した。君たちはゲリラから逃げて来たのか？」

「そうだ。いきなりビーチからやってきたゲリラが銃で襲って来たらしい。私はメインストリートで雑貨屋を経営している。店の従業員と客を連れてここまで逃げて来たんだ」

安心したのか、男は早口にまくしたてた。

「声が大きい。敵の数と位置はわかるか？」

唇に指を当て、聞き返した。

「銃声は聞いたが、客と逃げるのに夢中だったんだ。何も分からない」

男は首を振ってみせた。直接目撃したわけではないようだ。

「私は数人のゲリラがポリスステーションを襲撃しているのを見た。妻とメインストリートを走って逃げ、店の主人に助けを求めたんだ」

女を庇《かば》うように抱いている男が、滑らかな英語の発音で言った。

ポリスステーションは島の中央のサンセットロードにある。ゲリラは一番はじめに警察署を潰して、抵抗がないようにしたのだろう。

「君たちは観光客か？」

「オーストラリア人だ。リージェンシーホテルに泊まっている。食事に出たところで遭遇したんだ。繁華街はしばらくパニック状態だった。みんなどこかに隠れているはずだ」

夫は落ち着きを取り戻したが、妻は恐ろしい状況を思い出したのか、声もなく泣きはじめた。リージェンシーホテルはポリスステーションの目と鼻の先にある。

「下手に動くと味方に撃たれる可能性もある。ここにじっとしていてくれ」

浩志らは五人の男女と別れ、ジャングルを北に進み、通報があったパティアック・リゾートホテルに向かうことにした。ホテルはメインストリートに密集する繁華街を嫌うように街はずれにある。

時折、店と店の隙間からメインストリートを覗いてみる。通りに人の気配はなく、買い物袋やお土産がいたるところに散乱しているが死体はない。人々が逃げ惑った様子が目に浮かぶ。だが、ゲリラが銃を乱射し、無差別に人を殺害する悲惨な状況を想像していただけに違和感を覚えた。

三百メートルほど進み、パティアック・リゾートホテルの裏側に出た。

ホテルの周囲にガソリンを撒いている男がいる。

浩志は辰也と京介に男を捕らえるようにハンドシグナルで合図し、宮坂と加藤を連れて裏口から内部に侵入した。

・

六

パティアック・リゾートは、開業されたばかりの贅《ぜい》をこらした五つ星のホテルである。用地買収にフィリピンの政治家が関わり、膨大《ぼうだい》な資金をかけて建設されたらしい。説明してくれたホセは、不快な表情を見せた。おそらく汚職が絡んでいるのだろう。

フィリピンは東南アジアの中でも汚職が最も酷い国の一つであることは間違いない。空港の税関でも一千ペソをパスポートに挟んでおけば、あっという間に通れるが、さもなくばやたら時間が掛かることが多い。フィリピンの税関が常に渋滞するのは税関職員が暗に賄賂《わいろ》を要求しているからだ。同じように港湾の税関職員も輸出入時に多額の賄賂を要求する。そのため郊外に高級住宅を建てるのは港湾の税関職員だと言われるほどだ。

〝汚職文化〟によりフィリピン経済は悪化し、賄賂を要求できる立場にない者との所得格差を生んでいる。また貧困層による犯罪もフィリピン社会に暗い影を落としているが、改善される見通しはない。

午後八時十八分、浩志と宮坂と加藤の三人は、M16Aを構えてホテルの裏口から一階レストランの厨房に侵入した。

「……?」

時の流れを止めたかのような静寂《せいじゃく》を微《かす》かな物音が乱した。

調理器具の下にM16Aの銃口を向けて覗くと、コックとウエイターが隠れていた。武器の有無を確認した浩志は、男たちにそのまま動くなと手で合図をして厨房からレストランに向かった。

天井から豪華なシャンデリアがぶら下がるレストランは、まるで台風が通り過ぎたかのように椅子が倒れ、料理やナプキンが大理石の床に散乱していた。片隅にあるバーカウンターから人の息遣いが聞こえる。覗き込むと狭いところに四人の観光客らしき男女と、二人のフィリピン人のウエイターが隠れていた。面倒なことだが、敵でないか確認して進まなければならない。この分だとホテルには、相当数の逃げ遅れた人が隠れているに違いない。

「……!」

浩志は宮坂と加藤に合図をして、レストランの出入口まで走った。外で人の話し声が聞こえたからだ。

「……予定通りホテルは燃やして退却する。あとはまた指示してくれ」

ドアの隙間から覗くと、三人の武装ゲリラがフロント前のホールにおり、一人が携帯で話をしていた。彼らの足下にはホテルの従業員や客の死体が転がっている。

男は英語で電話をかけていたが、他の二人の男にはフィリピン語で何か命じた。すると男たちはガソリン缶を小脇に抱えた。目撃者を抹殺するため、ホテルごと隠れている民間人を殺そうとしているのだ。内部でガソリンを撒かれたら瞬く間に火は燃え広がる。

浩志は加藤に援護をさせて宮坂とともにレストランを飛び出すと、ガソリンを撒こうとしている男たちの肩を撃ち抜いた。男たちは倒れ、ガソリン缶は床に落ちたが、蓋《ふた》を開ける前で、ガソリンを撒き散らすことはなかった。

携帯で話をしていた男がすばやく柱の陰に隠れて応戦してきた。ロシア製か中国製かは分からないが、ＡＫ74の銃身を切り詰めたショートカービンのＡＫＳ74Ｕだ。マン・ストッピングパワー（行動不能に陥らせる力）が高い5・45ミリ弾を使用する凶悪な武器だ。

浩志らは近くの大理石の柱の陰に飛び込むと、階段の上からも銃撃を受けた。死角になっていた所にも仲間がいたようだ。

――こちら爆弾グマ、男は捕まえました。命令を！

銃声を聞きつけた辰也が無線連絡をしてきた。仲間内の連絡なのでいつものコードネームを使っている。

「リベンジャーだ。敵はフロント付近にいる。表の玄関から攻撃してくれ」

――了解。

敵は間を置かずに波状攻撃してくる。銃の扱いだけ知っている素人ではない。軍事訓練を受けているようだ。

浩志と宮坂が撃った男たちは、銃弾に当たらないように頭を抱えながら必死に匍匐《ほふく》で移動している。

敵の銃弾が床に落ちているガソリン缶をぶち抜いた。瞬間、缶は爆発し、周囲に火が飛び散った。逃げようとしていた男たちは炎に包まれて叫び声を上げ、のたうち回っている。辺りは炎と煙で一気に視界が悪くなった。

銃声は止んだ。炎に紛れて敵は逃げて行ったのだ。

フロアのスプリンクラーが作動した。だが、ガソリンの炎は凄まじい。

「宮坂、加藤、客を逃がして、火を消すんだ！」

「了解！」

二人は銃を肩に掛けて、火事だと大声で叫びながら消火器を探しに行った。

ホテルの外で銃撃音が聞こえて来た。

――こちら爆弾グマ。敵と交戦中！

辰也らは逃走しようとした敵と鉢合わせになったらしい。

浩志は炎を飛び越し、玄関から出た。

エントランスの前にある巨大な鉢植えに三人のゲリラが隠れている。浩志は命令を出していた男の肩と腕に銃弾を命中させた。

「フリーズ！　手を上げろ！」

警告を与えたが、残りの男たちは銃を離すどころか振り返って反撃してきた。浩志は一人の頭を撃ち抜いて、エントランスの柱に隠れた。間髪を入れずに残りの一人を、背後から忍び寄ってきた辰也が撃ち殺した。

「おまえがリーダーか？」

浩志は肩と腕から血を流して呻いている男に英語で尋ねた。

「俺は雇われただけだ。……助けてくれたら、金をやる。……おまえがこれまで見たこともない大金だぞ。麻薬も持っている。取引しよう」

顔を歪めた男は苦しそうに言った。賄賂で逃れようとしている。もっともホセのように賄賂に目もくれないフィリピン人もいるので、可能性を探っているのだろう。

「俺はフィリピン兵じゃないし、金もいらない。命が惜しかったら、本当のことを言え」

「何も知らない。……雇われて動いただけだ」

男は右肩を押さえながら体を起こした。

「それじゃ、知っていることだけ聞かせてもらおうか」

浩志は京介に目配せをした。すると、京介はさりげなくジャングルブーツで男の傷ついた腕を踏みつけた。中東の紛争で自ら体験しただけに、この男の拷問術はレベルが高い。

男は堪らず、悲鳴を上げた。

「名前を言え」

簡単な質問からはじめた。

「……ピセント・ゴメス」

「ゴメス、正直に言えば、見逃してやる。おまえたちは、新人民軍か？」

見逃してはやるが、遅れて上陸してくる軍や警察が彼らを逮捕するだけだ。

「……そうだ」

ゴメスがまともに返事をしたので、浩志は京介に足をどけるように頷いてみせた。

「おまえがリーダーか？」

「今回の襲撃チームのリーダーだ」

新人民軍には四千人以上のゲリラがいる。組織も細分化されているのだろう。

「誰に命令された？」

「………」

男は浩志から視線を外して口をつぐんだ。

再び京介に目で合図を送った。起き上がろうとしたゴメスの髪の毛を引っ張って倒した京介は、肩の銃創を踏みつけた。

「……殺されてしまう。……言えば殺されるんだ」

ゴメスは頭を激しく振った。

「笑わせるな。なら今死ね」

浩志はしゃがむとグロックを抜いて男の眉間に当てた。

「レッド・ドラゴン……」

グロックのスライドを引いてみせると、ゴメスは白状した。

「何者だ？」

「よく分からない。本当だ。だが、現金や武器をくれる」

ゴメスは抵抗を諦めたらしく、淀《よど》みなく答えた。

「武器？　どうやって受け取るんだ」

「沿岸に来た中国の漁船から金と武器をもらうんだ」

中国の漁船は中国の監視船に守られて、フィリピンの沿岸までやって来る。漁船に偽装した工作船と接触するのは簡単なことだろう。

二〇一三年四月八日夜、フィリピンの世界遺産ツバタハリーフで中国漁船が座礁した。ただちにフィリピンの沿岸警備隊が中国漁船を違法操業として拘束した。だが、船員の一部に迷彩服を着ていた者や、彼らの言動に不自然な点から、フィリピン政府は拘束したのは漁師ではなく、人民解放軍の工作員だと見ている。

「連絡方法は?」

「特別な携帯を貰った」

ゴメスは左手でポケットから携帯を出してみせた。

「これは……」

携帯を取り上げた浩志は思わず唸った。ゴメスが持っていたのは、小型の衛星携帯だったからだ。黒いボディに赤い線が引かれた独特のデザインをしている。

「今回のテロの目的は?」

「パティアック・リゾートにオーストラリアと米国企業の幹部が遊びに来ていた。そいつらを殺すことだ」

ゴメスは目的を達成したために引き上げるつもりだったのだろう。

「むっ!」

取り上げた衛星携帯が鳴った。通話ボタンを押して、浩志は耳に当てた。

——島を離れたのか?

携帯から機械的な男の声が聞こえて来た。ボイスチェンジャーで声を変えているのかもしれない。

「レッド・ドラゴンか?」

浩志は躊躇《ちゅうちょ》なく尋ねた。

――貴様、ゴメスじゃないな。何者だ？

男の声が裏返った。

「尋ねる前に答えろ。レッド・ドラゴンか？」

――そうだ。私はレッド・ドラゴン。ゴメスを殺したのか？

男は不機嫌そうに答えた。

「どうでもいい、そんなことは。今度会って話をしてみないか。俺も儲け話は好きだ。ゴメスよりはうまくやれる」

――面白い。私と取引しようというのか。その携帯は君にプレゼントしよう。持っているがいい。連絡は私の方からする。

携帯から低い笑い声が聞こえた。

「いつだ……」

尋ねたところで、電話は切れた。

海岸の方角から銃声が聞こえてきた。漁船を停泊させた砂浜に戻った残党が、ホセのチームと遭遇したようだ。

「行くぞ」

浩志は仲間を集めて海岸に向かった。

レッド・ドラゴン

一

見渡す限りの砂丘は夕日を浴びて、命のないくすんだ赤みを帯びていた。だが、すぐ背後には小さな泉があり、その周囲には椰子の木が生い茂っている。

片倉啓吾はニジェール北東部の街、ビルマ近郊のオアシスにいた。

八日前にアルジェリア東部、イナメナスにある天然ガス精製プラントのテロ現場から、北に百キロという村で片倉をはじめとした国際ポリス視察団のメンバーは、砂嵐の過ぎるのを待った。それを予見していたかのように武装集団が警護していた十人の兵士を皆殺しにし、視察団のメンバーを拉致した。

国際ポリス視察団と言っても、片倉の他にはフランス人、米国人、英国人、ノルウェー人、アイルランド人の六人で、フィリピン人はアルジェリアの国境を越えたところで逃げようとして殺されている。人質は二台の四駆のバンに乗せられた。

拉致された村から八十キロ東にある国境を越えたバンは、十時間かけてリビア西部のムルズクという街に入った。そこで、四日後に六台のピックアップトラックで車列を組んで出発した。武装集団がムルズクに長期間留まったのは、水や食料のほかに武器を調達するためで、片倉らは車に分乗させられ、荷台には武器が満載されている。

ピックアップはすべて大型の中国製である。以前は砂漠の過酷な環境でも壊れないタフで性能が良い日本車が砂漠の民に人気があった。だが、リビアで内戦が起こり、トヨタの輸出は止まった。そこに中国のピックアップが大量に武器とともに売られ、それがきっかけで北アフリカに中国製ピックアップが瞬《また》く間に普及した。もはやトヨタの寡占《かせん》状態は崩れたのだ。

二〇一一年カダフィ政権が崩壊し、政府軍の武器弾薬ばかりか、フランスや米国が反体制派に供与した武器が今度はシリアの反体制派やマリの武装集団に流出していると問題視されている。ムルズクなどイラクの新政権の力が及ばない地方の街には、武器商人やテロリストらのアジトがあるのだろう。

武装集団は十二名、国籍までは分からないが、主にアラビア語が使われている。人種は中近東が主で、白人とアジア系はいない。片倉は武装集団が仲間同士で会話するのを注意深く聞いて、敵を知るように心掛けている。

ムルズクを出発した六台の車列は三日間かけてリビアから砂漠の道を八百三十キロ走破し、ニジェールのオアシスに辿り着いた。片倉らは手錠をかけられているが、食事や水は与えられている。二、三度殴られたが抵抗する者はいない。敵が武器を持っていることもあるが、砂漠地帯で逃げたところで助かる見込みはないことは誰しも分かっていた。それにフィリピン人が殺されている。おそらく見せしめの意味もあったのだろう。

「我々はいまどこにいるんだ？」

ノルウェー人のルトヴィック・エリクセンは、泉を見ながらアラビア語で独り言のように呟《つぶや》いた。北欧人らしく肌が透けるように白い。肌が露出している首筋と頬は真っ赤になっている。彼に限らず、人質はフード付きのパーカーを着ている。日中は三十度半《なか》ばまで気温は上がるが、夜になれば二十度を下回り、肌寒く感じられる。もっとも冬のアルジェリアに比べれば、真夏に近い感覚だ。

武装集団が理解できるように、私語はアラビア語のみ許されていた。監視は離れたところに立っているが、ＡＫ47を絶えず構えているので油断はできない。

「リビアのムルズクから南に八百三十キロ移動している。ニジェールのビルマ近郊にいるはずだ」

傍らにいた片倉は流暢《りゅうちょう》なアラビア語で答えた。アルジェリアに派遣されたポリス視察団の七人は、各国が申し合わせたように全員が英語、フランス語にアラビア語も堪能な者ばかりであった。もっとも片倉のように十数カ国を自在に話せる者はいない。

メンバーは二つに分けられている。片倉はルトヴィックとフランス人のベルナールの三人、もう一組は、米国人と英国人とアイルランド人で、二つのグループが一緒の場所にいることを禁じられている。武装集団は誘拐に長《た》けているらしく、システマチックに片倉らを管理し、監視の労力を軽減させているようだ。

「南に八百三十キロ？　まさかベドウィンのように星座で現在位置が分かるなんて言うなよ。そもそもニジェールの地名まで分かるのか？」

ベルナールは肩を竦めて皮肉っぽく言った。

アラブ系の遊牧民であるベドウィン族は、紀元前から砂漠を転々としている。砂漠の民は星座や太陽から自らの位置を計った。

「まさか、距離は我々が乗せられているバンの距離計を盗み見したんだ。方角は太陽の位置から誰でも分かるだろう。地名は地理オタクなんだ」

片倉は苦笑してみせた。学生時代から世界の地理だけでなく気候などあらゆる情報を詳しく頭に叩き込んだ。言語が堪能で世界の情勢を知り尽くした能力は、父親の英才教育によるもので、外務省に入省する決め手になった。

「方角は俺にも分かったぜ。そんなことはガキの頃に学校で習ったからな」

ベルナールが自慢げに言った。捕われているとはいえアルジェで合流してから十一日間も行動を共にしているために、今では気心が知れていた。もっとも各国とも互いに警官ではなく、情報員だということは誰もが気が付いている。表面上はともかく、腹に一物を持っていることは確かである。

「俺たちの目的地はおそらく武装勢力が支配するマリ北部だろう」

ベルナールは声を潜めて言った。

「だろうな。各国政府に身代金を要求するのに彼らの基地に戻った方が安全だからな」

ルトヴィックは頷いてみせた。

「それもあるだろう。だがそれだけじゃないはずだ。フランスが今度は本気でマリの武装勢力の掃討作戦をしている。俺たちは人柱にされるだろう。俺たちだけでなく、他の地域からも外国人が集められてマリ北部に移送される可能性があると俺は思っている」

ベルナールは真剣な表情で言った。

「人間の盾か。ありうるな。フランス軍はマリ北部に空爆を敢行《かんこう》している。民間人だけでなく、俺たちのように政府関係者も交えて人質にすれば爆撃を免れることも可能だ」

「政府関係者?」

片倉が怪訝《けげん》な表情で見ると、

「ポリスだって、政府関係者だろう。少なくとも民間人じゃない」

ルトヴィックは慌てて繕《つくろ》った。

「弁解はしなくてもいい。五カ国の参加者で本物のポリスなんて一人もいないことは、誰でも分かっているはずだ。どこの機関かなんて野暮《やぼ》は言わないが、みんな情報員だろう。マリに連れて行かれたら、テロリストの盾にされて、フランス軍の空爆や銃弾で死ぬ可能性は高い」

ベルナールはまるで雑談でもしているように笑いながら言った。監視がこちらを見ていたのだ。彼らに話し声が聞こえないようなトーンでしゃべり、しかも緊張した様子は見せない。かなり訓練を積んだ情報員であることは間違いなさそうだ。フランス人のくせに米国人のように、皮肉と冗談が好きでがさつな感じするのは演技かもしれない。

「この際、協力してなんとか助かる方法を見つけないか。まずは生き延びて帰還することも大切な任務だからな」

ルトヴィックも笑いながら答えた。

「条件がある。他の三人も見捨てないことだ」

片倉はにこやかな表情で言った。

「いいだろう」

ベルナールとルトヴィックの二人は、わざとらしい笑顔で答えた。

二

アルジェにあるノートルダム・ド・アフリーク教会に隠れていた米国の情報員であるジスレーヌ・カセットを救い出した美香は、執拗《しつよう》に追いすがる敵を振り切り、エル・イブラハム通りに面した米国大使館に最後は徒歩でジスレーヌを連れて逃げ込んだ。

大使館では美香らを保護したことにより、正門に重装備の兵士を配置するなど厳戒態勢が敷かれている。

ジスレーヌは大使館に駆け込むなり気絶してしまったが、銃創も急所を外れていたために命に別状はなかった。また、美香も左腕を銃弾がかすめる怪我を負っていたので治療を受けた。医師は傷を縫《ぬ》うことを勧めたが、傷跡が残るのを嫌って消毒だけしてもらい、抗生物質をもらった。

「んっ！」

美香はドアがノックされる音でふと目覚めた。

怪我の手当を受けた後、時間も遅いということで部屋をあてがわれていた。仮眠するつもりもなく、夜明けまで休むつもりでソファーに座っていたが、いつの間にか眠っていたようだ。

腕時計を見ると、午前八時半、三時間近く眠っていたようだ。

またドアがノックされた。

慌てて立ち上がると、軽い目眩《めまい》を覚えた。血糖値が下がっているようだ。

「ちょっと待って」

目頭を押さえて頭を軽く回し、美香はドアを開けた。

「眠っていたのなら、申し訳ない。私は事務官のブライアン・ティルマンです。よろしかったら朝食でもいかがですか」

背の高い白髪の白人が柔和な表情で言ったが、ノックを執拗にしたところを見ると、ノーはあり得なさそうだ。

「分かったわ」

「ジャケットとバッグもお持ちください」

手ぶらで出ようとすると、ブライアンは右手の人差し指を振ってみせた。

「先ほどジスレーヌの容態を医師に確認したところ、まったく問題ないと言われました。本当に助かりました。この件は、正式な外交ルートで日本政府に謝意を伝えた方がいいのですか？」

廊下を歩きながらブライアンは探るように尋ねてきた。

「まさか、私は怪我をしていた米国人の友人をこちらにお連れしただけです。日本政府に謝意だなんて、ご冗談でしょう」

美香は口元を手で隠してわざとらしく笑ってみせた。

「それでは、何かお望みの物はありますか。米国大使館で便宜《べんぎ》を図れる物なら、できる限りのことはしましょう」

ブライアンは言葉を選びながら言った。美香のことを現役の内調の情報員と思っているのだろう。それに米国人でもない彼女をさっさと大使館から追い出したいに違いない。

「そうね。今のところ思い浮かばないから、何か困った時にブライアンさんに直接連絡するわ。それとも大使に直接お願いしてもいいかしら」

小首を傾げた美香は、ちらりとブライアンを見て言った。エージェントの命を救ったのだ。大きな借りをすぐに返してもらうのはもったいない。

「大使は、困ります。私に是非申し付けてください」

困惑の表情をブライアンは浮かべた。肩書き通りの事務方の人間のようだ。政治的な取引にも慣れていないらしい。

「食事がすんだら、ジスレーヌに会わせていただける？」

彼女からは肝心の情報を得ていなかった。大使館を出たら、いつまた会えるか分からない。というか、会えなくなる可能性の方が大きい。

「もちろん、構いません」

口元だけ動かしてブライアンは笑ってみせた。

「よかった。彼女は親友なの」

美香はにこりとえくぼを見せて微笑《ほほえ》んだ。

食堂はセルフサービスになっていた。

米国人向けのメニューが揃っているが、コックに現地人がいるのか、小麦で作った薄皮に挽肉《ひきにく》や卵や野菜を包んで揚げた、見た目も春巻きそっくりなブリックまであった。

朝から胸焼けがしそうなのでさすがにブリックは敬遠して、サラダにスクランブルエッグが添えられたベーコンにトースト、それに疲れを癒すため砂糖をたっぷりと入れたコーヒーとデザートの果物というシンプルなメニューにした。

ブライアンは監視役と思ったら、彼も朝食前だったらしく、細身の割にソーセージやベーコンの他にブリックまで食べていた。食べっぷりは米国人そのものだ。

食後彼の案内で大使館の裏庭に面した部屋に通された。決して広くはないが、手入れの行き届いた芝生《しばふ》の庭がレースのカーテン越しに見える落ち着いた部屋だ。

ジスレーヌは頭に包帯を巻き、左腕も肩から包帯でしっかりと固定された状態でベッドに座っていた。痛々しく見えるのだが、膝の上に載せたノートパソコンを右手だけで扱っている。

「もう起きて大丈夫なの?」

「怪我をしたから、早急にレポートを書かなくちゃいけないの」

美香の問いにジスレーヌは渋い表情で答え、ノートパソコンを閉じた。報告書を書いていたのだろう。

「大変ね。あなたともっとお話がしたかったけど、近いうちにまた会えるかしら」

部屋に盗聴器がないとは言えない。美香は慎重に話した。

「ちょっと難しいわね。怪我は大したことはないけど、夫が帰って来いとうるさいの。今日か明日には帰るわ」

首を横に振ったジスレーヌは、肩を竦めてみせた。

「ご家族はどちらに？」

プライベートな話は聞いていなかった。

「夫はフランクフルトの会社に勤めているの。子供たちもそこよ」

彼女から軍人と聞いたのは嘘ではないだろう。おそらくドイツの米軍基地に赴任《ふにん》しているに違いない。アルジェからフランクフルト国際空港は、直行便なら二時間半ほどで行くことができる。

「役に立てないばかりか、お世話になってしまったわ。ごめんなさい。約束は忘れていないわ。ショコラショとチョコレートケーキは、アルジェでなくてパリで奢《おご》ってあげる。シャンゼリゼ通りの近くで、いい店を知っているのよ」

ジスレーヌは、右手を差し出してきた。

「今度会ったときは、仕事抜きでお話ししましょう。あなたとは親友よ」

美香は彼女の手を両手で握り締めた後、ハグをした。

「気をつけてね。狙われたのは、私たちが人質事件を調べていたからに違いない。黒幕は、事件の真相を知られるのを嫌っているのよ。それから、あなたの恋人の話も今度は聞かせてね」

耳元で囁くように言ったジスレーヌはウインクしてみせた。浩志の活動を聞かせろということだろう。タフなだけでなくエージェントとして抜け目がない。

「分かった。それじゃ、私は失礼するわ」

部屋を出ると、さりげなく右手をポケットに入れ、握っていた紙切れを隠した。思った通り、ジスレーヌは握手する振りをして何かを渡してきた。部屋には監視カメラと盗聴器が仕掛けてあったようだ。メモにはメッセージが書かれているに違いない。

二

午前九時、米国大使館からタクシーで宿泊先の〝ホテル・アルバート・1イアル〟に戻った美香は、すぐに荷物をまとめてチェックアウトをした。

ホテル前からタクシーに乗り、美しい椰子の街路樹が続く湾岸のボーゼラリー・モハメッド通りを抜けた。途中何度も尾行がないか確認し、〃ジャルダン・デセ〃に隣接するソフィテルホテルに到着した。昨日池谷と〃エルモロジャネ〃というレストランで夕食を食べた五つ星のホテルである。

チェックインをして部屋に入ると、荷物を運び入れたボーイにチップを与えてドアを閉め、短く息を吐いた。スーツケースを荒々しくベッドの上に載せ、新しいジーパンとハイネックのセーターに着替えた。

「痛い!」

セーターに左腕を通す時に痛みが走った。傷口はまだ塞がっていないので、包帯に血が滲んでいる。三日は抗生物質を飲む必要があった。銃弾は肌を舐《な》めるように擦っただけだが、三センチほどの長さがある。今さらながら銃とは恐ろしい武器だと認識した。

洋服の上から足首まで隠れるゆったりとしたコートを着て、背中まで覆うヒジャブと呼ばれる布を頭から被った。ぱっと見では現地の女性に見えるはずだ。財布とパスポートをコートのポケットに入れ、いつものトートバッグとは違う黒い革のバッグを肩に掛けて部屋を出た。

エレベーターは使わず階段を下りて、従業員用ドアからホテルを出た。公園脇の道をゆったりと歩き、〃ジャルダン・デセ〃駅から地下鉄に乗る。一つ目の〃ハンマ〃駅で下りると、コートの裾《すそ》を摑んでホームを走り、階段を駆け上がった。二人の男が必死に追いかけて来る。

地上に出た美香は通りに停まっている白いシトロエンの助手席に乗り込んだ。車は急発進をして、後方から走って来たプジョーにクラクションを鳴らされながらも、強引に車の流れに乗った。

「やはり、尾けられていましたね」

ハンドルを握る池谷は、バックミラーで後方を確認しながら言った。

美香は昨夜、米国大使館に入る前に池谷に車の手配をさせている。待ち合わせの場所と時間は大使館から〝ホテル・アルバート・1イアル〟までのタクシー乗車中に指定していた。

「ご迷惑をおかけします。なんとなく尾行に気が付いたので、念のためにお願いしてよかったわ」

大使館から出るとき、美香はすでに尾行に気が付いていた。命じたのは、大使館の事務方のブライアン・ティルマンで、CIAじゃなくて大使館付きの軍人だろう。

「お易《やす》い御用ですよ。しかし、一体どこの組織が執拗にあなたを追っているのでしょう」

池谷は首を傾げている。

「大丈夫。尾行は素人と変わらなかったわ。危険はないと思います」

くすりと笑い美香は余裕を見せたが、簡単ではあるが変装を見破られたことに焦りを感じていた。しかも、正面玄関を避けて外に出たが、尾けられている。相手は数人で連携をとって監視していたのだろう。

「それで、何か情報は得られましたか？」

「エージェントから現在地を教えて貰ったけど、どうしたものか……」

美香はジスレーヌから貰った紙切れを拡げてみせた。メッセージではなく、“18.968637,12.381592”という数字が書かれている。

「それは、北緯と東経ですね。これはすぐに土屋君に知らせましょう。そうだ。現在位置が分かったのなら、リベンジャーズの招集も必要ですね」

すぐさま衛星携帯を取った池谷は、友恵に長々と話をしている。美香は危なっかしく片手運転をする池谷を見かねて、こっそりとハンドルの下を持って運転をサポートした。

「彼女なら、日米いずれかの軍事衛星をハッキングしてあなたのお兄さんを見つけ出すでしょう。ご苦労様でした。これで我々の大役は終わりましたね」

すべての連絡を終えた池谷は、上機嫌で言った。

「そうですけど、リベンジャーズの到着までアルジェにいてはだめかしら」

池谷が来たことで日本政府が動いていることは分かっている。そういう意味では図らずも美香の働きは政府の思惑に沿ったものになった。リベンジャーズが国際ポリス視察団の救出に向かうはずだ。

だが、浩志には行方不明の日本人が実の兄であることを直接言いたかった。肉親のために彼がわざわざ危ない目に遭うことに抵抗があったのだ。それに、何も言わなければ、彼を結果的に利用していることにもなる。

「アルジェに留まることは、美香さんにとって危険だと思われます。どうしてもとおっしゃるなら、護衛がいりますね」

池谷は一人で勝手に頷いている。もっとも民間人が護衛を付けることが決して特別でない国であることは事実だ。

「護衛よりは銃が欲しいわ。あるいは9ミリパラペラム弾だけでもいいけど」

尾行者から巻き上げたマカロフの銃弾は、逃走中に撃ち尽くしていた。銃弾の補充だけでもいいが、できれば使い慣れたグロック26が欲しい。それに女性ならともかく見知らぬ男に護衛に付かれても困る。第一足手まといだ。

「とりあえず、当地の傭兵代理店に行きましょう」

急ハンドルを切って池谷は強引に車線を変えた。

「……はっ、はい」

池谷の荒々しいハンドルさばきに美香は啞然とした。〝ハンマ〟駅で彼女を乗せたときは追手を振り切るためと思っていたが、元々乱暴なのかもしれない。若い頃腕利きの情報員だったとは聞いたことがあるが、その片鱗《へんりん》を見た気がした。

湾岸に出た池谷は港を右手に見ながらアンコール通りを北上した。十数分後、市の北にあるプラグ庭園の近くの通りに入った。北の海岸線から百五十メートルほどの距離で、南に三百メートルほど行くと旧市街〝カスバ〟がある。

ビザンチン建築風の六、七階建てのビルが建ち並ぶ古い街並だが、比較的新しい建物もある。景観を損なわないようにあえて近代的なデザインを嫌っているようだ。

池谷はシトロエンを七階建てのビルの前に停めた。決して下手ではないのだがブレーキの掛け方も荒く、駐車の仕方も乱暴だ。美香は無事に着けたと安堵《あんど》の溜息を漏らして車を下りた。アルジェに来てから、池谷に車の手配を頼んだのは一番無謀なことだったとつくづく反省した。

本屋とカフェに挟まれた通路を進むと、真新しいエレベーターがあった。古そうなビルなので改築した際に取り付けられたのだろう。

最上階である七階のボタンを押した池谷は、天井に付けられている監視カメラに向かってにこりと笑った。すると、一テンポ遅れてエレベーターは動き出した。

「監視カメラで、私を確認したのです。もし、面識がない者が七階のボタンを押すと、IDやパスポートの提示が求められます。このビルの五階から上はアルジェの傭兵代理店が使っています」

「三フロアも使っているのですか？」

美香は目を見開いた。池谷を通じて傭兵代理店を知っているだけなので、知識はさほど持ち合わせていない。

「この国の治安は悪いので、企業に限らず裕福な民間人は護衛を雇うことがあります。需要に応えてガードマンのストックを切らさないように、五階と六階は傭兵の宿泊施設になっているのです。社長はジャン・ディドロ、フランス人です。十二年前にフランスの傭兵代理店からアルジェに派遣されていたのですが、八年前に独立しました。繁盛《はんじよう》していることがいいとは限りませんが」

池谷は皮肉混じりに答えた。下北沢の店を潰され、今では隠れて営業しているだけに羨ましいのだろう。

「アロー、ゴロー、久しぶりだね」

エレベーターのドアが開くと、恰幅《かっぷく》のいい白人の中年男がフランス語で出迎えた。アイロンの効いた長袖のシャツにグリーンの蝶ネクタイをしている。滑稽《こっけい》とも言えるが、なぜか似合っていた。

オフィスは広々としており、ル・コルビュジエのソファーセットが置かれ、照明やデスクもモダンな雰囲気で揃えられていた。五人の男女のスタッフがテーブルに向かって忙しそうにパソコンのキーボードを叩いている。

「アロー、ジャン、十一年ぶりかな。繁盛しているようだね」

池谷が傭兵代理店を設立したのは一九九四年のことで、フランスの傭兵代理店のシステムを参考にしていた。そのために彼はパリにある傭兵代理店の本部に何度も足を運んでいる。その頃からジャンは知っているが、彼は大学を出たばかりの新米だった。

「引退したと思っていたけど、アフリカまで来るとは驚きだよ」

「年寄りの冷や水といいたいのだろうが、まだまだがんばりますよ。紹介します。友人のミカ・モリです。彼女に銃を売って貰えませんか。支払いは私の口座からお願いします」

鼻から息を吐き出し、池谷は言った。引退したと言われて不機嫌になったようだ。

「はじめまして、ジャン・ディドロです。ご入用の銃はお決まりですか。在庫になくても取り寄せます。なんなりとお申し付け下さい」

繁盛しているだけあって、ジャンは商売上手なようだ。イスラム風の格好をした日本人の女を怪しむこともなく応対している。

「グロック26と予備弾をいただけます？」

代理店で銃を調達するのははじめてなので、美香はいささか緊張した面持ちで尋ねた。

「了解しました。すぐご用意しますのでソファーに掛けてお待ちください」

美香と池谷がル・コルビュジエの革張りのソファーに座ると、ジャンはすぐさま近くの男性スタッフに命じ、ケース入りのグロックと弾丸が込められたマガジンを三つ持って来させた。五分と掛からなかった。

ケースごと渡された美香は、ガンオイルの香りがする真新しいグロック26のスライドを引いてトリガーを引き、銃の状態を調べた。やはり使い慣れた銃は、新品だろうが手に馴染む。弾丸が込められたマガジンはエチケットとして、人前では装塡しない。

ジャンは美香の手元をじっと見つめ、頷いてみせた。

「これをいただきます」

にこりと笑った美香は、予備のマガジンとともにコートのポケットに入れた。

三

アルジェの傭兵代理店は〝ディドロ・オフィス〟という平凡だが、男臭いイメージを払《ふっ》拭《しょく》させた会社名である。ペントハウスにあるオフィスで、社員も男女ともスーツを着てパソコンを前に仕事をしているので、一見しただけでは何の会社か分からない。もっとも、身辺警護を依頼する客から見れば、事務的な感じがかえって安心できるのかもしれない。

社長のジャン・ディドロは、池谷とは付き合いが長いらしく、二人は昔話に花を咲かせている。美香は銃を手に入れたので用はないのだが一人で帰るわけにもいかず、二人の話を黙って聞いていた。

「ところで、この二、三日市内が騒がしかったのですが、お二人は特に関係してないのですか？」

ジャンは美香に顔を向けて言った。

「と言いますと、何か事件でもありましたか？」

池谷はとぼけてみせた。もっとも、美香が前日にカスバで二人の男を倒したことや未明に銃撃戦をしながらカーチェイスをしたことまでは知らない。

「米国大使館の近くで、車が横転して運転手と助手席の男が死亡する事故がありました。二人とも銃で撃たれていたそうです。女の乗った車が追われていたという情報が入っていましてね。やられたのは、追っていた連中のようです」

ジャンは池谷から再び美香に視線を戻した。

「そんな、事件があったのですか」

馬のように長い顔を池谷は傾げた。

「銃撃戦の目撃者はいませんでしたので、はっきりしたことはわかりません。おそらく派手好きなＣＩＡが絡んでいると思います」

「米国大使館の西にはフランス大使館もありますよ。ＣＩＡとは限らないでしょう」

池谷は首を振ってみせた。

「そうかもしれませんが、フランスが関係しているのなら、私のところに情報が入るはずです」

どうやらジャンの会社もフランス政府と関係しているようだ。

「大きな声じゃ言えませんが、殺されたのは、例のベケットが雇った男たちのようです」

ジャンは眉を寄せて言った。

「ベケット……アブダビにあったあのイラン人の会社の？　今はアルジェにあるんですか」

池谷は絶句した後、大きく頷いてみせた。

「すみません。イラン人の会社って何ですか？」

第三者を決め込んでいた美香が、自分が関係しているだけに会話に加わった。

「マルセル・ベケットとフランス人を気取っていますが、数年前までアブダビで傭兵代理店を開いていたんです。調べてみると、フランス人じゃなく、イラン人でした。もっともフランス人は移民には寛大《かんだい》です。イラン系だからといっておかしくはないが、ベケットの会社は評判が悪いんですよ。三年前にアルジェに会社を立ち上げて、警備や護衛の仕事をしています。うちも迷惑しているんですよ」

ジャンは鼻を摘んでみせた。

「アブダビで仕事をしていたときは、元からある傭兵代理店より安く仕事を引き受けたんです。だから客も集まりましたが、安い賃金で雇うので傭兵の質も悪く、仕事は雑でした。客とのトラブルも絶えず、傭兵代理店のネットワークからは外されています。何年か前にアブダビで大きなミスを犯して仕事に穴を開け、夜逃げしたと聞いていましたが、懲《こ》りないんですね」

池谷は苦笑混じりに補足した。

「そうなんですか」

美香は昨日尾行して来た男たちを思い起こして納得した。二人ともチンピラのようだった。ジスレーヌを襲ったのもおそらく同じ仲間なのだろう。

「もし、事件に関わられているようなら、気をつけてください」

帰り際、ジャンは改めて美香に注意を促して来た。ひょっとすると彼女の面も割れているのかもしれない。

「追手を殺害したのは、ひょっとしてあなたじゃないのですか？　もっとも正当防衛だとは思いますが、詳しくお聞かせ願えませんか」

エレベーターから下りたところで、池谷が尋ねてきた。

「…………」

「隣のカフェで、お茶を飲みながら、少し打ち合せをしませんか」

美香が答えに窮していると、池谷はすぐ隣の店に半ば強引に入って行った。

パリの下町にありそうな気取らない店なので、美香はカフェ・クレム（カフェオレ）を頼んだ。ホット・ミルクを頼んだ池谷は、話もそぞろで時計を見ながら落ち着かない様子だ。

「どうされたんですか？」

「実は護衛を頼んだのです。さきほどオフィスでメールを打っておいたので、間もなく現れると思います」

「私の護衛なら、お断りします」

美香はきっぱりと言った。打ち合せは、護衛と待ち合せの時間稼ぎだったようだ。

池谷は席を立ちかけた美香の肩を押さえながら言った。

「そうおっしゃらずに、ほら来ましたよ」

カフェの入口のドアを勢いよく開け、サングラスをかけたスキンヘッドの厳つい男が入って来た。店のざわめきが一瞬にして静まり返った。男はサングラスを外し、まるでロボットのように首を回して店内を見ている。

ヘンリー・ワット、米国最強と言われる陸軍特殊部隊デルタフォースでもさらに選ばれたチームであるユニットの中佐だった男である。身長は一七七センチとあまり高くはないが、首回りと胸板が牛のように厚い。彼は浩志に惚れ込み退役した後、リベンジャーズの一員になっていた。

「ワットさん、こちらです」

池谷は嬉しそうに手を振ってみせた。

「やあ、美香、池谷、元気だったか」

ワットは右手を軽く上げると、美香の隣に座り、ボーイにフランス人とアルジェリア人が決して頼まないカフェ・アメリカンを注文した。

「いつから、こちらに?」

美香はワットの他にも誰かいないか、入口を見た。

「昨日の夕方到着したんだ。浩志はまだだ。やつは遅れている。俺はロンドンにいたから、アルジェで待ち合せをしたんだ」

美香の目線の意味を理解したワットは、頭を掻きながら答えた。フィリピンに立ち寄った浩志らは、ボラカイ島に現れたテロリスト鎮圧のために足止めされ、出発が一日遅れている。

「池谷さん、護衛ってワットさんのこと?」

ワットの顔をまじまじと見た美香が、呆れ気味に尋ねた。

「そうですが……」

池谷は冗談でなく、本気でそう思っていたようだ。

「俺じゃ、不服かい?」

わざとらしくワットは、美香と池谷の間に身を乗り出した。

「逆よ。申し訳ないと思ったの。あなたのようなプロフェッショナルに護衛を頼むなんて大袈裟よ。それにペダノワに気を遣っちゃうでしょう」

「よしてくれ、その辺の青臭いカップルと俺たちは違うんだ。彼女は焼きもちを焼く女じゃない。第一美香のことなら信頼している。俺も彼女を裏切らない。たとえ同じベッドに寝たとしても、指一本触れない自信はあるぜ」

ワットは鼻の先を指で擦ってみせた。

「それって、ただのおのろけじゃない。まったく」

呆れ顔の美香は、右手を顔の前で振った。

「否定はしないがな。それより、護衛を頼むほど、危険が迫っているのか」

ワットは真剣な表情で尋ねてきた。

「もちろんです」

池谷は頭を大きく上下させた。

「……実はね」

二人の視線に押された美香は、昨夜からの出来事を話しはじめた。

四

アルジェ港は、地中海に面した美しい港で貿易船やフランスやスペインからのフェリーが着岸する商港である。同時にアルジェリア海軍の艦船が基地とする軍港でもあった。そのため不用意に風景写真を撮ろうものなら、監視している兵士に逮捕されてしまう。この国は、独立以来長年反政府勢力やテロと闘う軍事国家なのだ。

マルセイユ行きのフェリーが発着する第二ターミナルから二百メートルほど西の街角に、革のコートを着たワットが一人で立っていた。夜になって気温は十度を切っている。ワットの口から白い息が漏れた。

午後十一時、通りにあるタバコ屋やレストランはシャッターを下ろしている。市内でも比較的治安がいい場所ではあるが、日が暮れてからの単独行動は身の程知らずか、銃で武装しているかのどちらかだ。

ワットは〝ディドロ・オフィス〟でグロック18Cとサバイバルナイフ、それに手榴弾のM67、通称〝アップル〟も二発手に入れていた。

外観はほとんどグロック17と変わらない18Cは、スライド左後方にセミオートとフルオートの切り替えがある。ハンドガンにもかかわらず連射できる。つまり機関銃なのだ。

オーストリア国家憲兵隊の精鋭対テロ部隊からの要請で作られた銃で、一般には流通していない。ワットが借りたのは純正ではなくグロック17をベースに秘密工場で改良された闇の銃に違いない。連射できるように三十三発のマガジンを六本用意した。だが、毎分千二百発の連射速度を持つため、まともにフルオートで使えば二秒でマガジンは撃ち尽くしてしまう。

「鼻歌でも歌おうか?」

ワットは耳にはめたブルートゥースイヤホンのスイッチを入れて言った。武器の他にも無線機も一式揃えている。

——結構です。感度は良好ですよ。

無線機から池谷の強《こわ》ばった声が聞こえてきた。彼は五十メートルほど離れた場所に停めたシトロエンの運転席で待機している。若い頃は情報員として活躍したかもしれないが、実際に働くとなると緊張しているようだ。もっとも年のせいかもしれない。

「そろそろはじめるか」

ワットは街灯の光を背に、交差点の角にあるビルの玄関まで移動した。通りに人影はない。ドアの鍵穴に持参した先の曲がった道具を突っ込み、ものの数秒で外した。辺りを見渡したワットは、さりげなく建物に侵入した。

五階建てのビルの一階は、雑貨屋、二階から四階はアパート、五階はマルセル・ベケットの事務所と自宅がある。アパートの出入口は建物の反対側にあり、ワットが開けたドアは、ベケットの事務所専用の入口になっていた。情報は商売敵である傭兵代理店のジャン・ディドロが喜んで提供してくれた。

数メートルの狭い通路を進むと、荷物用かと思われる旧式のエレベーターがあった。奥行き幅ともに一・五メートルほどだ。ワットは格子の扉を手で開けて乗り込むとまた閉め、五階のボタンを押した。ボタンは三つしかない。五階と一階、それに欧米ではありがちな開くボタンだ。

古い割に振動もなくスムーズに動いている。ただ吊り下げているワイヤーでなく鎖を巻き上げている音が少々うるさい。侵入したことはばれているに違いない。ジャケットの下のガンホルダーからグロックを抜いてスライドを引き、初弾を込めた。

エレベーターが五階に到着したところで、ボタンがあるパネル側に身を隠したまま格子の扉だけ開けた。いきなり撃って来る気配はない。

——こちらスパイダー、ピッカリ、聞こえる?

美香からの無線が入った。彼女は愛車であるフィアットのスパイダーをコードネームとして使っている。

「ちょうど、五階に着いた。まだエレベーターの中だ」

——ベケットは見つけたけど、もう死んでいる。

「何！」

銃を構えながらエレベーターを出たワットは、すぐ目の前のドアを蹴り破った。

長椅子が二つと汚いテーブルがあるだけの粗末な応接室だった。

「こっちよ！」

廊下に出ると奥のドアから美香が出て来た。

ワットは駆け足で部屋に入った。リビングらしく、大きなシャンデリアが天井からぶら下がった豪華な部屋だ。革張りのソファーにガウンを着た男が、首を切られて横たわっていた。殺されたばかりらしく、動脈からまだ血が流れ続けている。傷の深さから見て即死に違いない。

「どうりで出迎えがないと思ったぜ」

ワットが表から入ったのはわざと相手の注意を引き、その隙にビル裏の非常階段から美香が侵入する手はずだった。

「寝室の非常階段側の窓の鍵は外れていた。犯人はそこから侵入したのね」

死体を見下ろし、美香は舌打ちをした。

「手がかりを探しておいてくれ、頼んだぞ」

ワットは一目散に寝室の窓から非常階段に出ると、迷うことなく屋上に手をかけてよじ上った。死体の状況から見て、殺されてまだ一、二分というところだろう。非常階段を上った美香と鉢合《はちあ》わせにならなかったのは、犯人が屋上から逃げたということにほかならない。

ほぼ同じ高さの建物が続いている。ワットは隣接する建物の屋根を次々に飛び移った。五つの建物を移動したところで、前方の暗闇でうごめく影を発見した。ワットは懐からグロックを抜いて近付いた。

影は振り返り、いきなり銃撃してきた。

「ちっ!」

ワットはグロックをフルオートにしてトリガーを引いた。弾丸はレーザービームのようなマズルフラッシュを上げて連射された。射撃反動を抑えるガスポートがバレルの上に設置されているが、小型で銃身が軽いために連射では命中率が下がる。だが、弾幕を張るには充分だ。

敵が怯《ひる》んだ隙に一気に駆け寄って物陰に隠れている男の銃を蹴り飛ばした。武器を失った男は鋭い蹴りで反撃してきた。ワットの右手の銃を狙ったのだ。だが、ワットは右腕だけで男の蹴りを軽く受け止めた。男はそれでもキックとパンチを繰り出して来た。空手ではない、スピードはあるがカンフーのように軽いものだ。逆にワットの前蹴りは男のガードを崩して鳩尾《みぞおち》を蹴り抜いた。まともに当たれば、内臓を破裂させるだけの破壊力がある。男は腹を抱えて呻き声を上げている。

「観念しな」

グロックをホルダーに仕舞ったワットは、尻餅をついている男に近寄った。

蜘蛛《くも》のように男は尻餅をついたまま屋上の壁まで後ずさりした。闇夜に慣れてきたので、男が東洋人であることは分かる。歳は二十代後半か。

「むっ！」

いきなり立ち上がった男は、壁を乗り越えて宙に躍り出た。

慌てて掴もうとワットは身を乗り出したが、間に合わなかった。男は手足をばたつかせて道路に激突した。脳漿が飛び散っている。生死を確認するまでもない。

「シット！」

鋭く舌打ちをしたワットは、拳でコンクリートの壁を叩いた。

五

低くたれ込めた雲は今にも泣き出しそうだが、予報では雨は降らないらしい。

午後四時五十二分、六本木四丁目。元防衛庁があった東京ミッドタウンにほど近い路地にスーツ姿の瀬川里見の姿があった。陸上自衛隊に一九九七年に入隊している。防衛庁が市ケ谷に移転した二〇〇〇年には配属先の習志野《ならしの》の駐屯地で訓練に明け暮れていた。

ビジネスバッグを持った黒川章が六本木通り方面から歩いて来た。彼もサラリーマンのように紺色のスーツを着ている。

「やはり、このビルのようですね」

ポケットから煙草《たばこ》を出して黒川は火を点けた。これは偽装のためで彼が禁煙家であることに変わりはない。男二人が街角で立ち話というより、煙草休憩の振りをした方が禁煙のビルが増えているだけに自然だからだ。

「住所からすれば、間違いないはずだ」

瀬川も煙草を出し、レンガのタイル張りのマンションを見上げて言った。

昨日から〝北京通信環科技〟という中国の投資会社の日本支社を瀬川らは探している。ランカウイ島で浩志の暗殺をはかったビクトル・ムヒカと〝北京通信環科技〟の北京にある本社との間で、頻繁にメールのやり取りがあったことを友恵が発見したためだ。ところが彼女が様々なデータから割り出した日本支社の住所は、都内に十数カ所もあった。瀬川と黒川は〝北通〟と呼んでいるが、土地売買や投機など、大規模な契約をするたびに違う住所を使っていたらしい。片っ端から調べてきたがいずれも引っ越した後だった。最後に残ったのは、六本木だけである。

二人は浩志から日本で癌の治療を受けている大佐の護衛を命じられていた。大佐の経過は思いのほか順調で、同時に行われているリハビリも効果を上げている。本人が何よりも生きようという気力が戻ったからにほかならない。そのため大佐から護衛はうるさいから止めてくれと、断られていたので捜査に専念できた。

瀬川はマンションのガラスドアを開けて、玄関フロアにある郵便ポストを見た。個人名はなく、ほとんど会社名が記載されている。築三十九年経っており、都会にありがちな事務所ビルと化したマンションらしい。

「あったぞ」

四〇七号室に〝株式会社通信環境システムズ〟というネームを見つけた。これは、〝北通〟の日本で使われている偽装名の一つだ。他にも〝株式会社日本環境通信社〟や〝株式会社環境プランナーズ〟など、どこにでもありそうな名称が使われている。

玄関の内側のドアはセキュリティーロックが掛かっている。インターホンの下のパネルで〝4、0、7〟と表示させて、呼び出しボタンを押した。しばらく待って、もう一度押したが反応はない。

今度は適当に他の階の部屋番号を表示させ、呼び出しボタンを押してみる。

――はい。

女の声だ。

「宅急便です」

明るい声で瀬川は答えた。

返事の代わりに、目の前のガラスドアは開いた。

瀬川と黒川はエレベーターの防犯カメラを嫌って非常階段から四階まで上がった。念のために四〇七号室のドアホンを鳴らしてみたが、やはり反応はない。

ここもほんの一時、契約をするためだけに借りているのだろう。〝北通〟はこれまで、日本各地の土地を買いあさっている。売買契約が済むと、いつの間にか〝北通〟から転売されて、中国本土にある投資ファンドが持ち主になっているのだ。

瀬川はポケットから二種類の違った形をした細長い金属性の道具を出して、ものの数秒で鍵を開けた。ドアにチェーンロックは掛かっていない。黒川はバッグに小型のワイヤーカッターを用意しているが必要なかった。

床に段ボールが敷き詰められて土足で上がれるようになっている。１ＬＤＫ、四十二平米、台所は申し訳程度で、設計の段階で住居だけでなく事務所向けにも作られていたのかもしれない。床の段ボールは不動産会社が敷いたのだろう。契約者は一度も部屋を使っていないに違いない。

「ここも契約のためだけということか。我々の二日間の捜査は不毛でしたね」

何もない部屋を見て黒川が溜息をついた。

「そうかもしれない。だが、まだ部屋があるということは、売買契約は成立していないということだ。俺たちは日本支社という言葉にこだわり過ぎた。むしろ、契約先を調べた方がいいんじゃないのか」

瀬川はすぐさまポケットから傭兵代理店から支給されたスマートフォンを出して、友恵に連絡を取った。

「六本木も擬装用だった。だが、まだ部屋は存在している。何かの契約に使われているはずだ。分かるか？」

――実は、インターネットだけでなく、大手の不動産会社のサーバーも調べていて偶然見つけたのです。〝北通〟は時に日本の不動産会社を仲介させる手口を使っているようですね。今から再度調べますので、そのままお待ちください。

キーボードを叩く軽快な音が聞こえてきた。

――大変です！　新宿区市谷加賀《かが》町です。

悲鳴にも似た友恵の声が返ってきた。

「何！」

住所を聞いた瀬川も思わず叫んだ。

加賀町は市ヶ谷の防衛省と隣接する場所だからだ。

六

新宿区の市谷加賀町は、江戸時代の初期に加賀藩主である前田光高の夫人の屋敷があったことに町名は由来している。その南に位置する市谷本町《ほんちょう》は、江戸時代尾張徳川家の上屋敷があった。広大な屋敷跡は明治になって陸軍士官学校となり、戦時中は陸軍参謀本部になった。戦後の陸上自衛隊市ヶ谷駐屯地を経て、二〇〇〇年に防衛庁が移転され、二〇〇七年に防衛省に移行している。

六本木のマンションから瀬川らは加賀町に急行した。防衛省の北側の道路沿いに左右を真新しいマンションに挟まれた二階建ての古い木造の建物があった。〝株式会社通信環境システムズ〟が日本の大手不動産会社を通じて、土地の買収を目論《もくろ》んでいる家である。個人宅だが敷地面積は七十坪ある。建て替えれば小さなビルを建てることも可能だ。

瀬川は車を家から十メートルほど手前に停めた。

「参りましたね。防衛省から百メートルも離れていない。こんな場所の土地の売買が外国人に対しても自由だなんて、日本はどうなっているんですか」

助手席に座っている黒川が声を荒らげた。

「自衛隊を必要悪だと思っている日本の政治家も多い。これが現実だ」

ハザードランプを点けて瀬川は車を下りた。

家の持ち主は、野村雅夫《のむらまさお》、七十八歳、以前は一階で印刷の下請け工場をしていたそうだが、今は仕事を辞めて夫婦で年金生活をしているらしい。

「うん？」

瀬川が家に向かって歩き出すと、玄関から白い作業服を着た男が二人出て来た。手には銀色の道具箱を持っている。

「黒川、野村さんと会って、話をしてくるんだ。念のために俺はやつらを尾行する」

瀬川は運転席に戻った。

男たちは二十メートル先に停めてある白いバンに乗り込んだ。二人とも一八〇センチ近くある体格の上に、歩き方が妙に揃っていた。軍隊経験を持つ者は無意識に歩調を合わせることがある。特に年上と思われる三十代の男の鋭い目付きが気になった。

バンは防衛省の裏路地を抜けて外苑《がいえん》東通りへ右折した。午後五時半、しかも週末のため道は混んでいる。渋滞にさっそく掴まった。十分近くかかっても外苑東通りを抜け出せない。

ポケットのスマートフォンに電話がかかった。瀬川は運転中なので、ブルートゥースイヤホンのスイッチを入れた。

――瀬川さんが睨んだ通り、やつらはインチキ業者でした。床下に潜って調べ、耐震強度がないから安く補強工事をすると言って来たようです。

黒川から連絡が入った。

「野村さんは、オーケーを出したのか？」

——信用できないと断ったそうです。念のために床下を見せてもらいました。土台自体は問題ないのですが、シロアリが巣食っている腐った木材が置かれていました。業者が持ち込んだに違いありません。

「土地売買の契約はどうなっている？」

——売るつもりはないと拒否しているそうです。ただ、値段を吊り上げて来たので、今後は正直言ってどうするか迷っているらしいです。

売買契約が膠着状態のため、シロアリを床下に寄生させて家そのものを使えなくする魂胆に違いない。家が使い物にならなくなれば、野村も土地を手放すだろう。

「とりあえず、そこを引き上げてくれ。白いバンは三台前にいるんだが、外苑東通りで渋滞に摑まっている。……流れてきた。現在地は早稲田《わせだ》通りを越した辺りだ」

——了解しました。北に向かっているようですね。とりあえず私は渋滞を避けてタクシーで新宿方面に向かいます。

電話をしている間に車は動き出し、バンは新目白通りに入った。

「新宿駅で待機してくれ」

地下鉄や電車なら車より目的地に早く着ける可能性がある。

バンは新目白通りから明治《めいじ》通りを経由し、池袋《いけぶくろ》駅脇を抜けて駅の北側にある駐車場に停められた。この辺りは東京中華街と言われる一角である。横浜の中華街に比べると、楼《ろう》門《もん》もなく派手さはないが、中国人が経営するレストランや食材店、雑貨屋など、様々な店が並ぶ。一九八〇年頃から来日した新華僑《しんかきょう》が経営する店が、三百から四百あると言われ、この界隈《かいわい》に住む中国人の人口はすでに一万二千人を超えている。

バンを下りた二人の男たちは百メートルほど歩き、裏通りにある雑居ビルの外階段を使って二階の部屋に入った。ポストを見ると、会社名から判断して中国系ばかりである。二階は有限会社美麗内装、いかにも中国人が好みそうな社名だ。

瀬川は黒川に連絡を取り、二軒手前にある電柱の陰に隠れた。日は暮れたとはいえ、身長は一八六センチある男が目立つことに変わりない。むしろ、夜だけに余計怪しまれる。長い時間留まれば、警察に通報されかねない。

煙草を吸う振りをして見張っていると、十五分ほどで黒川が現れた。とりあえず監視を代わって瀬川はその場を離れた。彼なら目立たない。だが、早急に雑居ビルに監視カメラや盗聴器を仕掛けて長期戦に備える必要がある。

スマートフォンの呼び出しがあり、ブルートゥースイヤホンのスイッチを入れた。

――アルジェの行方不明者の所在が分かりました。

友恵がいきなり報告してきた。

「ちょっとまってくれ、藤堂さんはまだフィリピンにいるはずだ。いったいどこからの情報なんだ」

浩志らが先発隊としてアルジェに赴《おもむ》き、情報を収集することになっていた。アフリカや中東での人質事件は長期化する傾向がある。人質の居場所を知ることは至難の業《わざ》だ。

——池谷さんからの連絡です。

「何だって、まさかアルジェに行っているのか」

いつも冷静な瀬川の声が裏返った。

——そうです。もっとも情報を得たのは、美香さんのようです。

「美香さんか。なるほど、それなら納得できる」

瀬川は何度も頷いた。彼女が優秀なことは仲間なら誰でも知っている。

——社長がアルジェにリベンジャーズの招集をかけました。

「池谷さんは傭兵代理店の社長かもしれないが、リベンジャーズの隊長じゃない。藤堂さんの許可なく、招集はできないだろう」

軍人だけに瀬川はルールにうるさい。

——藤堂さんと連絡が取れないらしいのです。とりあえず羽田午前一時発のルフトハンザドイツ航空の便を押さえておきます。それまでになんとか私から藤堂さんに連絡を取りますので、出発の準備をお願いします。

「分かった。頼んだぞ」

不機嫌な声で答えた瀬川は、電話を切って腕時計を見た。午後七時三十八分。羽田なら午後十一時までにチェックインすればいい。だが、準備や移動時間も考えれば、少なくとも九時前にはここを出発しなければならない。タイムリミットは一時間だ。

駆け足で瀬川は黒川の許に戻った。

「踏み込むぞ」

瀬川は黒川の肩を叩くと、ターゲットとなる雑居ビルに向かって大股で歩き出した。

「えっ、いいんですか」

黒川は呆気に取られている。

「例の行方不明者の所在が分かったんだ。俺たちもアルジェに行くぞ」

「本当ですか！」

拳を握りしめて声を上げた黒川が、走って付いて来た。

「嘘を言ってどうする。午前一時の便だ。その前にここを片付けるんだ」

「あと、六時間もないじゃないですか」

「だから急いでいるんだ」

二人は話しながら、ビルの前に立った。

「いや、待て、黒川。車を持って来てくれ」

自分が冷静でないことに瀬川はようやく気が付いた。闇雲に押し入っても騒ぎで近所からパトカーを呼ばれるのがオチだ。

瀬川は車を近くの路上に停めた黒川をビルの下に待機させた。

「二人で行きますか？　それとも私は敵の退路の監視ですか」

腕を組んで思案している瀬川に黒川は催促《さいそく》した。

「シナリオを考えていたんだ。ここで待機してくれ」

何か思いついたらしく、瀬川はビルの二階に上がり、有限会社美麗内装と書かれたドアをノックした。

「はい？」

男の声だ。

「ここを開けろ」

瀬川は一か八か中国の標準語（北京語）で言った。瀬川も黒川も空挺部隊から傭兵代理店である池谷の特務機関に出向する際、中国語を徹底的に特訓させられている。また、近年の中国との関係の悪化にともない、瀬川は会話に磨きをかけていた。その他にもロシア語と朝鮮語も片言ではあるが習得している。中国とロシア、それに北朝鮮は軍事上敵国と見なされているからだ。

鍵とチェーンが外される音がして、ドアは開けられた。

　野村の家でシロアリ駆除と騙した二人の男たちが、訝しげな表情で立っている。二人ともトレーニングウエアに着替えていた。

「誰だ、あんた？」

　三十代後半の男が、中国語で尋ねてきた。

「俺は組織から派遣された石忠慶《シーヂョンチン》だ。おまえら今日野村のところに行ったな」

　瀬川は冷たい視線で男たちを交互に見た。

「命令通り、行ったさ。何か問題でもあるのか？」

　男は薄笑いを浮かべた。

「日本の情報部が、シロアリの巣を床下に仕掛けたと嗅《か》ぎ付けた。お前らは偽者だとばれたんだぞ。あんな馬鹿な計画をいったい誰から命令されたと言うのだ」

　瀬川は男の胸を人差し指で突いた。

「そんな馬鹿な！　紅龍《ホンロン》からいつも通り組織の衛星携帯で命令を受けたんだ」

　ばれたと聞かされ、男の目が泳いだ。傍らの若い男もおろおろとしている。

「本当に紅龍だと確認したのか？」

　瀬川は巧《たく》みに尋問をはじめた。

「本当だ。いつもの変な声だった。俺が青蛇《チンジェア》だと電話に出ると、紅龍だと名乗ったんだ」

　青蛇は男のコードネームだろう。

「おまえが命令を受けたんだな。いいだろう。それじゃ紅龍からの命令を復唱してみろ」

「紅龍からは、あの家を使えなくして、土地を早く取得しろと命令されたんだ」

男は上ずった声で答えた。

「そうだ。その通りだ。肝心なのは土地の買収だ。だが、シロアリを使えとは命令されていないはずだな。おまえが考えだしたのか？」

瀬川は話を合わせながら、男の胸ぐらを掴んで言った。

「シロアリは仕事先の改築工事で見つけたんだ。今度は別の方法でうまくやる。土地は必ず手に入れるから勘弁してくれ」

「どうせ、ろくでもない手だろう。貴様らに衛星携帯を使う資格はない！　組織に返すんだ！」

怒鳴り散らすと、男は近くのスチールロッカーの引き出しを開けた。

「止めろ、孫《スン》」

部屋の奥のドアが開き、がたいのいい三人目の男が現れた。右手には鋭利なナイフを持っている。男はロッカーの引き出しから携帯を取り出した。黒いボディに赤い線が引かれた変わったデザインをした携帯だ。

男はやおら携帯を床に落とすと、足で粉々に踏みつぶした。

「何をするんだ、軍《ジュン》！」

孫は悲鳴を上げた。それだけ携帯は重要な物だったのだろう。

「このままじゃ、俺たちが殺されるぞ。作業中の事故で携帯は壊れた。後はそいつを始末すれば、組織にはばれない」

軍と呼ばれた男は、口元を歪ませて笑った。


外で見張っている黒川は雑居ビルの二階の窓が見える場所に立っていた。瀬川が一人で乗り込んだのは、階段や窓から逃走する可能性もあるからだ。

「うん？」

二階の部屋の電気が突然消えた。途端に壁を叩くような鈍い音が響く。瀬川からは待機するように命令されている。へたに動けない。ガラスが派手に割れる音に男の呻き声。

「まずいな」

雑居ビルの階段に向かおうとすると、二階の窓の電気が再び点灯し、黒川のスマートフォンが反応した。

――私だ。敵は三人だった。手がかりになるものを運び出す。手伝ってくれ。

瀬川が何事もなかったかのように連絡をしてきた。

「了解！」

黒川はにやりと笑って耳元のイヤホンのスイッチを切った。

作戦変更

一

マニラ・ニノイ・アキノ国際空港からアルジェリアの首都アルジェにあるウアリ・ブーメディアン国際空港には直行便はない。航空会社により少なくともパリか、フランクフルト、もしくはドバイかカタールのドーハでトランジットする必要がある。

浩志らが当初予定していた午後十一時五十五分マニラ発のエミレーツ航空は、ドバイで四時間五分の待ちがあるが、トランジットが一回だけで全体の所要時間は二十時間十五分だった。アルジェには出発時間が一番早い午前十一時台の便でも、トランジットが二回あったり、待ち時間が長かったりと、結局十一時五十五分発のエミレーツ航空と到着時間に大差はない。

ボラカイ島の上空からパラシュート降下した浩志らは、パティアック・リゾートホテルを襲った新人民軍のテロリストたちと交戦した。ホテルに放火しようとしたテロリストを倒し、ホワイトビーチから漁船で脱出を計ろうとしていた残党もホセの傭兵部隊と挟撃し、殲滅させることに成功した。だが、結局予定していたエミレーツ航空には乗ることができなかった。

ビーチの戦闘を終わらせたのは午後八時五十八分だったが、敵の残党の捜索をした後でボラカイ島から観光用の渡し船でパナイ島に渡り、カティックラン空港に着いた時点で午後十時を過ぎていた。再びフィリピン空軍機であるC１３０に乗り、マニラ・ニノイ・アキノ国際空港内の空軍基地に到着した浩志らは、出発を諦めてマカティにあるいつものパーラマンションに宿泊した。

午前零時、シャワーで汗を流した浩志はジーパンとTシャツに着替えた。ジャングルや砂漠の紛争地では水浴びすら望めないが、戦闘後にシャワーを浴びることは意外と重要なことである。アドレナリンが体内に大量に分泌《ぶんぴつ》される戦闘中は、負傷していても分からないことがある。後でシャワーを浴びてはじめて負傷していることに気が付くものだ。今回も体中に擦り傷はあったが、銃弾は当たらなかったので上出来といえよう。

グロック19を枕元に置いて、ベッドに横になった。長い一日だった。若い頃なら日没まで敵を追ってジャングルを縦走したり、敵の砲弾を避けて灼熱《しゃくねつ》の砂漠を横断したりと、無茶なことをしても顎を出すことはなかった。だが今日は短時間の戦闘にもかかわらず、心底疲れた。歳のせいもあるのだろうが、戦闘自体久しぶりだったからだろう。

「おっと」

ベッドから下りてバックパックから衛星携帯とスマートフォンを出し、電源ボタンを押した。C130からパラシュート降下する際、腕時計以外の身につけていた財布や携帯などはすべてバックパックに仕舞っておいたのだ。

サイドテーブルに置こうとすると、まるで出番を待っていたかのようにスマートフォンが反応した。

「俺だ」

苦笑を浮かべ電話に出ると、ベッドに腰を下ろした。

――よかった。やっとつながった。何度も電話したんですよ。

友恵からの連絡だ。

「戦闘中で連絡できなかった」

――戦闘中！　京介さんをピックアップするだけじゃなかったのですか？

深閑《しんかん》とした部屋の隅々まで聞こえるような大きな声が響いた。

「冗談だ。用はなんだ」

疲れているので、説明するのも面倒臭かった。

――例のポリス視察団の行方が分かりました。

「ほう、ＣＩＡから情報提供でもあったのか？」

――えっ、ええ、まあ情報源はそうらしいですね。

出ばなをくじかれたのか、友恵の声が小さくなった。適当に言ったら当たったようだ。もっともあの地域の情報を日本側にリークするなら、ＣＩＡだと思っていた。

「場所はどこだ？」

――ニジェール北東部のビルマ近郊です。

「ビルマ近郊？　オアシスか」

――そっ、その通りです。よく分かりましたね。

「砂漠地帯で移動中でないとしたら、オアシスしかないだろう」

サハラ砂漠は広い。遭難したわけではなく街以外に留まることができる場所は、水があるオアシスだ。武装勢力は街ではなく郊外にいるのは、ニジェールの軍や警察を避けているからで、テントを張って野営しているはずだ。

――軍事衛星で調べてみたところ、車が六台確認できました。

簡単に友恵は言ったが、もちろんハッキングし、無断に使ったということだ。

「場所からすれば、犯人は視察団を拉致した後でリビア近郊を経由して来たのだろう。だが、事件発生から九日、正確には十日目に入っている。移動に時間が掛かり過ぎているな。何かトラブルでもあったか」

自問するように首を傾げた。浩志は頭の中にアフリカの地図を拡げてみた。車で移動するにしても時間が掛かり過ぎている。それに武装テロリストのアジトがニジェールのオアシスという可能性はないだろう。

——詳しい状況までは報告されていません。とりあえず場所が分かったので、池谷社長がリベンジャーズの緊急出動を要請しています。

なぜか不安げな声で友恵は言った。

「分かった。全員をアルジェに招集してくれ。おそらくニジェールは通過地点に過ぎない。犯人はマリ北部に向かっているのだろう」

浩志は、素直に返事をした。

もともと内調の柏原祐介からは、行方不明になった片倉啓吾の捜索と救出を依頼されていた。武装テロリストに拉致されている者を救出するには、リベンジャーズ全員でかからなければ、難しいだろう。ニジェールの首都ニアメに集合させて、先回りする方法もなくはないが、ニアメには傭兵代理店はない。武装できなければ待伏せする意味もないのだ。

——よかった。怒られることを覚悟で連絡をしました。間もなく羽田空港から瀬川さんと黒川さんと田中さんの三人が乗ったルフトハンザ機が離陸するところです。三人には、藤堂さんのオーケーが出たと嘘をついてしまいました。

浩志と連絡が取れないためにやむを得ず嘘をついたのだろう。瀬川と黒川はフリーの傭兵になっても自衛官としての習慣が抜けない。軍人としては優秀だが、傭兵としては融通《ゆうずう》が利かないところがある。傭兵は一旦部隊に参加すれば軍隊と同じだが、戦闘への参加は自分の意思だ。命令で動くものではない。

「三人の方が先に着きそうだな。それなら、現地で準備させるのに都合がいい。夜が明けたら連絡を取ってみる……」

気が付くと友恵のすすり泣く声が聞こえてくる。よほど瀬川らに嘘をついたことへの罪悪感を持っていたのだろう。

「連絡は以上か？」

――はっ、はい。……現地の池谷さんと連絡を取り、明朝またご連絡します。

子供のように声を引き攣《つ》らせながら、友恵は答えた。

「了解。瀬川を飛行機に乗せたのは、いい判断だったぞ」

――えっ、本当ですか。ありがとうございます。

友恵の声が明るくなった。

スマートフォンをベッドサイドテーブルに置くと、浩志は大の字になった。

二

翌日、浩志らは午後十一時五十五分マニラ発のエミレーツ航空に乗ってアルジェに向かった。飛行時間八時間四十五分、飛行機は、アラブ首長国連邦のドバイ国際空港に現地時間の午前四時四十分に着陸した。トランジットは四時間五分ある。

ドバイはここに本拠を置くエミレーツ航空のハブ空港である。エミレーツは他社に比べて運賃が安い。世界各国から格安の運賃でドバイに観光客やビジネスマンをかき集めるという一種の国策なのだろう。リーマンショックから立ち直り建設ラッシュに沸くドバイは、国際金融都市として、また世界屈指《くっし》のリゾートとして返り咲いた。

ドバイに出稼ぎに来たフィリピン人と乗り合わせた浩志らは飛行機を降りると、ボーディング・ブリッジを抜けて空港ターミナルビルに入った。浩志と加藤は、だだっ広い巨大な筒状のビルを歩き、レストラン街にあるタイ料理の〝タイエクスプレス〟で夜食を摂《と》ることにした。辰也と宮坂と京介は階下のバーガーキングに行った。夜食に特大のワッパーを食べるそうだが、確かに腹は減っている。

「それにしてもすごい人ですね。私がはじめてアフリカに来た頃のドバイ空港は砂漠の田舎《いなか》空港でしたが、今はまるでSFの宇宙都市ですよ」

加藤は春巻きが添えられたカオパット（チャーハン）を食べながら感慨深げに言った。彼がテキサスの傭兵代理店から紹介された傭兵としての初仕事は、二〇〇三年のアンゴラだった。その時傭兵部隊の指揮官だったのが、浩志である。部隊は三ヶ月で解散した。浩志は前任者が交通事故で死亡するアクシデントでたまたま指揮官に就いていた。偶然の出会いがなければ今の加藤は存在しない。

空港内には五つ星のホテルや〝スヌーズキューブ〟と呼ばれるカプセル型の簡易宿舎やスポーツジムの他にスパまである。免税品店はデパート並みの品揃えで、高級車まで販売され、逆にここでしか手に入らないものもあるほどだ。もちろんアラブの国らしく、イスラム教徒のための立派なお祈りの部屋まで用意されている。

浩志は黙々とスプーンを口に運び、タイカレーを腹に収めた。人が大勢いる場所は落ち着かない。食事をしている無防備な姿をさらけ出すことに抵抗を感じるのだ。食べ終わってコーヒーを飲んでいると、瀬川から衛星携帯に電話が入った。

瀬川らは羽田から午前一時発、フランクフルト経由でアルジェには一時間遅れの現地時間で午後一時三十五分に到着している。彼らが到着した頃を見計らって、浩志はマニラ空港から電話で指示をしておいた。マニラとアルジェの時差は七時間だ。

腕時計で時刻を確かめた。午前五時二十六分、ドバイと三時間の時差があるアルジェでは、真夜中のはずだ。浩志がトランジットでドバイに着いたのを見計らって電話してきたのだろう。

「装備は整ったか?」

衛星携帯を耳に当てて尋ねた。

——友恵からの連絡で、武装集団の車列は昨日のうちにビルマ近郊から六百キロ西のアガデスに向かって移動中です。藤堂さんの読み通り、最終の目的地はマリ北部でしょう。

「まずいな。移動を開始したのか」

浩志は舌打ちをした。武装集団は五日間もリビアに留まっていた。そのためマリへの移動はもっと時間をかけると思っていたからだ。浩志は四駆に乗ってリビア経由で追いかけるつもりだった。検問と国境は砂漠を迂回することで回避できる。だが、ビルマから移動したとなると、リビア経由はすでに考えられなくなった。

——そこで、ワットと相談し、移動手段を考えました。アルジェからチャーター機で、南部のタマンラセットの飛行場まで三時間半で飛び、そこから車に乗れば、およそ二日でアガデスに移動できます。

タマンラセットからアガデスまではおよそ七百八十キロ。舗装もない悪路のため、夜通し走らなければならないだろう。

「そんなことはアルジェリア軍が許さない。リスクが大き過ぎる」

テロを警戒するアルジェリアでは至る所で軍の検問がある。武器を持って飛行機で移動するのは論外というものだ。

――それが、傭兵代理店のジャン・ディドロの話では、軍の知り合いを通せば大丈夫らしいんです。飛行機もチャーター機なら問題ありません。もっとも賄賂を請求されるようですが、日本政府は払うと約束してくれました。

確かに賄賂で政治家や軍人も動かせるだろう。だが、彼らが裏切らないという保証はない。それに武器を携帯しているところを関係のない部署の兵士に見つかったらまずいことになる。

「賄賂で買収できる保証はあるのか」

――タマンラセットの駐留軍のトップと知り合いだそうです。地方の軍人に金で動かない者はいないと、ディドロは言っています。それにもしものことを考えて、武器は梱包《こんぽう》して架空の住所宛にして、乗客とは無関係という形にするそうです。それから、現地で車を調達するために、ワットと黒川にタマンラセットに向かってもらいました。飛行機が午後十時に一便しかないので、私とワットさんの判断で動いています。

彼らの判断は的確だ。武器は空港でチャーター便に間違えて荷物を載せたように見せかけるらしい。これなら無関係だとしらを切れる。

「分かった。すぐにチャーター機の手配をしてくれ」

武装して無事に国境を越えられるのなら、一番の手段だろう。武装集団の前に出られなくても差はかなり縮めることはできる。たとえマリだろうと彼らのアジトまでどこまでも追いかけるまでだ。

——了解しました。遅くなりましたが、藤堂さんを狙った暗殺者と関わりを疑われている〝北通〟の日本支社について報告します。

お互いに移動中ということもあり、アルジェでの件でしか打ち合せをしていなかった。それに浩志自身、〝北京通信環科技〟のことは忘れていた。ランカウイ島での大佐の偽装葬儀は十日前のことだが、遠い昔のことのように思われる。

——我々は〝北通〟の日本支社の住所をすべて調べましたが、実体はありませんでした。ただ昨日、怪しい三人の中国人を逮捕し、内調に引き渡しました。現在身柄は公安に移されて取り調べを受けています。公安では以前からマークしていた連中でした。私は工作員だと思ったのですが、三人とも人民軍の元兵士で暴力事件を起こして脱走し、日本に潜伏していたようです。

瀬川はさらに防衛省に隣接する土地売買の一件も話した。公安は今後、防衛省周辺の土地売買に目を光らせるそうだ。

「不良脱走兵が、どうして工作員の真似をしていたんだ？」

防衛省に近い場所の土地を中国が買収するとなると、日本の安全保障に関わることになる。脱走兵というのは逮捕されたとき、工作員を中国に強制送還させるための偽証かもしれない。

――孫というリーダー格の男が、紅龍から命令されたと言っていました。仲間が、しくじれば殺されると口走っていましたので、連中は脱走したことで弱みを握られ、脅されながら仕事をしていたのかもしれません。

瀬川は三人の中国人に取り囲まれたが、瞬く間に叩き伏せていた。一人はナイフまで持っており、それなりに三人とも手強かったが、瀬川の敵ではなかった。

「紅龍……？　本当か！」

声を荒らげ、浩志は思わず辺りを見渡した。ボラカイ島を襲った新人民軍のリーダーは、レッド・ドラゴンから命令されていたと白状している。しかも、浩志はレッド・ドラゴンと会話までした。紅龍とはレッド・ドラゴンのことではないのか。どちらも中国のどす黒い影が見え隠れする。だが、たった一人の人間が日本とフィリピンで同時期に謀略を指示しているのかと言われると、疑問が生じる。

――どうされたんですか？　ひょっとして、紅龍を知っているのですか？

「偶然かもしれないが、ボラカイ島で捕まえたゲリラは、レッド・ドラゴンから命令されたと白状した」

浩志はボラカイ島の事件の詳細を教えた。

――レッド・ドラゴン？　紅龍の英語版ですか。なるほど、確かに怪しいですね。内調を通じて取調中の公安に知らせておきます。

「俺たちがアルジェに着けるのは、トランジットも含めて十時間後だ。準備を頼んだぞ」

連絡を終えてスマートフォンをポケットに仕舞い、時計を見た。午前五時三十四分、出発は午前八時四十五分、まだ、三時間もある。

「ジムで汗を流すか？」

「賛成です」

浩志が席を立つと、加藤も頷いて立ち上がった。

三

夜明け前、片倉啓吾ら国際ポリス視察団を乗せた六台の車列は、ニジェール北東部に位置するビルマ近郊のオアシスを出発した。食料の配分こそ増えることはなかったが、水はいつでも飲むことができた。拉致された当初は空腹を抱えていたが、今は喉を潤《うるお》す水さえあれば、文句はない。それだけにオアシスを離れるのは辛かった。

オアシスでは見張りの目を盗んで脱出しようと密かに声を掛け合ったが、今は飢《う》えと渇きで頭が朦朧《もうろう》とするだけで考える気力もない。テロリストたちは、人質の精神状態がどうなっているのか、よく分かっているのだろう。出発前から食事の量は減らされた。抵抗したり、逃亡したりするような力を与えないようにしているに違いない。

ビルマから砂漠を西に向かう道は一本だけあるが、ところどころなくなっている。数メートルの場合もあれば一、二キロ欠落していることもざらだ。その度に砂漠の中を進まなければならない。

武器を満載したピックアップの車輪が砂に取られ、片倉ら捕虜《ほりよ》が車を押すことも度々あった。酷い時には抜け出すのに一時間以上かかったこともある。だが、テロリストたちは銃で脅して怒鳴りつけるだけで、手伝おうともしない。人質は武器輸送のための使役奴隷《しえきどれい》としても酷使されている。

道はビルマから六百キロ西のアガデスに通じている。今日は、悪路のため二百三十キロしか移動できなかった。片倉は監視の目を盗んで運転席の距離計を確認し、自分の位置を確認することを怠らなかった。だが、テロリストらは明日までにはアガデスに到着するつもりだろう。

「見ろ、あいつを」

ベルナールが片倉に顎で監視の一人を示した。アラブ系の男が人質ではなく夜空を見上げている。携帯食と水だけの夕食を終わり、しばしの間人質同士の雑談が許される時間だ。

「あいつは異常に視力がいいらしい。だから休憩する度に空を監視している」

言われてみれば、男がいつも空を見ていたような気がする。

「まさか、昼間ならともかく夜間の偵察機を監視しているわけじゃないよな？」

片倉は首を捻った。情報員として軍事兵器や武器の知識はある。当然ニジェールの空軍に夜間飛行ができる偵察機や戦闘機がないことも知っていた。

「米軍の無人偵察機を警戒しているのだ。ニジェールに百人程度だが米軍は部隊を増強させた。無人機も運用することになったんだ。いやすでに使われているかもしれない」

ベルナールは人差し指を唇に当てながら言った。他言無用ということなのだろう。ノルウェー人のルトヴィックは少し離れたところで横になっていた。かなり体力を消耗《しょうもう》しているらしく、昨日のような元気はなく、すでにうたた寝をしている。

「なるほど」

片倉は密かに舌打ちをした。米軍の無人偵察機なら高感度の赤外線カメラも搭載されている。

米軍がマリの掃討作戦を展開しているフランス軍との情報を共有するため、数十人規模でニジェールに駐留していることを片倉も情報は得ていた。だが増強されたことも、まして無人偵察機を導入したことも知らなかった。昼夜問わず空を警戒している監視がいるのなら、彼らが何を警戒しているか分かるのは当然のことである。それに気が付かなかった自分を片倉は責めた。テロリストらは、ニジェールに米軍が駐屯した段階で、無人偵察機が配備されることを予測していたに違いない。

無人偵察機の情報をベルナールは軍から得ていたのだろう。だが、片倉にリークしたのはトップシークレットというほどのことではないのかもしれない。事実、この情報は二月二十四日付けでメディアに公開されている。

オバマ大統領は中東での長引く軍事活動から手を引くために、フランス軍のマリでの掃討作戦に加わることはなかった。だが、同盟国を無視するわけにもいかず、無人機を導入してフランス軍を支援するつもりなのだろう。それに人的被害は起こりえないので、国民からも非難を浴びることはない。

「我々はマリで対フランス軍ばかりか、輸送中も人間の盾となっていたのか」

片倉は人質の数と車の数が合うことに気が付いてはっとした。

「おそらくな。やつらが輸送している大量の武器弾薬は、フランス軍との戦闘に備えたものだろう」

ベルナールは声を潜めて言った。

「だが、六台とはいえ、ピックアップで運べる程度の武器でフランス軍に対抗できるとは思えない。それとも武装勢力はフランス軍を舐めているのか」

片倉らが乗っている車にも木箱に入れられた武器が載せられている。また、テロリストたちだけで乗っている車には後部座席にまで荷物が積まれているが、所詮戦闘機や爆撃機には敵《かな》うような武器だとは思えない。

フランス軍の掃討作戦は本格的だ。投入されている外人部隊も半端ではない。空爆も行われている。武装勢力はマリ北部を制圧していたといっても、所詮ＡＫ47やＲＰＧ７で武装したならず者に過ぎない。精鋭で知られた外人部隊の敵ではないのだ。

「やつらが手に入れた武器が、……だとしたらどうだ？」

ベルナールは口には出さず、砂にＳＡ７Ｂと書いてすぐ消した。

「……本当か？」

片倉は生唾を飲み込んだ。

ＳＡ７ＢはＳＡ７の改良型であり、一般にはＳＡＭ７と呼ばれている旧ソ連製の携帯地対空ミサイルである。最大射程四千二百メートル、射高は四千三百メートル、攻撃ヘリや戦闘機に対抗した兵器である。もし武装勢力の手に渡れば、圧倒的な物量で攻めて来るフランス軍に多大な損害を与えることは目に見えていた。

リビアではカダフィー政権が崩壊し、保持していた大量の武器がテロリストに渡ったと懸念されている。ＳＡＭ７にいたっては二万発所有されていたが、内戦で一万四千発使われ、残りの六千発は行方不明になっていた。

「まだ確認できていないが、ピックアップに少なくとも二百発は積み込んであるだろう。逃げることも大事だが、まずは武器を破壊しなければならない。協力してくれないか？」

厳しい表情でベルナールは言った。

「その前に、聞きたいことがある。情報はいつ入手したんだ？」

拉致されて危機的状況下で国家のために働こうとするベルナールに感心しつつも、問いただしたかった。国際ポリス視察団は各国の情報員の集まりだった。にもかかわらずたまたま武装テロリストに襲撃されたことを、偶然とするのは不自然だと片倉は思っていたからだ。

「なんでそんなことを聞くんだ？」

訝しげな表情でベルナールは逆に質問を返してきた。

「拉致された後で情報を得たわけじゃないんだろう？」

「あの武器が何千発も行方不明になっていることは二〇一一年の段階で分かっている。今さら武装勢力も通常の武器を人間の盾まで用意して運ぶとは思えないだろう。ピックアップで輸送可能で航空機に対処できる武器といえば、答えは自《おの》ずと決まってくる。あの武器を絶対マリの武装勢力の手に渡してはだめだ」

ベルナールは熱く語った。

「いいだろう」

逃げ出すことも難しいとは思いつつ、片倉は同意した。

四

ドバイ国際空港で、第三ターミナルがエミレーツ航空専用となっている。新しくできただけにターミナル全体が、第一、第二ターミナルよりも少々豪華だ。そればかりか照明も明るいために、同じデザインだとしても新しさと清潔感を覚える。意図的に他社のターミナルと差別化を計っているのだろう。

第三ターミナルには、エミレーツラウンジ（ビジネスクラス）だけでなくエコノミークラスが使うマルハバラウンジも充実しており、シャワーを浴びることもできる。また、上階のエアポートホテル内にある〝G－FORCE〟というスポーツジムで、シャワールームだけ借りることもできる。

東西に長細いターミナルビルは、天井までの吹き抜けでやたらとでかい。ゲートの案内板には、ビルの中央からそれぞれの端までは歩いて七分、また、隣の第一ターミナルまでは二十四分掛かると表示されている。つまり、第三ターミナルの突端から、第一ターミナルまでは三十分以上歩くと言うから、ビルの巨大さが分かる。

アルジェ行きのエミレーツ航空は午前八時四十五分に出発する。午前五時四十二分、まだ、三時間もあった。夜明け前に食事をしたために軽く運動をするべく、〝G－FORC

Ｅ〟に向かっている。掲示板はアラビア語と英語が表記してあり、迷うことはない。

浩志をはじめ仲間はパスポートや着替えなどを入れたバックパックを使っており、手荷物を預けていない。飛行機の移動で一番足かせとなるのは大きなスーツケースだ。海外ではトランジットで荷物がなくなることもある。また、空港職員による手荷物の盗難も珍しくない。もっとも機内に持ち込むことができるように、サイズを小さくする必要がある。

浩志と加藤はエレベーターで二階上のホテルがあるフロアで下りた。周囲にまったく人影はない。深閑とした別世界がそこにあった。

「うん？」

バックパックのポケットから呼び出し音が聞こえてきた。

浩志は荷物を降ろしてポケットを探った。

「馬鹿な！」

ボラカイ島で交戦した武装ゲリラから取り上げた衛星携帯だった。レッド・ドラゴンと会話した直後に電源は切っておいた。何かの弾《はず》みで電源が入ったようだ。

浩志は首を傾げながらも通話ボタンを押した。

――おまえは、藤堂浩志だな。

押し殺した声が聞こえてきた。

レッド・ドラゴンに間違いない。

からな。

「……………」

――調べるのに二十時間近く掛かったよ。なんせ、君はすでに死んだことになっていた

苦々しい表情で浩志は尋ねた。

「どうして分かった？」

――君ほどの傭兵なら、至る所に指紋や声紋が残されている。念のためにデッドファイルの声紋を照合させたら、すぐに見つかった。現代はインターネットで世界のサーバーがリンクしているんだ。人物を特定することなど、容易いことだ。

世界中の傭兵代理店で、浩志は数少ないスペシャルAの評価を受けている。そのため、どこでも最高の待遇を受ける一方で、指紋や声紋がファイルに残されていた。また、CIAなどの情報機関にもデータがあった。

レッド・ドラゴンは傭兵代理店のサーバーをハッキングしたのかもしれない。もっとも長年の宿敵だったブラックナイトもデータを持っていたはずだ。犯罪組織なら裏で繋がっていてもおかしくはない。

「レッド・ドラゴンは、おまえのコードネームなのか？」

瀬川が調べ上げた紅龍との関係を知りたかった。

――私の名前もコードネームも教えられない。

「組織のコードネームなのか？」

――まあ、そんなところだ。

男はあっさりと認めた。

「組織のコード名だけ使って、外部とコンタクトしているとすると、おまえは東南アジア担当なんだな？」

――ほお、どうしてそう思う。

「フィリピンの武装ゲリラに武器や現金を渡すのに、中国の密漁船を使うなど大掛かりだからだ。それなりに専念する必要がある。おまえたちは、領土問題で中国とトラブルを起こしているフィリピンの治安を悪化させ、国力を低下させようと企んでいるのだろう」

――驚いた。傭兵と聞いて君を侮《あなど》っていたようだ。馬鹿じゃないな。

男は否定しなかった。犯罪組織は国や地域別に責任者がいるということになる。

「ちなみに日本を担当しているやつは、紅龍というコードネームを使っているんじゃないのか？」

――なっ！

引きつけを起こしたような声が聞こえた。

浩志は鼻で笑った。図星らしい。

「名を名乗れ、フェアじゃない」

——いいだろう。私の名は、馬用林《マーヨンリン》だ。正式におまえを敵と認めてやろう。偽名かもしれないが、名無しよりはましだ。

「日本を担当しているやつの名前も教えろ。やつには借りがある」

——名前は教えられないが、コードネームだけ教えてやる。蜥蜴《シーイー》だ。蜥蜴は中国語でトカゲの意味だ。

「あの男のように姑息《こそく》に俺を狙撃するつもりか?」

——私は蜥蜴のような卑怯な真似はしない。だが、とりあえず君のことは北アフリカの担当に伝えてある。彼がどうするのかは私の知ったことではない。

背後のエレベーターが開き、スーツを着たアジア系の男たちが二人下りて来た。浩志を見つけるとおもむろにジャケットの下に手を伸ばした。

「走れ!」

浩志が加藤を前に突き飛ばして駆け出した瞬間、男たちはサイレンサー付きの銃を撃ってきた。

「馬鹿め、一時間前からおまえの位置は捕捉していたんだ」

衛星携帯から馬用林の笑い声が漏れてきた。少なくとも携帯の電源は、飛行機を下りた時には点いていたらしい。浩志に質問に答える形で話していたのは、衛星携帯の位置情報を得るためだったに違いない。浩志は走りながら携帯の電源を切った。

「階段だ！」

二人は非常階段を駆け下りた。

階下のフロアに駆け下りて、ビジネスラウンジに入った。入口の係が何か叫んでいる。時間帯もあるが、そもそも利用者が少ないのだろう、ソファーが優雅に配置されているせいもあるが、人はまばらだ。浩志と加藤は通路を走り抜けた。

プシュ！　プシュ！　背後の革張りのソファーに弾丸が当たった。男たちは執拗に追いかけて来る。

「何！」

握っていた衛星携帯の電源が勝手にオンになった。遠隔操作か、あるいは電源が切れないようになっているらしい。ラウンジのレストランに入った。ビュッフェ形式で色とりどりのご馳走が並べてある。料理を抱えたボーイが厨房から出てきた。浩志はさりげなくすれ違って厨房に入った。

「ここはスタッフオンリーだ！」

浩志と加藤を見つけたコックが叫んだ。

「危ないから、隠れていろ！」

コックを突き飛ばした浩志は、まな板の上にあった庖丁を掴み、加藤に冷蔵庫の陰に隠れるように指示をした。すかさず加藤はわずかな隙間に吸い込まれるように入り込んだ。

追跡と潜入のプロである彼の強靭《きょうじん》な肉体は、驚異的な柔軟性を持っていることを浩志はよく理解していた。

時を待たず、二人の男たちが厨房に現れた。目立たないように銃を下に構えている。浩志は飛び出して庖丁を投げ、流しの下に転がり込んだ。庖丁は銃を向けた男の右肩に命中し、男は悲鳴を上げて倒れた。別の男は仲間の負傷に目もくれず銃を撃って来た。浩志はわざと近くにあった鍋を床に転がし、音を立てながら移動した。

誘導されているとも知らずに厨房の奥へと進んだ男は、冷蔵庫の前を通り過ぎた。途端に隙間に隠れていた加藤が、男の側面から銃を蹴り上げた。浩志は男の真下に潜り込み、立ち上がりながら右の拳で男の顎を振り抜いた。がつんという強烈な衝撃とともに男は後方に吹っ飛んだ。すかさず加藤はナイフが刺さってもがいている男の後頭部を蹴って気絶させた。

「警備員を呼べ」

浩志は尻餅をついているコックに命じると、棚に置いてあったアルミホイルで衛星携帯を包んでポケットに入れた。

「ジムに行くか」

大の字に倒れている男たちに見向きもせず、浩志は厨房を出た。

五

一九六二年に独立したアルジェリア政府は社会主義政策を採り、ソ連から軍事的な支援を得た。二度の軍事クーデター後、二〇〇二年に終息した内戦では、十万人もの犠牲者を出したが、この間、政府は西側からも軍用機や装備を調達している。おそらくソ連崩壊による混乱で、一時的に武器の調達ができなかったのだろう。

アルジェリアでは現在でも旧ソ連の装備が圧倒的に多く、数機がMiG29に置き換えられ、新たにロシア製のSU30導入も検討されているようだが、旧式のMiG23MSや23BNが未だに主力戦闘機の位置にある。このように第三国でソ連製の武器に人気があったのは、性能がよく堅牢《けんろう》で安いからである。だが、現代では粗悪だがソ連製のコピーでさらに安価な中国製が、世界の武器市場で勢力図を拡大している。

昨日、仕事を終えた田中俊信は傭兵代理店の池谷からの招集に従って羽田空港に直行した。彼は民間航空会社である〝東新《とうしん》航空〟で臨時パイロットと技術指導員という肩書きを持つが、傭兵が本職のためいつでも仕事を抜けられるという気楽な立場を貫いている。会社宛に欠勤のメールを出すだけで問題はない。

戦闘員として特化した傭兵が大勢をしめるリベンジャーズで、田中は兵士として射撃や格闘技や体力も人並み以上ではあるが、チームの中で非戦闘員的な扱いを受ける時ほど、重要な活躍をする。というのも動力があるものなら何でも操縦をしてしまうという、オペレーションのスペシャリストで、仲間をヘリや輸送機で運ぶ時は、彼の腕に全員の命が掛かっているからだ。いつしか、仲間は若いくせにふけ顔の田中を〝ヘリボーイ〟と呼ぶようになった。

田中は陸自の輸送ヘリのパイロットだったがヘリの操縦に飽き足らず、二〇〇五年に退職して傭兵代理店に登録をしている。学生時代すでに軽飛行機や船舶のライセンスを取得していたライセンスオタクだった田中は、得意の軍用ヘリでバイトをする傍ら、航空機に捕われずにオペレーション技術の向上とさらなるライセンスを獲得するためであった。

二〇〇六年に田中は戦闘が続くイラクで輸送ヘリのパイロットをしていた。当時、米軍に代わって物資や兵士の輸送を軍需会社である〝ブラックウォーターUSA（現アカデミ）〟が請け負っていたが、田中は米国の傭兵代理店から仕事を引き受けて、主に米国人の要人移送の仕事を引き受けていた。

たまたま現地に駐留する米軍の依頼でイラク人の政府要人の移送をすることになり、その要人を警護するチームのリーダーを務めていた浩志と出会っている。浩志は警視庁の刑事だったころ、一九九二年に世田谷《せたがや》で起きた殺人事件の重要参考人として逮捕された。ぬれぎぬは数ヶ月後に晴らされたが、釈放された浩志は犯人が紛争地にいるという嘘の情報で追跡していた。真犯人は国際犯罪組織ブラックナイトの一員であり、彼をもてあそんでいたのだ。もっとも田中と出会った頃は、犯人逮捕は半ば諦め、傭兵として気の向くまま闘いを求めていた時期であった。

田中の操縦するヘリはバグダッドから離陸後運悪く故障し、郊外の山中に不時着した。だが、テロリストに包囲され、夜明けまでの七時間、米軍の救出を受けるまで身動きが取れなかった。その時、浩志は三人の傭兵と田中を的確に動かし、テロリストらを一歩も近づけることはなかった。その姿に感銘を覚えた田中は、二〇〇八年に浩志が招集したチームに喜んで参加している。まだチームが〝リベンジャーズ〟と名付けられる前のことだ。

田中はレンタカーを運転し、ウアリ・ブーメディアン空港に向かっていた。助手席には気難しい顔の瀬川が座っている。リベンジャーズでは、指揮官は浩志であるが、副指揮官は辰也かワットが通常なる。ただし、軍隊ではないので柔軟性があり、瀬川がなることもあった。すぐ後ろには美香と池谷が乗った車が続いている。二台には武器を梱包した四つの木箱が積まれていた。

アルジェの代理店の社長であるジャン・ディドロは協力的で問題ないのだが、この国から武器を携帯して出国することに問題があった。テロを警戒するアルジェリアでは入出国時の検査は異常なまでに厳しい。瀬川の表情が厳しくなるのも頷ける。

午前十時半、タマンラセットに先発で行ったワットと黒川も行動を開始しているはずだ。浩志らがアルジェに到着するのは、予定では午後一時十一分、三時間を切った。あとは、チャーター機の問題だ。今回は飛行機を借りる国内の運送会社のパイロットが操縦するのだが、田中としては、自分の目で飛行機のチェックをしたかった。

郊外に向かう高速道路は、日曜日だが順調に動いている。あと七、八分で到着するだろう。田中は空港への案内が記された道路標識に従ってジャンクションを進み、しばらく走って、一般道に抜けた。空港の手前で軍の検問があるかもしれないからだ。

空港ビルを中心に東西に二本の滑走路がある。敷地の西側には空軍基地があり、東側の滑走路を民間機は主に使う。田中は西の滑走路の中央にある建物に向かっていた。大手の国際線航空会社でない国内線や運送を目的とした民間航空会社が使うビルだ。チャーターした飛行機は三十分ほどで着陸するらしい。ターミナルとしては第三に当たる。

学校の体育館のような建物の駐車場に車を停めた。ここまでは軍の検問はなかった。瀬川と田中は台車で荷物をビルの中に運び入れた。その間、池谷は、チャーター機の会社から貰った書類に必要事項を書き込んで空港職員に渡した。ほとんど、代理店側で手配が終わっていたためにサインするだけで済んだ。

「おっ、来ましたよ」

空を見上げていた瀬川が指を指して言った。

イルーション14、同じ機体で旅客機と輸送機が生産されたソ連製の中型機だ。全長二十二・三一メートル、全幅三十一・七メートルとそれなりに大きい。型は古いが、リベンジャーズだけで乗るには少々贅沢かもしれない。

「違うよ。あれは空軍の輸送機だよ」

尾翼《びよく》のマークを確認した田中は、笑いながら否定した。そもそも機体もカーキ色に塗装してあった。

五分ほどして国際線のジェット旅客機が着陸し、さらに二十分ほど待っていると、西の空に小さな機影が見えてきた。

「うん？」

手をかざしていた瀬川が首を捻った。

機影が大きくなり、尾翼と先端合わせて三発のプロペラエンジンを搭載した機体がはっきりと見えてきた。主脚は格納されていない。着陸態勢に入ったため、下ろしたのではない。胴体の下に固定されているのだ。

「まさか……」

田中が絶句した。

「ＣＡＳＡ３５２ですか」

舌打ちをした瀬川が首を振りながら言った。

第二次世界大戦中にドイツで生産されていた単発輸送機Ｊｕ52の機体を使って、エンジンを三基に増やして性能を向上させたのが、Ｊｕ52であり、スペインのＣＡＳＡ社でライセンス生産したものがＣＡＳＡ３５２と呼ばれている。

飛行機はランディングすると、大きなプロペラ音を響かせてターミナル３のエプロンに入ってきた。近くで見ると塗装は禿《は》げてかなりくたびれている。

「これは、戦後フランスで生産されたＪｕ52ですよ。生産されてから、五十年以上経つでしょう」

機体をつぶさに観察した田中が溜息をついた。

「どうして、分かるんですか？」

瀬川が筋肉で盛り上がった肩を竦めてみせた。

「ボディに貼ってあるジュラルミン製の波板にエールフランスのロゴマークがわずかに見える。上に塗ったペンキが盛り上がっているんだ」

「それが本当なら博物館行きの代物じゃないですか」

瀬川が呆れ気味に言った。

「大丈夫ですか、飛行機事故なんて困りますよ」

二人の会話を聞いていた池谷が心配げに言った。

「エンジン音を聞く限りは、問題ありません。ただ整備には私も加わります」

田中が力強く頷いてみせた。

六

アルジェは雨が降り肌寒い日が続いたが、日曜日は朝から晴天に恵まれている。気温は十二度まで上がった。飛行場にありがちな寒風も吹いていない。

午後十二時五十二分、ダウンのブルゾンを腰に巻き付けた田中が、Ｊｕ52の尾翼の下に潜り込んでいた。Ｔシャツは汗でぐっしょりと濡れ、顔は機械オイルで薄汚れている。

Ｊｕ52を保有する会社では、給油と簡単な点検だけで整備は飛行の度に行われないと言う。そのため、田中は一人で点検と整備を行っていた。古い機体だけにプロペラの摩耗も激しく、見えないクラックがないかハンマーで叩いて調べた。自分が操縦するわけではないが、飛行機に乗るということは命を預けることになる。オペレーションのスペシャリストとして、仲間を事故で死なせるわけにはいかなかった。

「何か手伝うことはないですか？」

瀬川が心配げに声を掛けてきた。定刻通りなら浩志らが乗った飛行機は十分ほどで到着する。気が気でないのだろう。

「もうこんな時間か。本当はプロペラも外してエッジをヤスリで磨きたいくらいなんだ。機体が古いだけにやりたいことは山ほどある」

田中は腕時計を見て顔をしかめた。

「そんなにやばいんですか、この飛行機は？」

「いや、年代物としては、状態はいい。整備をしている人間の愛情を感じるほどだよ。博物館でなく、まだ現役で飛んでいるのがいい証拠だ。でも、故障だけでなく少しでもいい状態で飛ばしてやりたいんだ」

機械オタクらしく、田中には特別な思い入れがあるらしい。

「なるほど」

瀬川は笑みを浮かべて頷いた。

「だが、問題は別にある。傭兵代理店のジャンからは、タマンラセットまでは三時間半と聞いていた。距離は千五百七十キロ、ほぼ東京、沖縄間と同じ。だから輸送機は、少なくともC1クラスの中型輸送機だと思っていたんだ。ひょっとすると、ジャンが契約したときはそうだったのかもしれない。だが、実際はタンテ・ユーだった。直行できたとしても八時間近くかかる」

C1は航空自衛隊が所有する日本製の輸送機で、最大速度八百十五キロ、巡航速度六百五十キロ、航続距離も積載が六トン以下なら、二千から二千二百キロある。

一方、Ju52は、最大速度二百六十五キロ、巡航速度二百十キロ、航続距離は八百七十キロだ。第二次世界大戦でドイツ兵から、タンテ（おばさん）、あるいはタンテ・ユー

（ユーのおばさん）と呼ばれていた。田中は皮肉ったのだ。

「ひょっとして航続距離が足りないんですか？」

瀬川が田中の顔を覗き込んで尋ねた。

「そういうこと。パイロットに聞いたら、ゴレアとインサラーの二カ所で給油するようだ。タマンラセットまで、十時間は見といたほうがいいと思うよ」

尾翼のボルトを締めながら田中は答えた。

「なんてことだ。十一時に現地に着いて、そこから、車で国境を越えて夜通し走ったとしても、アガデスに到着するのは翌日の夕方になってしまう。武装集団に追いつくには、さらに休む間もなくまた徹夜で走らなければ不可能だ」

「そういうことかな」

田中は手を休めることなく相槌を打った。

「このことを池谷さんに言いましたか？」

「言ったよ。タコのように真っ赤な顔をして、空港ビルに向かったじゃないか」

「それで、早くからいなくなったのか」

瀬川は腕を組んで唸った。田中と話していた池谷が、急に走り出してターミナルビルに消えた。その後ろ姿は、確かに見ていた。二時間近く前のことである。

「どうにもならないってどういうことですか！」

池谷はこめかみに青筋を立てて、目の前の丸テーブルを叩いた。

「大きな声を出さないでくれ、警官を呼ばれたらどうするんだ」

ジャン・ディドロは、両手を上げて首を振ってみせた。二人は免税店の近くにあるカフェで打ち合せをしていた。少し離れたテーブル席から美香が心配そうに見ている。

池谷と美香は第三ターミナルビルから、空港職員の運転するジープで第一と第二ターミナルがあるビルに来ていた。もともと、アルジェに到着した浩志らを迎えに来ることにはなっていた。

「私はタマンラセットまでは三時間半で行けると、聞いていましたよ」

田中から到着した輸送機では十時間近く掛かると聞いて、すぐにジャン・ディドロを呼び出していた。だが、彼が空港ビルに到着したのは、十分ほど前だった。

「私もあなたから聞くまでは知らなかった。だから、すぐに運送会社に確認したが、すべて出払っていたんだ。それに当初予定していた飛行機は、フランスで故障して整備中らしい。止むなく代替《だいたい》機を寄越したようだ。私もそんなのろまな飛行機だとは思わなかったんだ」

ジャンは額に浮かぶ汗を拭きながら答えた。確認作業に手間取ったようだ。

「このままでは作戦に支障を来します。待ち伏せするどころか、敵の背中を拝《おが》むこともできなくなるんですよ」

「すまないとしか言いようがない。だが、輸送機のチャーターができる会社は一つしかないんだ。ここがアルジェリアだということを忘れないでくれ、米国やフランスじゃない」

「……………」

池谷は憮然《ぶぜん》とした表情で黙った。軍事国家だけに自由は利かない。しかも物資の豊富な欧米とも違うことは確かだ。

「その代わり、藤堂の入国は私が直にコントロールする。時間は絶対かけない」

ジャンは自分の胸を叩いて断言した。

ウアリ・ブーメディアン空港は、アルジェを代表する国際空港だが、入出国で一、二時間かかることはざらにある。この空港から乗り継ぎで他の国に移動するアフリカ系乗客の問題や、テロを警戒するあまり、過剰なまでのチェックを行うことにもよるが、客に対する職員のサービス精神が欠落していることが最大の原因だろう。ジャンは、職員に賄賂を渡して、スルーさせるつもりに違いない。

「頼みましたよ。遅れれば、助けられる命も助けられなくなります」

池谷は両手で、ジャンの右手を握り締めた。

午後一時四十七分、定刻よりたったの三十分遅れでエミレーツ航空機は着陸した。飛行機に接続されたボーディング・ブリッジを抜けた浩志らは、疲れきった様子の乗客に混じり、空港ビルに入った。

「うん？」

浩志は税関の手前で、二人の空港職員と一緒に立っている蝶ネクタイ姿の白人を見つけた。ジャン・ディドロだ。付いて来いと手招きをしている。

黙って三人に従うと、職員専用通路に入った。

「アロー、ミスター・藤堂。早速だが、皆さんのパスポートを出してください」

言われた通りに差し出すと、ジャンはパスポートを集めて同行したフランス系の男性職員に渡した。すると男は小脇に抱えていた小さな袋から入国スタンプを出してパスポートに押し、作業を終わると通路から出て行った。

「これで入国審査は終わりました。急ぎましょう」

別の職員に先導されて通路からビルを出た。マイクロバスが停まっており、その前に池谷と美香が立っていた。

浩志らが駆け足でマイクロバスに乗り込むと、バスは発車した。振り返ると、ジャンが空港ビルの前で手を振っている。

浩志は一番後ろの席に座った。美香が寄り添うように隣にいる。池谷は気を遣ってか、前の方に座っていた。

「私、あなたに言わなくちゃいけないことがある」

美香が声を潜めて言った。行方不明の日本人が実の兄であることを告白するために、彼女はアルジェに留まっていた。

「作戦中だ」

浩志は冷たく言い放った。

仕事に私心はいれない。それが浩志の傭兵としての定義である。プライベートなことで動揺することはないだろう。しかし、一瞬の判断を迫られた時に反応を遅らせる可能性は零《ゼロ》とは言えない。作戦に関係すること以外は聞かないことだ。

「それじゃ、報告だけさせて。リビアのムルズクで、国際ポリス視察団のメンバーの一人だったフィリピン人のロベルト・アルカンタラの死体が発見された。これは、昨日、現地の国連職員によって確認されている」

美香は迷った末、兄の啓吾のことは話さず、日本大使館の武官からもたらされた情報だけ伝えた。

「人質は一人少なくなったということだな」

会話はそれで終わった。

マイクロバスは八百メートル離れた第三ターミナルビルに到着した。途端に池谷はバスから下りて行った。

浩志もバックパックを担いで席を立った。

「気をつけて」

美香も浩志の手を握りしめて立ち上がった。

「…………」

無言で頷いた浩志は、わずかに口の端に笑みを浮かべてバスを下りた。

ニジェールの攻防

一

サハラ砂漠は二十一世紀に入り、南北を縦貫する舗装道路はできたが、東西を横断する道路はない。そのためペルシャ湾側から大西洋側のモーリタニアまでは、何度も道を回り込む必要がある。まして、途中の道路は満足に舗装されていない。

ニジェールの北東部にあるビルマ近郊のオアシスを出発した武装集団は、北部中央に位置するアガデスに向かっていた。アガデスは交通の要所であり、ニジェール北部最大の都市でもある。また、周辺の鉱山で産出されるウラン鉱山の輸送基地としても栄えていた。

昨日ビルマから二百三十キロの地点で野営した武装集団は夜明け前に出発し、砂塵《さじん》を巻き上げながらひたすら西へと砂漠を進んでいた。

片倉啓吾は、ベルナール・レヴィエールと先頭から二台目のピックアップの後部座席に座らされている。外気は四十度を超えているが、車内は三十度を少し切るかもしれない。快適とまではいかないが、エアコンは効いている。わざと高めに設定しているのは、低過ぎると外気との温度差で車のウインドウが割れる可能性があるからだ。アフリカや中近東ではエアコンが壊れた中古車によく出くわすが、武装集団が使っている六台の中国車はすべてまともに稼働している。リビアから武器と一緒に流れてきた中古車じゃないらしい。彼らの懐が潤っている証拠だ。

マリのイスラム系武装勢力の最大の資金源は、南米から密輸される麻薬である。誘拐や恐喝《きょうかつ》や窃盗《せっとう》は、サイドビジネスの一つに過ぎない。また、その麻薬を密輸するのは中国人とアフリカ人である。

マリはアフリカで最大の麻薬供給地の一つである。ここから周辺国のイスラム系武装勢力を通じて麻薬は拡散している。ちなみに中東で活動するターリバーンとアルカイダ系組織の資金源はアフガンの麻薬であり、テロリストらは聖戦とか反米国覇権主義とか唱《とな》えていても、所詮は麻薬犯罪組織に過ぎない。

片倉は現場に残されていた犯人の使用したＡＫ47の薬莢《やっきょう》と犯人の脱いだ血だらけのジャケットを建物の隙間から発見していた。ジャケットが犯人の物と判断したのは、アルジェリア軍のものではない着古した戦闘服だったからだ。死体を片付けた後でジャケットを発見した兵士が、処分するのが面倒臭いので適当に捨てたに違いない。もっとも片倉でなければ見つけられなかったかもしれない。

他国の視察団関係者や警備の兵士に見つからないように、ジャケットを調べ、再び壁の隙間に押し込んでおいた。ジャケットのポケットから袋入りの白い粉を見つけた。拾った薬莢とともにズボンの隠しポケットに入れてある。薬莢は調べれば製造元が分かる可能性があった。また、粉は少量を舐めて合成麻薬のメタンフェタミンであることは確認していた。犯人が個人用に組織からくすねて隠し持っていたのだろう。麻薬は成分を解析することにより、南米製かアフリカ製かを判断することができる。

確証はないが、片倉はどちらも中国が絡んでいると推測していた。外務省の情報員として中近東で活動している際に様々な裏の情報を彼は得ており、中国の国営企業が薬の原料や殺虫剤としてメキシコやアフリカに大量の合成麻薬の化学原料を輸出していることを摑んでいた。

二〇一二年、米国やメキシコやグアテマラで、相次いで合成麻薬メタンフェタミンの原料である大量の中国製のメチルアミン酸化物が摘発されている。中国側が違法性を承知しているのは、硝酸《しょうさん》アルミニウムなど他の原材料と偽《いつわ》って輸出していることからも明らかである。

米国も南米諸国も自国の麻薬組織と闘いながら、一方でその原料を供給している中国には目をつぶっている。それは中国経済を無視できないからである。これは米国に限ったことではない。中国から高度経済という札束で頬を殴られるのを我慢しているのだ。だが、その結果、世界中のテロリストや麻薬組織に資金源を与え、増長させる悪循環《あくじゅんかん》に陥っている。

テロリストらが使っているアサルトライフルのＡＫ47が純正のロシア製だったとしても、消耗品である弾丸は中国製という可能性が高い。また、合成麻薬が南米製、あるいはアフリカ製だとしても、原材料は中国がもたらしている。これらの事実を日本政府に報告すれば、中国に対する態度ももっと変わるはずだ。

片倉が狙っているのは、情報が日本政府から米国にもたらされることだ。米国は尖閣諸島における日本の施政権を認めながらも、未だに日中間の問題だとしている。中国を警戒しながらもその経済にしっぽを振っているのだ。日本が世界を麻薬で汚染しているのは中国であると、米国議会に報告すれば事態は激変するはずだ。

「○×、△□○×！」

仲間からモハメドと呼ばれている助手席の男が、突然叫び声を上げた。

彼はベルベル語系言語であるトゥアレグ語を使っていることは、片倉には分かっていた。任務に就く前に、北アフリカの部族で使われているベルベル語の最低限の知識は押さえておいた。そのため、モハメドが「おい、見ろ！」と叫んだことぐらいは理解できる。

モハメドと運転しているアリはトゥアレグ人らしく、彼らが二人の時はトゥアレグ語で会話をする。片倉らに会話の内容を聞かれたくないこともあるのだろう。もちろん、彼らも他の仲間といる時はアラブ語を使うようにしている。

フロントガラスを通して前方を見ると、数百メートルの高さがある薄汚れた黄色い崖《がけ》が立ち塞がっていた。

「またかよ。砂嵐は夏の風物詩じゃないのか」

隣に座るベルナールが大きな溜息をついた。

巨大な砂嵐が迫っている。黄色く見えるのは砂の色だ。

やがて巨大な砂の崖に車列は突っ込んだ。昼間なのにライトを点けても視界は数メートルしかない。どしゃぶり雨のような砂が叩き付ける音が響いてきた。先頭車両がハザードランプを点けて、停止する。

「これでまた足止めだ。今日もまた野宿だぞ」

「うるさいぞ、フランス人、殺されたいのか！」

ベルナールの小声に運転席のアリが、振り返ってアラブ語で怒鳴ってきた。

テロリストらも、距離が稼げず相当苛ついているようだ。彼らは一刻も早く、携帯地対空ミサイルを持ち帰り、フランス軍に反撃したいに違いない。

フランス政府が本気でマリ北部を制圧しようとする理由は、原子力立国として、ウランの原産国である隣国ニジェールに武装勢力の影響が及ぶのを恐れたからだと考えていた。

むろんそれもあるだろう、だが、麻薬の拡散ルートを消滅させるというのも大きな目的であると、片倉は思いはじめていた。

ベルナールがちらりと片倉を見て、にやりと笑った。わざと男たちを怒らせたようだ。彼らにストレスを与えて疲れさせようという魂胆らしい。男たちはただでさえ、人質が逃げないように神経を使っている。体力を消耗させている人質よりも彼らの方が疲れているのかもしれない。

「貴様！」

バックミラーでベルナールの顔を見たアリが、形相《ぎようそう》を変えて車を飛び出した。後部ドアを荒々しく開けると、ベルナールを引きずり出した。

激しい風に車が大きく左右に揺さぶられ、熱風とともに大量の砂塵が吹き込んできた。

「馬鹿野郎！　何やっているんだ」

モハメドが大声で叫んだ後、激しく咳き込んだ。砂を吸い込んだのだろう。

アリが運転席に戻り、ドアを閉めた。

「……フランス人は、……どうした？」

咳き込みながらモハメドがトゥアレグ語で尋ねた。

「腹を殴ってやった。外でもがいている」

頭から被った砂を払いながら、アリが答えた。ドアを開けたのは十数秒だが、車内はまんべんなく砂で洗われた。

「殺したら、ハマドに叱られるぞ」

モハメドは眉間に皺を寄せ、わざとアリの前で袖の砂を払った。ハマドは先頭車両の助手席に座るアラブ人で、リーダーらしい。激高しやすい下っ端と違い、普段は口数少なく大人しく見えるが、フィリピン人を殺害した冷酷な男でもある。

「大丈夫だ。死にはしない。車のすぐ脇に倒れている」

アリは鼻息荒く答えた。

啓吾は窓に顔を押し付けるように外を見た。ベルナールはパーカーのフードを被り、うつぶせになっている。最低限の身を守る術は心得ているようだ。

「おまえも外で砂まみれになりたくなかったら、大人しくしているんだぞ」

アリはじろりと睨み、アラブ語で凄んだ。

「分かった」

口の中にまで入り込んだ砂の感触に、片倉は顔をしかめた。

二

アルジェリア南部に位置するタマンラセットはアハガル山地の中腹にあるオアシスの街

である。標高千三百二十メートルにある街は、夜明け前に六度まで下がった。

明け方の四時にタマンラセット空港に到着したワットと黒川は、タクシーで十一キロ東にある街に移動した。定期便が真夜中に到着するため、田舎の飛行場のわりにタクシーに乗ることができたようだ。

彼らの使命は移動手段であるＳＵＶを三台確保することだ。国境を越え、ニジェールに向かい、ことによればマリまで追跡することを考えると、責任は重い。

二台はアルジェの傭兵代理店が地元の業者に手配していたが、残りの一台は交渉中でまだ決まっていない。街の中心部にあるホテルで仮眠した二人は、近くの市場で買ったパンとフレッシュジュースで朝食を終え、真冬のように冷え込んだ街に出た。

午前十時、通りに人通りも出てきた。奥地の街にもかかわらず、外国の観光客の姿もちらほらと見られる。ただ、武装した兵士をあちこちで見かける。国境の街だけに先月のテロ事件を受けて警戒しているのだろう。国際ポリス視察団を拉致した武装集団がリビアに迂回したのも頷ける。

「案外大きな街だな」

ワットはあらかじめ地図を貰っていたが、黄色い家が続く街並を見て溜息をついた。変化がなく街全体が砂色のため、地平線まで続くような錯覚《さっかく》を覚えるのだろう。人口は八万人に達していないようだが、サハラ砂漠のど真ん中にあることを考えれば、繁栄していると言える。

街の中心部は舗装されてよく整備されている。ホテルから歩いて百メートルほど東に移動し、ロータリー交差点を渡った。途中でラクダに乗った住民と何人もすれ違った。彼らにしてみれば原付といったところか。

さらに西に向かって椰子の街路樹が植えてある広い道路を歩いて行くと、レンタカーとアラビア語で書かれた看板が付けられたアーチを見つけた。

アーチを潜り奥へと進むと、建物の中庭に様々な車が十台ほど停めてある。セダンが数台にバンが四台、肝心のSUVは二台しかない。どの車もうっすらと砂が積もっていた。

「SUVの客はあんたたちか？」

英語で呼びかけられたので振り返ると、長袖のポロシャツにジーパン姿のインド系の男が建物から出てきた。口髭を生やし、窪《くぼ》んだ目は黄色い。歳は四十代後半か。

「そうだ。ジャン・ディドロから連絡が入っているはずだ」

ワットも英語で答えた。

「あそこに置いてあるトヨタがそうだ。事務所で書類にサインをしてくれ」

男は手招きをした。商売上の愛想を売るつもりはないようだ。

レンガでなくコンクリート製の建物に入った。冷え冷えとした八畳ほどの部屋に二つの机とロッカーだけが置いてあるが、他に従業員はいない。

「もう一台、ＳＵＶをなんとかしてくれないか」

書類にサインをしながら、ワットは尋ねた。

「ジャンにも言ったんだ。出払って明後日までは無理だ。二台揃えられただけでも幸運だと思ってくれ」

男は足を組み、表情もなく答えた。デスクにアジェー・ケーサカンバリンと名札が置いてある。

「ミスター・アジェー、そこをなんとかしてもらえないか？」

ワットは、祈るように手を合わせた。

「……仕方がない。レンタカーじゃないが、車を三台持っているアーマッド・ムフタールという男を紹介してやるよ。この男がだめなら諦めるんだな。金を払えば貸してくれるかもしれない。いや、車だけは無理かな。地図を貸してくれ」

ワットが持っていた地図を渡すと、妙なことを口走りながらアジェーはボールペンで印を付けた。

「助かった。車は後で取りに戻る」

二人は道を渡って東に七百メートルほど歩く。すでに街はずれになってきた。すれ違う通行人は二人を珍しそうにじろじろと見ている。

「なんか人気者になったような感じがするな」

ワットが子供に手を振りながら言った。街角で遊んでいた六、七歳の子供は顔を引き攣らせて泣きそうな顔になっている。

「それはどうでしょうか」

黒川は苦笑いを浮かべた。

街中の立派な家とは違い、日干レンガの小さな家が多くなった。家の前で布を敷いてアクセサリーや小物を売っている貧しい土産物屋が軒を連ねる。

「ここか……」

二メートル近い日干レンガ塀が続く一角で立ち止まったワットは、塀の長さが百メートル以上あるのを見て絶句した。

「この家、大金持ちですよ……」

門扉となっている柵に走り寄り、家の中を覗き込んだ黒川が呆然としている。

「どうした……」

黒川の後ろから中を見たワットも、言葉を失った。立派な家があるのだろうと思っていたが、広い敷地内は山羊《やぎ》の群れで埋め尽くされていた。

山羊の傍に白い布を頭に幾重にも巻いた背の高い男が立っている。よく日に焼けた三十歳前後の男で、右手に長い杖を持っていた。

「○×△、□◇○×?」

男は理解不能な言葉で声をかけて来た。

「ベルベル語はよく分からない。アラビア語か英語は話せないか？」

ワットはアラビア語で尋ねた。

すると、男はアラビア語で答え、声を出して笑ってみせた。

「ベルベル人で、アラビア語は話せるが、英語は話せないようだ。砂漠を案内して欲しいのか、それとも山羊を買いに来たのかと聞かれたよ。山羊は冗談らしいが」

ワットは翻訳して黒川に説明した。

「交渉は俺に任せろ」

ワットが流暢《りゅうちょう》なアラビア語で話しはじめると男は柵を開けて、杖を振って二人を招き入れた。

山羊の隙間を縫うように五十メートルほど歩き、日干レンガの家に男は入って行った。家の横には、ベンツのＳＵＶであるＧ３２０ゲレンデのロングタイプが一台にトヨタのピックアップが二台置かれている。ピックアップは年式も古くかなり使い込まれているが、ゲレンデは四、五年前の型で見た目もきれいだ。

しばらくすると、玄関の垂れ幕を開けて、先ほどの男が手招きするので家に入った。土間のような部屋に絨毯《じゅうたん》が敷かれ、傍らの木の椅子に白髭を生やした六十歳前後の男が座っている。

「私が、アーマッド・ムフタールです。車を貸して欲しいそうですね」

男は癖のあるアラビア語で言った後で、絨毯に上がるように右手で示した。

二人は靴を脱いで上がり、胡座《あぐら》をかいて座った。

「一週間ほど、貸してもらえませんか。お金は充分お支払いします」

ワットは丁寧に答えた。

「私たちは昔ながらの山羊の放牧をしながら、観光客を砂漠に案内することで生計を立てています。車だけ貸せと言われても困ります」

アーマッドは、ゆっくりとした口調で答えた。

「それでは、車を買い取っても構いません。あなたが車を買った時の値段でどうですか」

元々戦闘で壊れる可能性もある。借りるよりも買い取ったほうが後々面倒はない。

「たとえ新車が買える金をもらっても、ここですぐに車が手に入ると思いますか？」

「………」

ワットは二の句が継げなかった。車のディーラーがあるのなら、レンタカーではなく最初から新車を買っていた。

「それでは、あなたの友人で車を貸してくれる人はいませんか？」

「この街で車を持っているのは、軍人ばかりだ。大金を払えば貸してくれるかもしれないが、後々面倒なことになるだろう」

アーマッドは頭を横に振った。

「どうしてもあと一台車がいる。これは人助けをするためなんだ。遊びじゃない」

沈黙の後、ワットは真剣な眼差しで言った。

「人助け?」

アーマッドは右眉を大きく上げ、首を傾げてみせた。

「詳しくは話せないが、テロリストにさらわれた人質を俺たちは救い出そうとしている。それには車があと一台どうしてもいるんだ」

「あなたがたは米国の軍人なのか?」

アーマッドは眉をひそめた。米国人はとかく海外では受けが悪い。

「俺は確かに米国人だが、米軍ではない。米軍なら軍用機でさっさと秘密作戦を行う。仲間はみな日本人だ。日本人の人質を助けたいと必死に働いている。それに人質は日本人だけでなく、英国人やフランス人など数人いるんだ」

「日本人か……」

黒川の顔を見たアーマッドは、天井を見上げて腕組みをした。

「あなた方砂漠の民は、何よりも正義を重んじるはずだ。それに砂漠で倒れた旅人は、決して見捨てないと聞いている。我々はまさに行く手を阻まれた旅人だ。手を貸してくれ」

ワットは手振りを交えて熱く語った。

「旅人か……。なるほど。車は一日につき百ドルで貸してあげよう。ただし運転手として息子のユニスを連れて行くことが条件だ。砂漠を知り尽くした男だ。銃も使える。あなたたちより、勇猛で役に立つはずだ」

アーマッドは満足そうに頷きながら言った。

「息子を……。分かった。契約成立だ」

悩んだ末にワットはアーマッドと握手をした。

三

午後一時五十二分、アルジェのウアリ・ブーメディアン空港を離陸したＪｕ52は、巡航速度二百十キロと安定した飛行で、約六百八十キロ南に位置するゴレアの空港に向かっている。

離陸後間もなく瀬川から事情を聞いた浩志は、ニジェールの地図を床に拡げて見ていた。次の給油先であるゴレアの飛行場には三時間半後の夕方の四時過ぎに到着することになるだろう。

「ターゲットの位置を確認してくれ」

地図を見たまま浩志は傍らの瀬川に言った。

「現在位置は、アガデスの東百九十キロの地点です」

すぐに衛星携帯で友恵に連絡を取った瀬川は、報告してきた。

「今日中にはアガデスに着くな」

浩志は憮然とした表情で言った。

武装勢力は砂嵐にあったが二時間後には出発し、遅れを取り戻すために猛スピードで走り続けていた。

「それにしても、やつらはどうしてリビアやニジェール国内を簡単に行き来できるんだ?」

素朴《そぼく》な疑問が湧いた。

武装勢力がリビアやニジェールの街中ではなく、軍や警察を避けて郊外に宿泊していることは分かっている。また広い砂漠には地図上の国境線はあっても、有刺鉄線の塀や柵があるわけではない。国境は自由に行き来できる。ところがアルジェリアは、テロを徹底的に排除すべくニジェールとマリ側の国境線の警備を強化している。そのため比較的警備が緩いリビアの国境を武装勢力は越えたのだ。

それにしても未だに国内の情勢が定まらないリビアならまだしも、ニジェール国内を六台もの車列を組んで横断できることが不思議でならない。軍や警察はもちろん、米軍も少数ながら駐留している。武装勢力の行動は大胆としか言いようがない。

「瀬川、ニジェールについて知っていることを教えてくれ。情報不足だ」

浩志がアフリカで活動していたころとは情勢が違う。かつて北アフリカではトゥアレグ族が反政府勢力であった。少なくとも傭兵代理店で働いていた瀬川なら新しい情報も知っているはずだ。浩志は疑問に思っていることをぶつけてみた。

「武装勢力は遊牧民族トゥアレグ人を手先にしているようです。だから連中はニジェール軍や警察よりも砂漠を知り尽くしているんです。まして小隊程度の米軍など恐れてはいません。駐留軍は彼らの襲撃をむしろ恐れているはずです」

瀬川はさすがによく知っていた。

トゥアレグ族は、サハラ砂漠の西部を中心に活動するベルベル人系の民族で、かつて〝砂漠の戦士〟と呼ばれた。もともとはリビア、アルジェリア、マリ、ニジェールなど広範囲に住んでいたが、列強の植民地政策で線引きされた国境で分割され、それぞれの国で少数民族として虐《しいた》げられている歴史を持つ。

彼らはニジェール北部で反政府武装闘争を活発化させ、マリやチャドやモーリタニアにまで影響を及ぼしている。また、一九六〇年にマリが独立して以来反政府闘争を続けるトゥアレグ族はアザワド解放民族運動（ＭＮＬＡ）を組織した。

だが、二〇一二年に、西アフリカのタウヒードと聖戦運動（ＭＵＪＡＯ）や、〝イスラーム・マグリブ諸国のアルカイダ機構（ＡＱＩＭ）〟などのイスラム過激派が、マリ北部の政府軍を蹴散らし、独立を宣言すると、これに反発したＭＮＬＡと戦闘が勃発《ぼっぱつ》した。だが、ＭＮＬＡはイスラム過激派に打倒されて、マリ北部はイスラム過激派の手に完全に落ちたのである。

ちなみに二〇一三年のフランス軍によるマリ北部掃討作戦には、ＭＮＬＡも参加している。敵の敵は味方というわけだ。

「なるほど、複雑だな。かつてトゥアレグ族は自分たちの土地である砂漠での主権を主張していたが、それすらも過激派によって打ち砕かれた。だから金で雇われたトゥアレグ人もいるということか」

浩志は大きく頷いた。

「武力闘争しているテロリストに正義はありません。だから彼らの中に砂漠の民が混じっていようとまとめてイスラム過激派というレッテルを貼った方が、西側の国々には都合がいいんです」

「米国が特殊部隊を出さない理由が、納得できた。いまや人的な被害を出すことに、米国民は過敏《かびん》だからな。それにフランスだけ得するマリ北部の掃討作戦にオバマが乗る気がないのも頷ける」

「だから我々が駆り出されたんですね」

瀬川は苦々しい表情で首を振ってみせた。

「視察団を拉致した連中は今日中にアガデスの郊外に到着して野営するだろう。だが、その時点で俺たちはようやくタマンラセットだ」

地図上の二点を浩志は指先で叩いた。

「アガデスまで八百キロ近くあります。車なら道路状況からして三十六時間かかるでしょう。その差を埋めなくては、テロリストを追っていたずらにマリ北部に潜入せざるを得なくなります」

険しい表情の瀬川は、地図を見ながら言った。

「俺もそう思う。武装勢力は夜明けとともにアガデスを出発し、三百五十キロ先のタウアに明日の夜到着する。状況次第ではさらに西に進み、首都ニアメを避けるルートでマリに入るはずだ。……瀬川、ワットは車の手配ができたのか？」

時計を見ながら浩志は尋ねた。

「午前中に三台手に入れたそうです。トヨタのランドクルーザーが二台とゲレンデが一台です。ただ、問題が生じました……」

瀬川の歯切れが悪い。

「どうした？」

「ゲレンデの持ち主が、運転手付きじゃなければ貸さないと言っているそうです」

「買い取るように指示はしたのか？」

怪しげな米国人が来たと、持ち主は車を盗まれることを警戒しているのだろう。

「それが、ワットさんが事情を話したらしく、危険を承知で持ち主が賛同したらしいのです」

言い難そうに瀬川は説明した。

「作戦を民間人に話したのか？」

浩志は舌打ちをした。ワットのことだから熟慮した結果話したと思うが、好ましいことではない。

「……そのようです」

「それで、持ち主は何者だ？」

軍事作戦と聞いて話に乗る者は、興味本位でもまずいない。まして地域の紛争を肌身で感じているアルジェリア人ならなおさらだ。

「ベルベル人らしいです」

「砂漠の民か」

浩志は頷きながら地図にまた目を落とした。トゥアレグ人もそうだが、ベルベル人も勇猛果敢《かかん》であることを誇りにしている。むしろ闘いと聞いて参加したくなったのだろう。ワットは計算の上で話したに違いない。

しばらくして再び腕時計で時間を確かめた。午後一時五十七分、飛行速度が遅いせいか、時間が過ぎるのも遅く感じる。

「待てよ。今からタマンラセットを出発してアガデスまで飛ばせば、明日の昼までには到着できるかもしれないな。失敗したとしても差は一挙に数時間までに縮められる」

独り言のように呟いた。

「まさかワットと黒川と、素人のベルベル人だけで武装集団を襲わせるつもりですか」

瀬川は困惑した表情で尋ねてきた。

「あくまでも移動手段の確保だ。作戦を変更するぞ」

浩志は自信ありげに言った。

四

ベルベル人とはギリシャ語で〝わけのわからない言葉を話す者〟という意味から発生したもので、彼らは〝高貴な出の自由人〟であるアマジグと自称している。石器時代から知られている民族だが、古くから外敵からの侵略と侵略者に対する反乱を繰り返し、連綿と続く敗北の歴史を持つ。

ローマの次はオスマン帝国の侵略を受けて北アフリカはアラブ化する。今日イベリア半島から北アフリカにかけてアラブ人とされる多くの部族は、ベルベル人の子孫である。

ベルベル語を捨てアラブ語を受け入れることで支配者側に迎合《げいごう》し、アラブ文化を形成させたアラブ人に対し、現在少数民族となったベルベル人やベルベル人系遊牧民であるトゥアレグ人は、アラブ人との同化を拒んだ民族と言えよう。

第二次世界大戦で、アラブ人とトゥアレグ人やベルベル人は協力してフランスやドイツと闘って植民地からの独立を勝ち得た。だが、独立後、アラブ人は長い歴史の中で抑圧されて来たベルベル人を下位に見て来たため、再び彼らを支配しようと弾圧をした。これに反旗を翻《ひるがえ》したのが、トゥアレグ人であり、今日の北アフリカ諸国で勃発しているテロの大きな要因である。

タマンラセットからアガデスに至る未舗装の道を三台のSUVが疾走《しっそう》している。先頭はベンツのゲレンデ、その後を二台のランドクルーザーが続く。

衛星携帯で浩志から命じられたワットは、ベルベル人のユニスにゲレンデを運転させてタマンラセットを出発した。午前中に予備の燃料や水や食料などの装備を詰め込んでいつでも出られるようにしていたので、急な命令変更にも応じられた。

ユニスはワットと黒川を父親であるアーマッド・ムフタールに案内した一八六センチという背の高い男である。六人兄弟の三番目で二十七歳とまだ若いが、兄弟が多いせいか分別があり落ち着いている。普段は山羊の世話をしているが、地元の旅行代理店から紹介された観光客を車に乗せて砂漠を案内する仕事をしている。運転は兄弟の中で一番うまく、地理も把握《はあく》しているそうだ。

タマンラセットから一時間ほどは、アハガル山地の渓谷《けいこく》を抜ける山道をひたすら下って行く。舗装されているので思いのほか快適でスピードも出せた。だが、目の前に広大な砂漠が広がった途端、舗装道路は消えた。車のわだちがあるために道であることは認識できるのだが、未舗装の道が砂漠の中に埋もれている。

先頭を行くユニスのゲレンデは猛烈な砂塵を巻き上げながら走る。すでに日は暮れてへッドライトを点けているので、さすがにスピードは落ちていた。

ワットは三台目を走るランドクルーザーを運転している。前を行く二台の砂塵で視界は悪いが、まるで砂漠でラリーをしているような運転を楽しんでいた。

運転席に置いてある無線機が赤いLEDを点滅させた。

――ワット、国境を越えたので一度休まないか。

ユニスから連絡が入った。

無線の通話は素人のユニスもいるので、コードネームは使わず名前で呼び合うことにした。もっとも砂漠のど真ん中で傍受される心配もない。彼には予備の無線機を渡しているが、アラビア語とベルベル語しか話せないために、ワットに連絡させることにしてあった。

また、砂漠は距離感が分からなくなるために、車間距離が離れたり、停まったりする場合は無線で連絡を取り合うことになっていた。

「そうしてくれ」

ワットは車の時計を見た。現在午後七時十二分、午後二時七分にタマンラセットを出発しているので、五時間走り続けたことになる。

「本当かよ」

車の距離計を見たワットは驚愕《きょうがく》した。

地図で計測した限りでは、国境までは四百十六キロあった。距離計で確認すると、四百二十六キロ進んでいる。状態のいい道では百キロ近い速度で飛ばしていたが、平均時速八十キロを超していたことになるのだ。しかも未舗装の道は、コンパスを頼りに走ったとしても時として見失いそうになる。ユニスをガイドに付けたことは正解だった。

黒川の車の後ろに停めたワットは、ペットボトルの水を片手に車を下りた。水を口に含み、口を濯《そそ》ぐようにしてから飲み込む。口の中に入り込んだ砂も一緒に飲み干すのだ。砂漠では一滴の水も無駄にはできない。

「ここから、二百キロ南に進むと、アーリットに到着する。そこまでは道が悪いから、四、五時間かかる。アーリットに用事はあるか？」

ユニスは前方の暗闇を指して言った。

「特にない」

「それなら、街は危険なので素通りしよう」

ワットが答えるとユニスは安堵の表情を見せた。

アーリットは、人口八万人を超える街である。郊外にはウラン採掘場があり、世界の最貧国の一つであるニジェールの重要な経済を握っている。だが、ウラン価格の暴落と大規模な鉱山開発による環境破壊で、周辺の砂漠化は深刻な状態に陥っている。また政府による差別的な政策により、この地域に住むトゥアレグ人の貧困化が進んでいる。

一九九〇年から五年もの間、周辺のトゥアレグ人が反乱を起こしている。首都であるニアメを中心とするニジェール南部地域が政治経済の実権を握り、トゥアレグ人の人権を無視していたからにほかならない。

「街は危険なのか？」

念のためにワットは尋ねた。

「軍の検問があるかもしれないが、軍よりテロリストやスラムの住人が恐いんだ。三台もSUVが走れば、襲撃される可能性もある。できるだけスピードは落とさずに走り、手前で迂回《うかい》した方がいい」

ユニスは街の状況を伝えたくて休憩《きゅうけい》を入れたようだ。

二〇一三年五月二十三日、アガデスにある軍の基地と、アーリットにある仏原子力大手アレバ社のウラン鉱山と施設が同時に自爆テロ攻撃を受けた。隣国マリのイスラム武装勢力である〝西アフリカ統一聖戦運動（ＭＵＪＡＯ）〟と〝イスラム聖戦士血盟団〟の共同作戦だったと犯行声明を出している。ニジェール北部の治安は極めて悪いのだ。

「分かった。アガデスまでの予定時間を教えてくれ」

「アーリットまで、四時間半、アーリットからアガデスまでは三時間半かな」

ユニスは即答した。

「残り八時間。うまく行けば、夜明けの五時前には着けるということか」

腕時計で時間を確認し、ワットは空を見上げた。夜空には天の川も区別がつかないほどの星が煌《きら》めいている。

「なんてきれいなんだ……」

両手を上に背筋を伸ばした途端、ワットの腹が鳴った。

「飯を食うぞ。小休止だ。フランス軍のレーションを奢ってやる」

ワットと黒川はそれぞれ四日分のレーションをバックパックに詰め込んできた。

「やった！」

ユニスが子供のように叫んだ。

五

ルフトハンザで一九三〇年代から第二次世界大戦までの主力旅客機として活躍していたＪｕ52は、旅客機ばかりでなく軍用機や輸送機など軍民で四千八百機以上生産されたが、現在飛行可能な機体は、世界で数機しか残っていないという。

だが、まさかその博物館行きのレトロな飛行機を軍事作戦のもっとも基本である兵員移送に使うことになるとは、誰も思っていなかった。

アルジェのウアリ・ブーメディアン空港を午後一時五十二分に離陸し、約六百八十キロ離れたゴレアに三時間半後に着陸した。唯一の救いは冬だけに地中海から吹く風を追い風として使えることだった。

フランス系アルジェリア人のビセンテという男が、操縦している。元アルジェリア空軍でパイロットを務めていただけに腕は確かなようだ。副操縦士も通信士もいない。給油のために離着陸を繰り返し、総距離は約千六百四十キロ、距離的には北海道から九州までを往復することになる。ジェット機でないプロペラだけにタフでなければできない仕事だ。

ゴレアではまるでカーレースのピットのように給油作業がなされ、二十数分後に離陸することができた。事前に傭兵代理店のジャン・ディドロが根回しをしていたようだ。世界でトップクラスの傭兵チームの仕事をしくじったとなれば、今後の営業に差し障りが出るため必死なのだろう。

ゴレアから南に約三百七十七キロ離れたインサラーに到着したのは、二時間後の午後七時半だった。だが、インサラーでの給油は、作業員の不手際で用意されておらず、給油車が現れて作業開始まで二十分ほどロスをしてしまった。この空港にもジャンから連絡が入っていたはずだが、指示が徹底されていなかったようだ。

先発で行かせているワットからは、すでにニジェールの国境を越えたと連絡が入っており、飛行機ののろさが我がことのように歯がゆく感じてしまう。

待ち時間の間、浩志らは飛行機の中でフランス軍のレーションを食べた。傭兵代理店で揃えたものは武器や通信機器だけでない。各自四日分の水や食料も装備している。砂漠での作戦だけに孤立無援の闘いになるからだ。

食後間もなく給油作業ははじめられ、二十分後、Ｊｕ52は軽快なエンジン音を立てて離陸した。

タマンラセットまでは約五百八十キロ、三時間で到着する予定だ。

「瀬川、ターゲットの位置を確認してくれ」

離陸後、腕時計を見ながら浩志は尋ねた。午後八時十分になっている。

「一時間半前にアガデスに到着しているようです。現在位置は中心部から一・五キロ北西から移動していません」

瀬川は即答した。聞かれる前に調べていたようだ。

浩志は地図に武装集団の位置を書き記した。

「途中で多少トラブルはありましたが、我々はタマンラセットに午後十一時半に到着し、その二十分後に出発できるはずです」

瀬川は地図上でタマンラセットを指先で軽く叩きながら言った。

「ワットが驚異的なスピードでアガデスに向かっている。到着は俺たちより早くなる可能性が出てきた」

自分たちの位置を地図に書き入れた浩志は、思案顔でワットらの位置を記入した。

「ポイントはタマンラセットでの行動と、アガデスの攻略ですね」

相槌を打った瀬川は、再び地図に目を落とした。

二人の打ち合せは三十分ほど続けられ、

「そろそろ、作戦前のブリーフィングをしてもらえませんか」

顔を上げた瀬川が満足げな表情で言った。

立ち上がった浩志は、飛行機の後ろに移動し、仲間を周囲に座らせた。コックピットは暗幕のような生地のカーテンで仕切られているだけで、万が一にもパイロットに聞かれないようにという配慮だ。

「ターゲットの現在位置は、アガデスの中心部から一・五キロ北西の郊外にある民家だ。彼らのアジトの一つか、協力者の家だろう。我々は寝込みを襲い、人質を救出する」

仲間たちは自信に満ち溢れた顔で、浩志の説明を聞いている。

「先発のワットと黒川が〇三三〇時にアガデスの空港を占拠し、我々の着陸態勢の準備を整える。アガデスには夜間の発着便はないので閉鎖されているはずだ。そのかわり、滑走路に照明もないので彼らに別の方法を取らせ、着陸可能にする」

着陸直前に滑走路に細長くガソリンを撒かせ、火を点けて誘導灯の代わりにしようというのだ。

「ということは、この飛行機で国境を越えるのですか?」

加藤が手を上げて質問してきた。

「パイロットが田中に代わる。それだけのことだ。計算上ではインサラーからタマンラセットまでの飛行で燃料の三分の二を消費する。満タンになるまでの給油時間も考えて、着陸から二十分後に離陸できるだろう」

事前の打ち合せは浩志と瀬川だけで行われた。

いとも簡単に浩志は答えた。飛行機を少しだけ余分に飛ばすだけということだ。

「もし、ワットらが我々よりも遅かった場合は、どうされますか?」

田中が真剣な表情で質問をしてきた。古い飛行機を操縦することになり、不安を感じるのだろう。

「自分たちで誘導灯を確保するまでだ」

ブリーフィングが終わり、三時間後に予定通り、タマンラセット空港への着陸態勢に入った。

タマンラセットは南北に三千五百メートルの滑走路と東西に二千五百メートルの短い滑走路も備えられている。西側の短滑走路側には空軍の基地があり、エプロンにヘリポートがあり、その北側には戦闘機用の大きな格納庫とヘリと輸送機用の格納庫もある。またそれとは別に戦闘機用と思われるサイロ型の格納庫も十基ある。この空港は南のニジェール、西南のマリへの抑止力としての位置付けがあるのだろう。

午後十一時二十四分、予定通りにタマンラセットに着陸した。Ｊu52は滑走路のほぼ中央にある空港ビルのエプロンに停められた。さすがに長時間の飛行で疲れたらしく、飛行機からいち早く下りたパイロットのビセンテは、空港ビルの長椅子に横になるとすぐにイビキをかきはじめた。

パイロットの処理は心配なくなったが、肝心の給油をする空港職員がのんびりとしている。すぐに飛び立つことはないと思っているからだろう。あらかじめ予測されていたことなので、浩志は二人の作業員に金を渡し、作業を急がせた。

「管制塔、給油は終わった。これより、離陸する」

二十分後、副操縦席に座った浩志がフランス語で通信した。操縦席に座る田中はフランス語が得意でないからだ。

「了解。離陸を許可する」

管制塔からは怪しむこともなく許可が下りた。定期便でもないおんぼろ輸送機に興味もないのだろう。

田中はコックピットの計器を確かめると、スイッチを入れた。エンジンが軽い爆発音を立てプロペラが回りはじめた。

「いい音していますよ」

満面に笑みを浮かべた田中は、Ｊｕ52をエプロンから滑走路に出した。四百メートルほど滑走すると機体はふわりと浮いた。そのまま高度を五千七百メートルまで上げたところで水平飛行に移った。

「これより、レーダーから消失するコースに入ります」

田中は表情を変えることもなく計器を見ながら言うと、操縦桿《かん》をゆっくりと押して機首を下げた。

「五千、四千五百、四千、三千五百……」

飛行高度のカウントダウンを田中がはじめると、さすがにＧが掛かり、胃が押し上げられる。

「千、五百、……これより水平飛行に移ります」

地上から五百メートルを切る寸前で田中は機首を上げ、高度二百メートルで水平飛行をはじめ、大きく旋回《せんかい》をして機首を北から南に反転させた。

「今のレーダー回避行動で、およそ百キロ分の燃料をロスしました。アガデスまでぎりぎりということですね」

田中はさりげなく言った。

Ｊｕ52の航続距離は八百七十キロ、タマンラセットからアガデスへは約七百キロ、ロスが百キロだと単純計算すれば、燃料は残り七十キロ程度となってしまう。

「分かった」

田中の様子からしてみれば、問題は感じられない。浩志は小さく頷き、副操縦席から離れた。

六

タマンラセットを離陸したＪｕ52が、空港と空軍のレーダーに捕捉されないようにアハガル山地の渓谷を利用して飛行をはじめたころ、三台のＳＵＶで移動中のワットらは、中継地点であるニジェールのアーリットの郊外に差し掛かっていた。

最後尾を走るワットからも街の火は見えはじめている。とはいえ、ネオンや街灯があるわけでもない。ぽつりぽつりと民家から漏れる照明の光が、季節外れのホタルのように輝いて見えるだけだ。

午後十一時五十八分、車の振動が突如なくなった。舗装された道路に入ったのだ。砂塵を巻き上げながら走っていたユニスの車がふいにスピードを緩めて停車した。

「なんだ？」

ワットは黒川の車の後ろに停車した。

ユニスが両手を上げて車から下りている。彼の車の前にドラム缶で作られたバリケードがあった。

「しまった」

よくみると、暗闇にＡＫ47を構えた男たちが数人立っている。だが、黒川の車が邪魔でよく分からない。ワットは耳にブルートゥースのイヤホンを押し込み、無線機をポケットに入れた。

「黒川、検問か？」

――軍や警官の検問じゃありません。連中は制服じゃなく、いかにもって感じです。追いはぎか、反政府勢力でしょう。

すぐに黒川から答えが返って来た。

「人数は分かるか？」

ニジェールの軍や警官でないと聞き、ほっとした。

——ユニスの車の左右に五人、バリケードの向こうに三人です。

ユニスがアーリットは危険なため砂漠を迂回しようと言っていたが、その前に危難に遭ってしまったようだ。

「黒川、俺たちは日本人の観光客だと言って命乞《ご》いしろ」

——私が言うんですか？

不安げな声が返って来た。

「おまえしかいないだろう。英語でいいから泣き叫べ」

——分かりました。

硬い表情の黒川は車から下りると、英語で喚《わめ》きはじめた。

ワットも両手を上げながら車を下りて右側にゆっくりと歩いた。あえて黒川と反対側に立ったのだ。銃を持った男がワットと黒川のもとに駆け寄ってきた。

アラビア系の顔をした男たちは、威嚇《いかく》するために銃を前に突き出している。こういう場面では誰しも恐怖を抱くものだ。男は武器を携帯していない民間人だと思って油断していることもあるのだろう。

ワットは近寄って来た男のＡＫ47の銃身をすばやく掴んで引き寄せ、左手でストックを握り勢いよく捻った。すかさず奪った銃のストックで男のこめかみを強打した。デルタフオースの兵士なら基本の技だ。

同時に黒川も銃を奪い、銃底で相手の鳩尾を殴って気絶させた。彼は、浩志から古武術を取り入れた訓練で徹底的にしごかれている。

二人の仲間が倒され、残りの男たちが慌てて発砲してきた。

「ユニス、伏せろ！」

大声で叫んだワットは低い姿勢になり、銃を連射させた。二人とも残りの六人の敵の頭を正確に撃ち抜き、戦闘不能にした。敵の弾丸はいずれも頭上を越えて行った。銃の訓練を受けた者でも咄嗟に的に当てることは難しい。

「怪我はなかったか？」

尻餅をついて呆然としているユニスにワットは尋ねた。

「大丈夫だ。こいつらはイスラム武装勢力だ。通りかかる車を脅して金品を盗んで、殺すんだ。泥棒より始末が悪い。アマジグの俺は多分助かったけど、異教徒のあんたたちは殺されていただろう。それにしてもいい腕をしている」

ユニスは立ち上がると、流暢な英語で言った。アマジグとはベルベル人のことだ。襲って来たのは、ベルベル系のトゥアレグ人なのだろう。

「おまえ、英語が話せるのか？」

呆れ気味にワットは尋ねた。

「ベルベル語は真実を語る。アラビア語は嘘を見抜ける。だが、英語は、嘘を真実で覆い隠す。だから英語を話す者は信用しない。だが、あんたたちは信じられる」

彼が考えたのではないのだろうが、禅問答のようなことをユニスは言った。

「なるほど」

民族問題が垣間見えるようなユニスの言葉に、ワットは納得した。

「ユニス、黒川とバリケードを片付けてくれ。俺はこいつらの武器をすべて回収する」

襲って来た男たちの大半は死んだ。だが、武器が仲間の手に渡れば、また悪事は繰り返される。

「それはいい考えだ。こいつらも武器がなければ何もできない。また武器を手に入れるのにも時間がかかるはずだ」

ユニスは笑顔で答えた。

「時間がない。すぐ取りかかるぞ」

ワットは倒れている男からAK47を奪い、ベルトやポケットに入れてある予備のマガジンもすべて回収した。男たちはハンドガンを持っていなかった。AK47が八丁、バナナ型のマガジンが二十個だけである。ぎりぎりの装備で武装していたようだ。

「こんなものを見つけましたよ」

ワットが武器を自分のランドクルーザーに積み終えると、黒川がRPG7を担いでいた。

「ユニスが向こうで敵の車両を見つけたんです。ついでに車も走れなくしてやりました」

黒川が掌を広げてみせた。車のヒューズだ。

下手な細工をするより簡単だ。

「時間を無駄にした。出発だ！」

ワットは腕を振って出発の合図をすると、車に乗り込んだ。

砂漠の追跡

一

　月明かりが漏れる暗闇に山羊の糞《ふん》の臭いが立ち込めている。

　アガデスに到着した武装集団は、郊外の日干レンガで作られた大きな民家に泊まっていた。屋根は水色のペンキで塗られている。この街では大きな家の屋根には水色がよく使われる。太陽光を反射させることもあるが、砂漠だけに水への憧れがあるのかもしれない。

　人質となった国際ポリス視察団の六人は、民家から数メートル離れた場所にある山羊用と思われる小屋に手錠を掛けられた状態で閉じ込められた。扉には鍵が掛けられ、高いところに換気用の小さな穴が開いているだけで脱出は困難だ。

　ドアの隙間から見る限りは、外に見張りがいる気配はない。

「みんな起きているか。今がチャンスだ。逃げるのなら今しかないぞ」

何度もドアの隙間から外の様子を窺っていたノルウェー人のルトヴィック・エリクセンは、興奮気味に言った。眠れないのは、この男が始終狭い小屋の中をうろつくのも原因の一つだった。眠っている者はいないかもしれない。

片倉は腕時計で、時間を確かめた。午前三時十三分、羊の糞の臭いは慣れれば耐えきれないと言うほどではない。だが、体は心底疲れているはずなのに眠れなかった。

ここがアガデスということは分かっている。いつものように車の距離計を盗み見したこともあるが、大きな街はこの界隈《かいわい》ではアガデスを置いて他にはないからだ。

砂漠の道から街に入り、民家もまばらになった郊外に車は停められている。街の中心からわずか一、二キロの距離だ。抜け出せばニジェールの警察や軍に助けを求めることも可能だ。もし、今日を逃せば次はマリ北部に移動し、絶望することになるだろう。

「落ち着け、ルトヴィック。どうやって手錠をはずして外に出るつもりだ。確かにあの扉なら蹴破ることもできるだろう。だが、十メートルと逃げないうちに蜂の巣にされるぞ。それともあの三十センチ四方の高窓から、おまえは抜け出すことができるのか？」

フランス人のベルナール・レヴィエールは面倒臭そうに言った。砂嵐で二時間近くも車外に放置されていたが、相変わらず口はよく動くようだ。

「ベルナールの言う通りだ。死に急ぐことはないだろう。政府は必ず救出作戦を練っているはずだ」

米国人のジョナサン・ウォルデンが、相槌を打った。身長一八七センチ、体重は九十キロ近くあるだろう。筋肉が盛り上がった体には、軍隊の経験もあるに違いない。

「二人ともやけに気が合うじゃないか。米国のシールズやデルタフォースが助けに来るのか？　それともフランスのＧＩＧＮ（国家憲兵隊治安介入部隊）が助けにくるとでも言うのか？　いいよな、世界で名の知られた特殊部隊を持っている国は。だが、私のような小国では、自力で逃げ出すしかないのだ。そもそも、我々が今ここにいることさえ、誰も知らないんだぞ。一体誰が助けに来ると言うのだ」

ルトヴィックは皮肉を言って、ベルナールとウォルデンを睨みつけた。彼の言っていることも正しい。

「逃げ出すことは可能かもしれない。だが、へたに動いて見つかれば、本人だけじゃなく、他の者も処刑される可能性がある。初日にフィリピン人が殺されたのを忘れたのか？」

ベルナールは真面目な顔で言った。彼の意見も間違いではない。だが、ネガティブな思考では脱出は不可能だ。

「ここはアガデスなんだぞ。車を飛ばせば、一日でマリに行けるんだ。最後のチャンスなんだぞ、落ち着いていられるか」

ルトヴィックは両手を上げて手錠をがちゃがちゃと音をさせた。

アガデスから千キロ西はマリである。しかも西に行くほど道路状況はよくなる。十五、六時間もあれば国境は越えられるだろう。

「落ち着け！　十二人のテロリストに素手で立ち向かえると思っているのか。……仕方がない、ちゃんと説明するから、静かにしてくれ」

ウォルデンは大きな手でルトヴィックの両手を押さえて言った。

「私の体には、GPSで位置を割り出すことができるマイクロチップが埋め込まれている。おそらく私だけじゃないはずだ。ベルナールもケビンもそうなんだろう？」

ウォルデンはベルナールと英国人のケビン・リックマンに矛先《ほこさき》を向けた。だが、二人とも苦笑いを浮かべるだけで、否定はしなかった。米仏英の情報員なら、体内に位置発信器が埋め込まれていたとしても驚くことではない。

「分かったか、ルトヴィック。チャンスさえあれば、いつでも救出されるはずだ。俺たちの位置は少なくとも三カ国の政府が把握している。元気を出せよ」

ウォルデンはルトヴィックの肩を摑んで言った。

「……分かった」

ルトヴィックは涙を流しながら頷いてみせた。そうとう精神的にダメージを受けているようだ。すでに限界なのかもしれない。

片倉は一人で離れた場所に座ってメンバーの反応を観察していた。彼は米国の大学で犯罪心理学と行動心理学を学んでいる。今の出来事で、少なくともウォルデンとベルナールには隠し事があり、嘘もついていることが分かった。

残りの英国人とアイルランド人のマイケル・ギネガーは、クールを装《よそお》っている。一見同じように見えるが、アイルランド人は諦めきっており、目付きが空虚で投げやりだ。英国人は片倉と同じようにメンバー全員を観察している。彼のブルーの瞳は冷静でパワーを秘めている。誰かが行動するのをじっと待っているのだ。

自分から率先して行動するのは、情報員としては失格だと片倉は思っている。状況を判断し、たとえ偶発的だろうと何かが起こり人の目が逸《そ》れたところで迅速に行動するべきだ。

一方であえて自分に注目を集め、情報を攪乱する方法もある。ウォルデンやベルナールたちは自分たちの秘密を明かして、救出が来ると期待を持たせているが、実は何か別のことを考えているようだ。おそらく二人は密かに手を組んでいるに違いない。

「啓吾、じっと俺たちを見ているようだが、君は何を考えているんだ」

ウォルデンが話しかけてきた。話題をはやくもルトヴィックから逸らせようとしているのだろう。

「日本に帰ったら、何を食べるか考えていたところさ。私の体にはチップも埋め込まれていないし、助けるに来る特殊部隊もない。だが、生き抜くためには希望も必要だからな」

大袈裟に片倉は肩を竦めてみせた。

「ナイスアイデアだ。和食は、私も大好きだ。ただし、他の外国人と違って、寿司、天ぷらなんて言わない。私の好物は日本のカレーにトンカツ、それにお好み焼きだ。寿司だの天ぷらなんて言っているうちは、和食通だとは言わないね」

ウォルデンが話に乗ってきた。というより、片倉を利用しようとわざと話しかけてきたに違いない。

「カレーにトンカツ？　いかにも米国人らしい味覚だ。確かに美味《おい》しいが、それを通だとは言わない。一番は蕎麦《そば》だろう。繊細な蕎麦の味が分かってこそ、真の和食通だ」

ベルナールも話を合わせてきた。

「何を言っているんだ。蕎麦？　あのスープに浸けるヌードルのどこがいいんだ」

「カレーは、そもそもインド料理だ。日本食じゃない」

ウォルデンが茶々をいれると、すかさずベルナールが反撃した。周囲の男たちは二人の掛け合いを楽しんでいる。二人とも話の展開がうまい。これでルトヴィックの存在は片隅に追いやられ、脱出の件は流れた。

「シッ！　静かにしろ」

ケビンが指を口元に当てて言った。

外で複数の車のエンジン音が聞こえてくる。

小屋の鍵が外され、扉が荒々しく開けられた。

「出ろ！　出発だ」

二人のテロリストが銃を構えて手招きをした。

二

アルジェリアからニジェールに低空飛行で潜入した後は、Ｊｕ52の高度を三千メートルまで上げた。高層ビルはない砂漠だが、二千メートルクラスの山はある。目的地のアガデスは標高五百二十九メートルにあった。砂漠だからと言って低地とは限らない。一番低いニジェール川でも標高二百メートルある。

田中の話では、ニジェールの防空網は、国土の西端にある首都ニアメ周辺に限られており、アガデスとニアメの中間地点であるタウアより東は、レーダーはもちろんニジェール空軍のスクランブルを気にする必要もないらしい。

午前三時二十四分、タマンラセット空港を離陸して、三時間半が経過した。すでに着陸後の準備は終えた。

アサルトライフルは全員ＡＫ74の一世代前の型であるＡＫ47を装備している。ＡＫシリーズは堅牢で壊れ難い。砂漠の戦闘に適している。また、この地域の軍や武装集団も古い

47シリーズを使っていることから、弾薬不足に陥っても敵から奪うことにより補充できるという最大の利点があった。

ハンドガンはグロック19、M67手榴弾、通称〝アップル〟を二発、他にもタクティカルナイフなどで武装している。また各自のタクティカルバックパックには、レーションや着替えや救急セットなどの他に水筒とは別に予備の水のペットボトルも入れてある。

「見えてきました」

コックピットから田中の声が聞こえてきた。

浩志は仕切りのカーテンを開けて、副操縦席に座った。前方の真っ黒い大地に微《かす》かな光が見える。夜空の煌めく星に比べてあまりにも頼りない。

「到着予定は？」

「あと、数分です。すでに着陸態勢に入るために高度を下げています」

田中は燃料計を指先で叩きながら言った。

「瀬川、ワットに連絡してくれ」

ワットらが空港を占拠してくれれば、問題なく着陸できる。

「アガデスの手前六十キロ地点を走行中だそうです」

瀬川はすぐに衛星携帯でワットと連絡を取って、報告をした。道路状況から考えて、三、四十分掛かるだろう。

「計器の故障でなければ、燃料はなくなりかけています。あと十数分で切れるでしょう。エンジンカットして、燃料消費を抑えます」

タマンラセットの空港で作業員に金を握らせて急がせたが、途中で給油作業を切り上げたのかもしれない。

田中は計器を確認しながら機首を残して、左右の翼のエンジンを停止させた。二基のプロペラが止まり、単発機となったＪｕ52の騒音が減った。

「瀬川と加藤、パラシュート降下、用意」

二人はすぐさま身軽に行動できるように腰にグロック19とサバイバルナイフ、それに水筒だけ携帯し、輸送機に備え付けられているパラシュートを装着した。

「アガデス上空です」

田中がコックピットから叫んだ。

空港は街の南側に二千五百メートルの滑走路が東西に横たわっている。

Ｊｕ52の胴体後方にあるドアを開けて、瀬川と加藤が次々に空中へ飛び出した。彼らは風に流されないように。高度三百メートルを切ったところでパラシュートを広げた。

アガデスを過ぎた砂漠の上空で、田中はゆっくりと操縦桿を寝かせた。機体は徐々に左に傾斜しはじめる。大きく旋回して時間を稼ぐつもりなのだろう。

空港の南側の砂漠に下りた瀬川らは、パラシュートを丸めてまとめ、ショルダーハーネスを脱着して捨てた。

月明かりに照らされた滑走路が二十メートル先に見える。まずまずの位置に着地した。

空港は夜間の離発着もないために照明を一切消しているようだ。滑走路に並行して高い壁がある。これは防砂のためだろうが、ところどころ崩れてまったく役に立っていない。こんなところからもニジェールの国力が窺える。

瀬川らは壁に沿って東に向かった。砂に足が取られて思うように走れない。それでも二人は全力で駆けた。壁の切れ目から滑走路に侵入し、空港ビルの近くにある倉庫を目指す。

「あったぞ！」

瀬川が倉庫の鍵を壊して中を覗くと、給油のポンプ車があった。

加藤が運転席に乗り込むと、瀬川は荷台に飛び乗った。

「急げ！」

瀬川の号令とともにポンプ車は急発進した。

アガデスから南に向かっていたＪｕ52は左旋回を終わり、今度は東の方角から空港に向かっている。

機首のプロペラが不整脈を起こしたようにプスン、プスンと異音を立てはじめた。田中は失速しないように機首を下げた。

「距離、四千メートル、限界ですね」

田中の言葉が終わらないうちにプロペラは止まった。

「慣性飛行に移り、着陸します」

田中の額に汗が滲《にじ》んでいた。彼の腕なら慣性飛行で着陸させることは問題ない。だが、真っ暗な大地に向かって着陸するのは自殺行為と言えた。オモチャのような高度計を頼りに操縦桿を操るほかない。

「頼んだぞ」

浩志は副操縦席から離れなかった。着陸がたとえ失敗しようと、最後まで見届けるつもりだ。

「全員衝撃に備えろ！」

振り返って仲間に呼びかけた。

「見てください！」

田中の声に前方を見ると、二本の赤い光の筋が滑走路を西から東の手前に伸びてくる。航空燃料を撒いた瀬川らが、火を点けたのだ。

「美しい。炎の誘導灯でお出迎えか。南国のリゾートのようですね」

宮坂が狭いコックピットに顔を見せた。

みるみると高度を下げたＪｕ52は、音を発てることもなく滑走路に降り立ち、千メートルほど走って止まった。

「下りろ！」

滑走路に飛び降りた傭兵たちは、浩志を先頭に空港を後にした。

三

アガデスは、古くから北東部のビルマからもたらされる塩の交易の街として栄《さか》えた。現在でも昔ながらのラクダで移動する塩のキャラバン隊や遊牧民の姿を見ることができる。日干レンガの家が建ち並ぶ素朴《そぼく》なこの街に高い建物はないが、グランド・モスクの敷地にあるミナレットは、二十七メートルもの高さがある。

イスラム教のモスクには、礼拝時刻を知らせるミナレットと呼ばれる塔が付帯する。中近東では円柱の尖塔を多く見かけるが、ここでは泥を積み重ねて作ったスーダン・サヘル形式と呼ばれる四角い煙突状の形をしている。塔の側面にはいくつも木の杭が飛び出しているが、これはデザインではなく修復するための足場である。

午前三時三十六分、街は音を奪われたかのように深閑としていた。空気は乾き、日中三十六度あった気温は十八度まで下がっている。

武装した浩志らは街の中心部を避け、一旦砂漠の闇に紛れて西に一キロ進んで静まり返った街を見渡した。人の気配は一切感じられない。街灯はないが、たまに灯りが点いている家がある。裕福な家なのだろう、泥棒避けかもしれない。地理は友恵が携帯に衛星写真を送って来たので、頭に叩き込んである。

浩志は右手で前進と合図し、泥でできた街を走り抜けた。音を立てないようにしているが、振り返ると腰の高さまで砂煙が上がっている。

幹線道路以外の道は舗装されていない。建物は砂漠の上に載せるように建てられ、道路は長年踏み固められた砂道なのだ。風景は、何百年も前と変わらないのだろう。

一・五キロ北に進み、突き当たりを左に曲がった。道が広いので動きは取れるが、周囲が暗いため月明かりに照らされ、よく目立つ。

最後に曲がった路地から五百メートル西に進んだ。前方に日干レンガ塀に囲まれた大きな屋根の家がある。深夜のためよく分からないが、衛星写真で屋根は水色をしていた。犯人たちが宿舎にしている建物だ。その脇には山羊小屋と見られるみすぼらしい建物もある。

敷地は正方形をしており、日干レンガ塀の一辺は八十メートルほどある。門は南と北にあり、水色屋根の民家は北側の中央に、小屋は数メートル離れた東側にあった。

浩志はチームを二つに分け、瀬川と加藤を自分のチームに、辰也をリーダーに宮坂と田中と京介の三人を付けて北側の門に向かわせた。

「うん？」

南側の門から中を覗いた浩志は、車がないことに気が付いた。

「瀬川、友恵に位置を確認させろ。車が一台もない」

浩志の言葉に瀬川は目を見開き、衛星携帯で連絡を取りはじめた。着陸直後、瀬川にターゲットの位置の確認をさせていた。

「代わっていただけますか？」

瀬川が自分のブルートゥースイヤホンを渡して来た。メンバーは携帯も無線機もすべてブルートゥース対応機を使っている。

——米軍の偵察衛星を確認したところ、意図的に画像が一時間前のデータを読み込むようにセットされていました。おそらく米軍はハッキングを承知の上で情報を操作しているものと思われます。

友恵は淡々と説明をした。彼女の過失ではないということだ。

「それなら日本の偵察衛星を使えないのか」

——日本の衛星では夜間の鮮明な画像は得られません。むしろ米軍の旧型の衛星をハッキングしたほうがいいと思います。

「ターゲットは見つけられそうか？」

——一時間前に最大で時速八十キロで移動していると計算しても、半径八十キロ圏内を走行中のはずです。軍事衛星をリセットできれば、車列を探すことは可能なはずです。

抑揚もなく友恵は答えた。よほど自信があるのだろう。

「頼んだぞ」

通信を終わり、瀬川にイヤホンを返した。

「爆弾グマ、こちらリベンジャーだ。ターゲットを逃したようだ。念のために家を調べる。援護と周囲の見張りを頼む」

無線ですぐさま辰也に連絡をした。

――地雷やトラップに気をつけてください。

辰也の緊張した声が返ってきた。シリアやイラクでテロリストと闘った経験があるだけに用心深い。

「分かっている」

むろん浩志も承知の上だ。

瀬川と加藤の肩を叩き、前進した。

まるで猫のように低い姿勢になった加藤は、先頭になり進みはじめた。彼はテキサス州にある〝T・K・アサルト・スクール〟という傭兵学校で、軍事訓練を受け、ネイティブ・アメリカンの講師から追跡と潜入の技術を学んだスペシャリストである。あだ名も〝トレーサーマン〟と呼ばれるほど特殊な能力を身に付けている。

加藤は地雷を避けるために車のタイヤ痕を辿り、小屋に近付いた。そして人の足跡を調べると小屋の扉を開けて中に入って行った。浩志と瀬川も銃を構えながら後に続いた。

動物臭のする薄汚い小屋は、もぬけの殻《から》だった。

「瀬川、念のためここを調べるんだ」

浩志は瀬川を残して、加藤と民家に向かった。

日干レンガの家だが、構えが大きく四、五十坪ある。出入口は南と北に一つずつあり、窓は熱や砂が入って来ないように小屋と同じく高い位置にある換気口だけだ。

正面の扉の周囲を調べていた加藤が立ち上がり、首を横に振った。

「このドアから出入りした形跡がありません。裏口に回りましょう」

囁くように加藤は報告してきた。扉の下には砂が積もっているが、足跡がないのだ。

裏に回り込むと、大勢の足跡が残っており、扉も開けることができた。

家の中は倉庫のようにいくつもの柱で屋根が支えられ、壁で区切られてなかった。裏口から向かって左側は絨毯が敷かれており、右側には段ボールの箱が積み上げられている。段ボールの中にはペットボトルの水や缶詰などの保存食が入っていた。武器弾薬はない。

絨毯と段ボールに挟まれた通路を進み、表の扉を見た。かんぬきが掛かっており、安全装置が外された手榴弾が仕掛けられている。鋼線が起爆装置に結びつけられ、扉を外から無理に開ければ爆発する。原始的だがもっとも効果的なブービートラップだ。

「ここは武装集団の補給基地と宿泊施設を兼ねたアジトのようだな。トラップは侵入者対策でもあり、目印だろう」

家の中を見渡した浩志は結論づけた。

「目印、ですか？」

加藤が首を傾げた。

「このトラップが爆発すれば、日干レンガだけに建物は崩れてしまうだろう。遠くからでもアジトの存在がばれたことが分かる」

「なるほど、危険を察知できるというわけですか。テロリストも馬鹿じゃないですね」

浩志の説明に加藤は感心してみせた。

「加藤、敵が出発したのはいつごろだ」

「タイヤ痕、足跡、体臭から判断して、三十分前後だと思われます」

唐突な質問にも加藤は自信ありげに答えたが、悔しげな表情で溜息を漏らした。あと一歩だったのだ。

「やつらが街からどの方角に向かったか、追跡してくれ」

「了解」

返事をすると、加藤は建物から飛び出して行った。彼の追跡から逃れることができる獲物はめったにいない。

浩志は瀬川を伴い、敷地から出た。小屋には何も手がかりは残っていなかった。

五分ほどすると、東の方角から車のライトが近付いて来た。ワットらの三台のＳＵＶが到着したのだ。だが、ターゲットを逃した仲間の顔には疲れが滲み出ていた。

「待たせたな。浩志、スクールバスの席順を決めてくれ」

車から下りてきたワットが陽気に言った。この男のくだらないジョークにはこんな時救われる。それが彼の狙いでもある。

「おまえは一番ケツだ」

浩志も調子を合わせて言った。

「やっぱりな。俺のハイスクールじゃ、もてるやつは後ろと決まっていたんだ」

ワットの答えに仲間は笑みを浮かべた。

四

ニジェール・アガデス、午前三時四十七分、日本時間午前十一時四十七分。

友恵は京王井の頭線東松原駅にほど近い〝東松原コート〟の自室で頭を抱えていた。

瀬川からの連絡でハッキングして使っていた米国の軍事衛星の画像が、一時間のタイムラグがあることが分かった。これまでどんなにセキュリティーが高いファイヤーウォールだろうと破る自信があった。だからこそ、米国国防総省であるペンタゴンのファイヤーウォールを抜け、軍事衛星を制御することに成功していた。だが、それに気付いたペンタゴンは、わざと古い情報を流すという細工をしてきたようだ。

衛星から得られる情報を一人で二十四時間監視していたわけではないので、日没後の画像が遅れていることに友恵は気が付かなかった。もっとも遅れているだけで偽の情報じゃないため、騙されても仕方がないとも言える。だが、世界屈指のハッカーを自認するだけあって、ハッキングがばれてなおかつ違う情報で操られたことは、屈辱《くつじょく》以外の何ものでもなかった。

〈私のバックドアが見つかったのか？〉

友恵は首を傾げながらも目の前に置いてあるデスクトップ型パソコンで、ペンタゴンのサーバーにアクセスした。だが、あっさりとファイヤーウォールを抜けることに成功した。

「ちゃんと、できるじゃない」

〈待って、わざと侵入を許可されていたとは思わない？〉

「そうね。一度解除して考えましょう」

心の中で考えたことを友恵は声に出して行動に移した。彼女は会話するように自分の考えをまとめる。引きこもりと言えばそれまでだが、パソコンに向かって一人で作業をする彼女にとって、ある意味客観性を持つ第三者が必要だからだ。

「そうだ」

友恵は仕事部屋から出て、リビングのテーブルに置いてあるノートブック型パソコンに向かった。先ほどとは違う経路でペンタゴンのサーバーにアクセスした。すると今度はファイヤーウォールでブロックされてしまった。友恵はいつでも出入りできるように抜け道であるバックドアを作っておいたが、閉ざされているのだ。

「馬鹿な。わずかな時間でセキュリティーが強化されたとでもいうの?」

別のパソコンを使うことで、ＩＤと経路が違うため、サーバーは違う反応を見せたとしかいいようがない。だが、パソコンの違いだけでセキュリティーレベルが変わることはありえない。

もう一度仕事部屋に戻って、デスクトップ型パソコンで同じことをしてみた。するとまたしてもファイヤーウォールを通り抜けてしまった。バックドアは開いている状態だ。

「これはトラップなのね」

舌打ちをした友恵はパソコンの電源を切った。

彼女は、ハッキングする際に自分のデスクトップ型パソコンのＩＤがばれないように世界中のサーバーを経由し、痕跡を隠している。だが、その痕跡を辿られてすでにＩＤがペンタゴンに知られてしまったのだ。

ハッキングされていることを知ったペンタゴンはファイヤーウォールを強化する一方

で、友恵が作ったバックドアを塞ぎ、彼女のＩＤだけに反応する別のバックドアを作って、軍事衛星を制御した場合の対処をしていたに違いない。簡単にできることではない。あるいはペンタゴンには彼女と同等、あるいはそれ以上の天才的オペレーターがいるということだ。

「どうして？」

〈なぜそこまでして、私を騙す必要があるの？〉

疑問は尽きない。

「衛星の画像を一時間遅らせることの意味は、何？」

武装集団がまだニジェールのアガデスにいるものと信じて、浩志らは作戦を実行したが失敗をした。ペンタゴンは浩志らの軍事行動を妨害《ぼうがい》したいのか。

「分からない」

頭を振った友恵は、堪り兼ねて衛星携帯で浩志に電話をかけた。

——どうした？

不機嫌そうな浩志の声が聞こえた。もっともそれが、普段の声である。

「すみません。軍事衛星をリセットできません。現在コントロールできないのです」

ペンタゴンのサーバーに侵入できないことは、プライド上言えなかった。

軍事衛星は数時間前に武装集団がアジトに着いた時にロックされた状態になっていた。

おそらくその時点で画像は一時間遅れるようにされていたのだろう。

——大丈夫だ。とりあえず武装集団が、マリに向かっていることは分かっている。ロスタイムは三十分程度だ。米軍でも日本の偵察衛星でもいいから、再度武装集団を見つけてくれ。四時間以内にできるか？

加藤が砂漠に残された武装集団のピックアップのタイヤ痕を追って、マリに向かう道に出たことを確認していた。道は四百キロ先のタウアを抜けることは確実である。浩志らは猛スピードで追跡していた。

タウアまでは五時間前後かかる。夜が明ければ米国の軍事衛星が使えなくても、日本の偵察衛星で発見できるだろう。

「四時間も頂ければ、充分です。ただ、分からないことがあります。米軍が一時間だけ、衛星の画像を遅らせていた理由を知りたいのです」

——今でも画像は一時間遅れなのか？

「そうです。衛星はロックされたままですから」

——俺たちは米国に利用されているんだ。やつらは何かを企んでいるんだろう。一時間の遅れなら、どこかで取り戻すことはできる。だが、それはまだ先の話だ。ひょっとしてマリに入ってからかもしれない。だとすれば、米国はマリで何かをするはずだ。

浩志も一時間の意味を考えていた。しかも画像は偽のデータではなかった。ペンタゴンは時間遅れの情報を開示しているのだ。つまり、日本政府に対して、ここまでは協力できるということなのか、あるいは、まだ浩志らリベンジャーズの出番は早いと暗に警告しているのかもしれない。いずれにせよ、利用しようという魂胆が見えている。

「利用されているんですね、なるほど」

渋い表情で友恵は頷いた。

――できればニジェールで敵を捕捉し、人質を奪回したい。頼んだぞ。

武装集団は四時間後にはタウアを通過するだろう。ニアメを回避するために南下せずに西に向かうサラムを経由し、国境の検問を避けるために途中で砂漠に入るはずだ。砂漠に入られたら追跡が難しくなる。その前に勝負をかけるつもりだ。

「分かりました。努力します」

電話を切り、携帯を持ったまま友恵は頭を下げた。

「利用されているのか。それにしてもどこで、ばれたのかしら」

小脇にリビングにあったパソコンを抱えて、仕事部屋に戻った。

「待てよ」

友恵は仕事部屋のデスクトップ型パソコンのスイッチを入れて立ち上げ、システムを診断するためのセーフモードにした。英文表記のコマンド画面に変わると、目にも留まらないスピードでキーボードを叩きはじめた。

「これだわ」

ものの数分でシステムに入り込んでいるスパイウェアを友恵は発見した。スパイウェアは一般的にウイルスと呼ばれているものの一種で、パソコンのユーザーの情報を特定の組織や団体、あるいは個人に自動送信するアプリケーションである。すぐさまスパイウェアの解析に入った。

「これは……」

友恵は眉間に皺を寄せた。スパイウェアは友恵がサーバーを迂回しても常にペンタゴンのサーバーにIDを送り続け、なおかつサーバーにアクセスした場合に違う領域に導くというものだった。

感染するとしたら、ペンタゴンのサーバーの中でしかありえない。しかも、これまでも自由に出入りできていたにもかかわらず、感染したということは特定のデータにスパイウエアが組み込まれていたということになる。

「答えは出たわね」

美香を通じてCIAから教えられた武装集団の座標こそスパイウェアを起動させるスイッチになっていたに違いない。まんまと感染してしまった自分が情けなくなった。

「悔しい。CIAとペンタゴンがぐるだったなんて」

友恵はすぐに浩志に連絡を取り、スパイウェアのことを報告した。

――情報はただでは貰えないということだ。だが、スパイウェアの存在が分かったから、今度は対処できるな。

怒られるかと思ったら、意外にも浩志は笑って答えた。

電話を切った後、天井をしばらく見上げていた友恵は、突然両手で頬を叩いた。

「勝負はこれからよ」

デスクトップのキーボードを乱暴にどけた友恵は、ノートブック型パソコンを開いた。

五

アガデスから西方に向かう幹線はすべて舗装されている。もっとも道路が沢山あるわけではない。首都ニアメから地方都市を結ぶ数えるほどの国道が舗装されているに過ぎない。

ニジェールでは二〇〇四年以降、旱魃《かんばつ》とサバクトビバッタの大発生により深刻な食糧不足の状態が続いている。この国は恐ろしく貧しいのだ。

二〇一三年五月、国連人道問題調整事務所の発表によれば、ニジェールで八十万人が食糧難に直面し、うち約八万四千人が緊急支援を必要としている。特に深刻な東部ティラベリ州やタウア州、中南部ザンデール州では、木の葉や草や野いちごで飢えをしのいでいる者もいるという。また九月の収穫期までに備蓄した食料も尽きて、食糧危機に直面する住民は一千万人を超すと予測されている。

片倉を乗せたピックアップはタウアの手前で舗装道路を外れ、砂漠を走っている。すでにどこに自分がいるかすら分からなかった。頼りになるのはフランス人のベルナール・レヴィエールだ。体内には米国人のジョナサン・ウォルデンと同じようにマイクロチップの位置発信器が埋め込まれているという。自力で脱出は不可能である以上、軍の救出を待つしか方法はない。

午前三時二十四分にアガデスのアジトを出発した武装集団は、タウア州の州都であるタウアに向かっていたが、その二時間後、夜が明けると三つのグループに分かれた。彼らも六台の車列で行動する危険性を充分認識していたようだ。マリに戻るにはニジェールの首都ニアメが近い。つまり首都を守る軍・警察の警戒網を避けているのだ。

片倉はベルナールと二人で、トゥアレグ人のアリとモハメドが運転するピックアップに乗せられ、彼らのリーダーであるハマドが乗った車の後を付いている。他のグループは、米国人のジョナサン・ウォルデンとノルウェー人のルトヴィック・エリクセン、もう一つは英国人のケビン・リックマンとアイルランド人のマイケル・ギネガーという組み合わせで、ピックアップの後部座席に乗っている。人質が移動中も人間の盾になっていることは明らかだった。

「しかし、なんで俺たちが国道じゃなく、砂漠を走らなきゃならないんだ」

ハンドルを握るアリがトゥアレグ語で不満を言って、バックミラーで後部座席を見た。

ベルナールは一時間前から、時折イビキを立てて寝ている。片倉は目を閉じただけで、耳をそばだてていた。モハメドとアリは暇にあかしておしゃべりをする。そのため、トゥアレグ語もかなり理解できるようになってきた。

「仕様がないだろう。俺たちは、ハマドの護衛なんだから」

モハメドは大きな溜息を漏らした。

「俺はタウアで、浴びるほど水やジュースを飲みたかっただけだ」

アリは不機嫌そうに言った。

「だが、タウアは俺たちにとって安全じゃないぞ。ニアメに近いだけに軍が警戒態勢を敷いているはずだ。ファイサルは心配していた」

モハメドは首を大きく横に振った。

ファイサルはサウジアラビア人で、米国人のウォルデンとノルウェー人のルトヴィックの人質を乗せたピックアップの運転をしている男だ。

「かわいそうなやつだ。どうりで、あの神経質なハマドが砂漠を走るわけだ。しかも砂丘が少ない南じゃなく、よりによって北を選んだ。自分で貧乏くじを買って出たわけじゃなく、命が惜しいからか。悪賢い指揮官だぜ」

アリは鼻息荒く言った。

「タウアに行くのは、燃料と水の補給をすることが仕事だ。俺たちは砂埃に塗れるが、米軍やニジェール軍や警察に狙われる心配はない。むしろついていると思った方がいい。ファイサルは、もともとハマドの手下だったから、こき使われるんだ。サウジアラビア人は好きじゃないが、同情するぜ。それにな、やつらは囮《おとり》にされていると、俺は思っている」

モハメドは声を潜めて言った。

「囮？」

アリが首を傾げた。だが、この言葉に片倉も反応した。

「じゃなかったら、米国人をわざわざ連れて行かないだろう。米軍は人質救出に特殊部隊を出すかもしれない。そもそも燃料や水だって予備がまだあるから、ぎりぎりなんとかなるはずだ。危険を冒す意味が分からない」

モハメドも興奮気味に言った。二人とも移動のストレスで不満が溜まっているのか、あるいはマリが近くなって気が緩んでいるのかもしれない。これまでは作戦に関することはほとんど話さなかった。

「それを言うのなら、俺たちだって囮じゃないか。こんな訳の分からない外人を連れているんだぜ。リビアで仕入れた携帯地対空ミサイルは別働隊がトラックで大量に運んでいる。俺たち自身が囮だとは思わないか」

〈何!〉

アリの話に、片倉は危うく目を開けるところだった。

「大きな声で言うな。人質に聞かれたらどうする」

慌ててバックミラーを見たモハメドは、唇に人差し指を当てた。

「心配するな。こいつらにトゥアレグ語は分からない。それに一時間前から寝ている」

アリは振り返って、片倉らの様子を窺いながら言った。

「それも、そうだな。ハマドでさえ、俺たちの言葉は理解できない。アルジェリア人だといっても、所詮カナダ人だ。アラブ語だってへたくそだからな」

モハメドはわざとらしく肩で笑った。

「あいつらは金を持っているから、俺たちは従っているに過ぎないんだ。それを偉そうにしやがって」

拳を握りしめてアリは悔しがっている。よほど気に入らないようだ。

「もっともあいつも使われているに過ぎない。いちいち携帯で命令を確認している。小物に過ぎないんだよ。いつかはあいつもこれさ」

モハメドは右手で首を切る仕草をした。

〈そういうことか〉

二人の会話に片倉は心の中で何度も頷いた。

アルジェリア人質事件の首謀者はアルジェリア出身のベルモフタール司令官と〝イスラーム・マグリブ諸国のアルカイダ機構（ＡＱＩＭ）〟のアブ・ゼイド司令官だとされているが、実行犯の中にはアラブ系のカナダ人もいたらしい。ハマドは、事件に関わりをもっているのかもしれない。それに彼が無口なのはアラビア語が堪能じゃないからに違いない。


午前五時五十九分、アガデスから二百十五キロ過ぎた路上にリベンジャーズが乗って来た三台のＳＵＶは停められていた。

道路のすぐ脇に広がる砂漠に、サングラスをかけた浩志と加藤が立っている。

「間違いありません。ここで武装集団は三手に分かれたようです。残されたタイヤ痕ははっきりとしています。二十分前後のことだと思います」

道路と砂漠の境に残されていたタイヤ痕を見て、加藤は言った。彼はタイヤ痕や靴痕など、逃走者の痕跡を瞬時に覚えることができる。もっともタイヤ痕がはっきりと分かるのは、路上の砂に残されていたものだけで、砂漠に入ったものはただの轍《わだち》で判断できない。

だが、加藤の読みは当たっていた。片倉が乗った車が、砂漠に繰り出したのはまさに二十一分前のことだった。武装集団がタイヤの空気圧を調節している間、差が縮まった。

砂丘の表面は砂の密度が薄いので、タイヤの接地面積を増やすために空気圧を低くする必要がある。また、砂漠の砂は熱を持っているためにバーストしてしまうこともあるのだ。

「北西に向かった二台と、南西に向かった二台の種類は分かるか?」

浩志も三手に分かれたことは、判断できた。

「砂の沈み具合とタイヤ痕で、すべて中国製のピックアップだということは分かります。北西に二台、南西に二台です」

加藤は即答した。

「それじゃ、後の二台は国道でタウアに向かったということか」

浩志は腕組みをしながら、仲間の待つ路上に戻った。

「俺たちも分かれるか」

ワットが額から流れる汗をタオルで拭きながら言った。

「Aチーム、俺と瀬川と京介の三人でタウアに向かう。Bチームは、辰也、宮坂、黒川の三人と、ドライバーはユニス。Cチームは、ワット、ドライバーは田中、サブで加藤が付いてくれ。BとCは南西に向かう。北西のターゲットは追跡しない」

すでに人選は決めていた。

砂漠に向かうには、ベルベル人のユニスと加藤の二人は欠かせない。また、車の故障は命取りになる。二台で行動する必要があった。北西を諦めたのは、南は砂漠から遠ざかり比較的走りやすいが、北に行くほど砂漠の中心に向かう、北と南では砂質が違うからだ。

また、ニジェールではテロが頻発しており、ニアメからアガデス間の長距離バスは、コンボイを組み、その上軍の護衛を伴うこともあるほどだ。国道を一台で走行する浩志らの方がはるかにリスクは大きい。

「浩志、ユニスは危ないのじゃないのか？　武器が地元の軍や警察に見つかったらまずいぞ。それにあそこまでは舗装道路で行ける。快適なコースは俺に任せろ」

ワットが不満そうな顔をした。浩志を心配する気持ちは分かる。だが、危険を承知しているからこそ、他の者には行かせられないのだ。

「大丈夫だ。最強のガイドが俺たちにはいるからな」

浩志は京介の肩を叩いた。

「そっ、そうですよ。俺はアラブ語だったら現地人よりうまいですから、任せてください」

指名されて驚いた京介だが、胸を叩いてみせた。

「だから心配なんですよ。こいつのアラビア語は、アフガン訛りが酷いらしいですよ」

自慢げな京介を苦々しい表情で見た辰也は言った。

「武器は、シートの下に隠す、携帯はしないから大丈夫だ。それよりもガソリンの補給をしなければいけない。どのみち誰かが、タウアに行かなきゃならないんだ。それにもし、ターゲットを追ってマリに行くようなことがあれば、作戦を練らなければならない。タウアで情報収集するつもりだ」

三台とも、ガソリンを入れた二本の携行缶を用意してきたが、すでに一本使い果たしていた。有無を言わせず、BとCチームの空になった携行缶を回収した。

「悪いが、先に行くぞ」

浩志はタイヤの空気圧の調整作業を見守るワットの肩を叩いて言った。

「スーパーで冷えたビールを買って来てくれ」

ワットは浩志の尻を叩き返して言った。イスラム教の国では、まず叶わない願いだ。

「ブランドは？」

「ミラーライトだ」

瓶から直接ビールを飲む仕草をしたワットは、親指を立ててみせた。

「分かった」

浩志は鼻で笑って車に乗り込んだ。

六

タウア州の州都であるタウアは、古くから北部のトゥアレグ族と南部のフラニ族との間で行われるサハラ交易で繁栄した。

浩志らを乗せたランドクルーザーは、砂漠に入ったターゲットを追ったワットらと別れた地点から、二時間十五分、すでに百七十キロ走っていた。アガデスからの道は舗装されて管理もよく快適だ。地元では北部で産出されるウランを運ぶため、ウラン道路と呼んでいる。ウラン採掘は国の重要な基幹産業のため、道路も整備されているというわけだ。

ニジェールのウラン産出量は世界五位であり、ウラン鉱の生産はこれまでフランスの原子力産業大手アレバの子会社とニジェール政府の合弁企業であるＳＯＭＩＲ、それにアレバの子会社であるＣＯＭＩＮＡＫの二社が独占していた。つまり、フランスの独占状態だった。だが、二〇一三年一月、アレバ社は、イムラーレンにあるウラン鉱山の権益の一〇％を中国核工業集団公司に譲渡している。

タウアまでは残り十キロほど、十分もかからない。街が近くなってきたせいか、沿道には近隣の村の市場や屋台が見受けられる。ラクダや遊牧民の雑貨や食料、中には、黄色い液体を入れた瓶を並べた露店もある。ナイジェリアから格安で密輸した粗悪なガソリンや軽油をジュースの空き瓶に入れて売っているのだ。浩志がずいぶん前にニジェールに来た時も売っていたが、不純物が多いのでエンジンを傷《いた》めると聞いた。

「ガソリンか……」

助手席に座る浩志は、屋台のガソリン売りを見てぼそりと言った。

「ガソリンがどうしたんですか？」

ハンドルを握る瀬川が尋ねてきた。ちなみに京介は後部座席に座った途端、眠ってしまった。後ろに座るのは交代で休息するためとはいえ、指揮官である浩志を差し置いて寝るのだから、この男の神経は図太い。

「ターゲットのうち一チームはなぜ危険を冒してタウアに行くのか考えていた。一つは俺たちと同じようにガソリンを買いに行くのだろう。だが、それだけじゃない気がする」

「それは、どうしてですか？」

「隣国マリで行われているフランス軍の武装勢力掃討作戦を受けて、タウアでも警察や軍による警戒体勢が敷かれている可能性が大きい。普通ならば避けて通る。差し迫ってガソリンが必要なら、最悪屋台のガソリンを買う手もあるということだ」

「屋台のガソリン？」

瀬川は沿道をきょろきょろと見渡した。

「黄色い液体が入った瓶を並べている店だ」

「あれが、そうなんですか。私はてっきりオリーブオイルと見せかけた牛のシッコかと思っていましたよ。瓶入りガソリン……ひょっとして手製ですか、なるほど」

瀬川は妙に感心したようだ。

「……大して変わらない」

まじめな男だけに答えもおかしい。

「タウアに行く目的で、他に考えられることは、何があるでしょうか?」

「それが分かれば、苦労はないだろう」

考えても分からない時は、足で情報を集めるしかない。これは刑事時代からの鉄則だ。

午前八時二十六分、道路の両脇にぽつぽつと家が見え始めた。まもなくタウアの街に入るようだ。日干レンガの家が多いが、中にはコンクリート製の建物もある。同じ砂漠の都市でも、タウアは首都に近い南部だけにアガデスとはまた違った様相を見せている。しかも驚いたことに太陽光発電のパネルがあちこちに見られることだ。停電が名物と言われる街だけに公共機関や裕福な家庭で設置が進んでいるようだ。

街の入口に軍の迷彩トラックが停まっていた。検問をするわけでもなく、二十人近い兵士が銃を傍らに置いて木陰でくつろいでいる。軍帽を脱いでリラックスしているが、他の街では見かけなかっただけに、これが警戒態勢ということなのだろう。

彼らの銃も7・62ミリ弾を使用するAK47だ。ストックの形状から旧ソ連製のものだと分かる。ここにも、ソ連崩壊で世界中に流出した武器があるということだ。

「とりあえず、ガソリンスタンドをチェックだ」

浩志は例によって友恵にタウアについて調べさせていた。だが、今回は、インターネット上の情報が極端に少ない。

とりあえず送ってもらったタウアの衛星写真のデータはスマートフォンに転送してある。写真上からガソリンスタンドとはっきり分かるわけではないが、車が多く集まっている場所を目指していた。

「その分岐を左に曲がってくれ」

街の入口近くから当たってみることにした。広場にトラックが十数台停まっていたが、塩を運ぶ運送会社だった。かつてのラクダのキャラバンは、ここではトラックに変わったようだ。

「そのまま道をまっすぐ行ってくれ」

三百メートルほど離れたところに、トラックやバンが二十台近く停まっていた。トラックの荷台には荷物と人が混在している。トラックがバスの役割をするアフリカでは珍しくない輸送風景だ。長距離のバス停なのかもしれない。

ニジェールでは個人で車を所有する者はあまりいない。免許を持つ者は、職業ドライバーか軍関係者が大半を占める。

街は思いのほか大きい。この調子では日が暮れてしまう。

「起きろ、京介！　出番だ」

浩志は京介を叩き起こし、バス停の木陰でたむろする黒人に道を尋ねてくるように命令した。

京介が車を降りて行くと、瞬く間に人だかりができた。人相の悪い東洋人が珍しいのだろう。一人に話しかけると、周囲にいた者まで、話しかけて来るようだ。京介は笑いながら、集まって来た住人を追い払って、戻って来た。

「分かりました。市の中心にグラン・マルシェがあり、その近くに二カ所あるそうです。ここの住人は親切で、みんなが送って行くから車に乗せろと言われましたよ」

グラン・マルシェとはフランス語で大きな市場という意味だ。フランスの植民地だった国では今でもこの名称が使われている。

「親切も場合による」

浩志は後部座席に座り、京介を助手席に座らせた。

京介の誘導で、道なりに進むと三叉路の正面に警察署があり、そこを右に曲がると幹線道路を斜めに横切る道に入った。

「この道に入って行けば、突き当たりの五叉路にグラン・マルシェがあります。そのすぐ手前にガソリンスタンドがあるそうです」

「待て、もう一つのスタンドはどこだ？」

衛星写真を見ながら浩志は確認した。

「反対側の北の方です」

首を傾げた京介が答えた。

「先に行くんだ」

確証があるわけではないが、南にあるガソリンスタンドは警察署に近い。ひっかかりを覚えた。

瀬川はハンドルを右に切って北に向かった。1ブロックが二百メートル近くある。その間に日干レンガとコンクリート製の建物が混在する。だが、どの家も砂で汚れ赤茶けた色をしている。

広い道に出た瀬川は左に曲がった。2ブロック先に市場があり、ガソリンスタンドはその手前だ。

「瀬川、ゆっくりと車を停めろ」

後部座席からガソリンスタンドの周囲を見た浩志は、1ブロック手前の交差点で車を停めさせた。

「京介、運転席で待機。瀬川、武装して付いて来い」

シートの下からグロック19を取り出してズボンの後ろにねじ込み、パーカーのポケットにアップル、M67を入れて車を下りた。おもむろにバックドアを開けてガソリンの携行缶を取り出すと、銃を装備した瀬川もそれに倣《なら》った。二人は左手に携行缶を持ち、さりげなくガソリンスタンドに向かう。

ガソリンスタンドにはバックドアを開けた中国製のピックアップに、アラブ系の男がガソリンの携行缶を積んでいるところだった。その近くにも同じ型のピックアップが置いてある。二台とも給油は終わったのかもしれない。

ピックアップの荷台には山のように段ボールが煩雑《はんざつ》に載せてある。武器を隠す偽装なのだろう。ガソリンスタンドの前で、サングラスをかけた二人のアラブ系の男が辺りの様子を窺っている。テロリストの見張りに違いない。

「うん?」

浩志らの脇を軍のトラックが通り過ぎて行った。荷台には車の外に足を投げ出した八人の兵士を乗せていた。街の入口にいた連中とは違う。軍帽を被り、引き締まった顔をしている。トラックのすぐ後ろにハンヴィー（米軍四駆）が続いた。

ガソリンスタンド前の二人のアラブ人が、車に駆け戻った。

「隠れろ」

浩志は瀬川の肩を叩いて、ガソリンスタンドの手間の建物の陰に飛び込んだ。

軍用トラックがガソリンスタンドの前で急ブレーキをかけて停まった。銃を抱えた兵士が荷台から次々と飛び降りる。

凄まじい轟音が轟《とどろ》く。

辺りは黒い煙に覆われ、トラックが爆発炎上した。

ピックアップからＲＰＧ７を取り出したアラブ人が、ロケット弾を発射したのだ。吹き飛ばされた八人の兵士が血だらけになって路上に転がっている。辺りは惨状と化した。

急停車したハンヴィーは、慌ててバックをはじめた。ガソリンスタンドから新たにＲＰＧ７を抱えた男が現れ、猛スピードで遠ざかるハンヴィーに狙いを定めた。

浩志はグロックを抜いて飛び出し、アラブ人に二発の銃弾を命中させて倒した。

ダッ、ダッ、ダッ、ダッ！

先にＲＰＧ７を使った男が、ピックアップの陰からＡＫ47で銃撃してきた。いきなり連射モードだ。

「くっ！」

弾幕を張られては堪らない。

ダッ、ダッ、ダッ！

右方向からの新たな銃撃音に振り向くと、瀬川が路上に転がっている兵士のＡＫ47で援護していた。

浩志は炎に包まれたトラックの陰に転がり込みながら、アップルをピックアップ目がけて投げた。男の悲鳴の直後に爆発音が轟いた。すかさず炎のトラックを回り込み、爆発したピックアップから逃げ出したアラブ人の頭を撃った。

鋭いタイヤの軋《きし》み音。

もう一台のピックアップが急発進した。

車の前に出て運転席に狙いを定めた。

後部座席に白人の姿が見えた。人質だ。

「ちっ！」

舌打ちをした浩志は銃を上げ、突っ込んで来るピックアップを飛び跳ねて避けた。

背後でまたタイヤの軋み音。

京介がランドクルーザーを発進させ、ピックアップの鼻面にぶつけた。

轟音を立てカウンターパンチを喰らったピックアップは、衝撃で近くの日干レンガの民家に突っ込んだ。

崩れかかった家に駆け込んだ浩志は運転席の男を引きずり出し、二発の膝蹴りで失神させると、瀬川もＡＫ47のストックで助手席の男の顎を殴って気絶させていた。

「大丈夫か？」

後部座席を覗くと、手錠をかけられた白人の男が親指を立てて見せた。

テロリストの巣窟《そうくつ》

一

浩志と瀬川、それに京介の働きで武装集団に拉致されていた米国人のジョナサン・ウォルデンとノルウェー人のルトヴィック・エリクセンが救出された。

ウォルデンの体内にはマイクロチップが埋め込まれており、米軍では彼の位置を拉致されてから追っていた。武装集団がアガデスからタウアに向かったため、ニアメ近郊に駐留していた米軍が慌ててニジェール軍の協力を得て、救出作戦を強行したらしい。

距離的にタウアへは、ニアメよりアガデスの方が近い。ほぼ同時に出たとしても武装集団の方が早くタウアに着く。しかも米軍から派遣されたのはたったの四人だった。ニジェールに駐屯する部隊の任務は、フランスのマリ北部掃討作戦の後方支援のため、人数が割《さ》けなかったらしい。とはいえ精鋭を送り込んだようだが、事前にニジェール軍と大した打ち合せもできなかったのだろう。

三人が死亡し、五人が重軽傷を負う惨事となったのは、数でまさる彼らはテロリストらを見くびっていたに違いない。武装集団の目の前にトラックで乗り付けたニジェール軍の攻撃は、あまりにも稚拙《ちせつ》だった。おそらく彼らの力量を知る米兵はそれも予想していたはずだ。派手に動き回るニジェール軍とテロリストらが銃撃戦となり、その間隙《かんげき》を突いて人質を救出するつもりだったのだろう。もっとも、敵が街中でＲＰＧ７を持ち出すことまでは、想定していなかったに違いない。

浩志らは、人質だった二人を休ませるため、四人の米兵らとともに現場に近い市の中心部にあるホテルへ一旦入った。救い出した米国人とノルウェー人から情報を得るという目的もあったが、テロリストの車に京介が車を衝突させたために、壊れた右のフェンダーが前輪に触れ長距離走行が不可能になったからだ。

浩志はホテルのロビーで、四人の米兵の中で指揮を執っていたザック・ケーヒルという中尉と立ったまま睨み合っていた。

「ミスター・藤堂、車を交換しろと言われても困ります。軍の車両は私物ではありませんから」

ケーヒルは苦りきった表情で言った。年齢はまだ三十代半ばだろう。ニジェールに派遣された無人偵察機を運営する部隊を護衛するチームに所属しているに違いない。

「そんなことは百も承知だ。だが、俺たちも急いでいる。他の人質はまだテロリストの手にある。今逃せば、マリに行ってしまうぞ。そもそもおまえたちは俺たちが助けなきゃ、今頃死んでいた。俺にノーとは言えないはずだ」

浩志は彼らの乗っていたハンヴィーと車の交換を迫っていた。テロリストが乗っていたピックアップが二台とも大破したために仕方がなかった。

「分かっています。それは司令部にも報告しました。しかし、だからと言って、軍用車両を貸し与えるなど、できるはずがありません。そんなことをしたら私が軍法会議にかけられてしまいます。どうしても我が軍の車両をご入用なら、外交ルートを通じて正式に要請してもらえませんか？」

「俺が誰だか、分かっているんだな」

浩志は念を押すように尋ねた。自己紹介したときにわざと本名を名乗った。むろんケーヒルが調べることを前提にしてだ。

「もちろんです。ただ者ではないことは誰が見ても分かります。申し訳ありませんが、あなたのことは上官を通じて情報部に照会しました。傭兵チームの指揮官で、驚いたことにあなたのチームに元米陸軍中佐のヘンリー・ワットが所属していることも分かりました。あなたは日本政府の依頼でテロリストを追っているんですね」

「俺の身元が分かったのなら、それでいい。ケーヒル中尉、俺の命令に従ってもらおう」

浩志はケーヒルに近付き、その腹にグロック19の銃口を当て、腰のガンホルダーから彼の銃を奪った。グロック19だった。砂漠に向いている銃だ。

「なっ、何をする」

「俺が手加減すると思うなよ。おまえが反抗的な態度をとるだけで死ぬぞ」

「何のつもりだ！」

ケーヒルは声を荒らげた。ホテルと言っても三階建てで、エレベーターもない。シャワーとエアコンが完備されているだけのビジネスホテルに毛が生えた程度のものだ。午前九時、時間が早いこともあるが、もともと客がいないのか、館内は深閑としている。

「今度声を上げたら、殺す。ニジェールで米兵がテロに遭っても誰も怪しまない。米国人の人質の部屋に連れて行け」

銃口を当てたまま階段室にケーヒルを押しやった。

ケーヒルは階段を上る振りをして、いきなり振り返って浩志の右手首を摑み、左のパンチを放ってきた。思っていた以上にできる。浩志はパンチをかわし、摑まれた右腕を捻って外すと、相手の鳩尾を存分に蹴り上げた。ケーヒルの上体が崩れたところで、肘打ちを後頭部に打ち下ろした。男の体格を充分に考慮し、手加減はしなかった。

「立て！」

床に倒れたケーヒルのこめかみに銃口を当てた。

「……分かった」

浩志に背後から銃を突きつけられたケーヒルは、ふらつきながらも階段を上がって二〇五号室のドアをノックした。

「何でしょうか？」

ドアスコープでケーヒルを確認したジョナサン・ウォルデンが、眠そうな顔でドアを開けた。

浩志はケーヒルの背中を押して、中に入った。

「どういうことだ？」

ウォルデンにとっても浩志は命の恩人だけに、状況が摑めないのは当たり前だ。

「俺は他の人質も救いたいだけだ。おとなしく協力しろ」

二人に銃を向け、ベッドに座らせた。

「国際ポリス視察団は、いったい何を企んでいるんだ」

浩志は銃口をウォルデンとケーヒルに交互に向けて言った。

「我々は先月に起きたテロ事件の調査をしたかっただけだ。企みだなんて人聞きが悪い」

ウォルデンは肩を竦めて言った。

浩志はウォルデンに近付くと、顔面を左手で殴った。

「下らん作り話はいい。おまえたちが拉致されたのは、誰かがテロリストにスケジュールをリークしたからだ。少なくとも今回の主要国である米仏英は、拉致されることを予測していた。じゃなければ、埋め込んだマイクロチップがありながら二週間も軍が行動を起こさないのはおかしい」

「…………」

口を固く結んだウォルデンは、浩志から視線を外した。

「少なくともおまえは他の視察団から離されるとは思っていなかったはずだ」

浩志はニジェール軍に協力を求めた稚拙な救出作戦を見て、違和感を覚えていた。

「馬鹿馬鹿しい。私は我が国の軍隊に助けられると信じていた。実際、それが今日行われたことは知っているだろう」

ウォルデンは、首を横に振ってみせた。その様子をケーヒルは醒めた目付きで見ていることに浩志は気が付いた。

「中尉に聞こうか。おまえはニジェール軍の救出が、できるだけ失敗するように仕向けた。あるいはそう願っていたはずだ」

「今度は、私に言いがかりをつけるのか」

ケーヒルは笑ってみせた。

「ニジェール軍がトラックで乗り付けるのは頷ける。だが、厳しい訓練を受けた米兵が同じへまをするはずがない。あのとき、確かにテロリストはＲＰＧ７をぶっ放す凶行に及んだが、おまえたちは車から下りて男を銃撃できたはずだ。おそらくわざとロケット弾を喰らい、寸前で車から脱出するつもりだったのだろう。そうすれば、ニジェール政府に言い訳がたつからな」

「ばっ、馬鹿な。そんなことをわざわざする必要はないだろう」

ケーヒルの顔面から血の気が引くのが分かった。刑事時代に培《つちか》った尋問のテクニックにまんまと落とされたらしい。軍人だけに情報員のウォルデンと違い、芝居が下手だ。

「どうやら、おまえらの魂胆は、テロリストのアジトを発見して爆撃機を誘導することのようだな。おそらくフランス、あるいは英国もグルなんだろう。途中で助けられてむしろ迷惑だったようだな」

「下衆の勘ぐりだ」

浩志の言葉にウォルデンは鼻から息を吐いてみせたが、視線を微妙に外した。正解だということだ。

「おまえはしばらく眠っていろ」

浩志はケーヒルの後頭部を殴って気絶させた。

「どうするつもりだ？」

部屋を出ようとすると、ウォルデンが尋ねてきた。

「俺の任務は人質の救出だ。おまえらの作戦に興味はない」

ケーヒルのグロックからマガジンを抜き取ると、ウォルデンに投げ渡した。

ホテルを出た浩志は、目の前に停められていたハンヴィーの助手席に乗り込んだ。途端に急発進をして、ホテルから遠ざかった。

「何か情報は得られましたか？」

運転席の瀬川が尋ねてきた。彼にはハンヴィーを盗み出すように指示をしておいた。

「国際ポリス視察団の拉致は仕組まれていた。少なくとも米仏の共同作戦だろう。日本やフィリピンやノルウェーはそのとばっちりを受けたようだ」

「そういうことですか」

説明を聞いた瀬川は納得したようだ。

「他の三人の米兵はどうした？」

バックミラーを見ながら浩志は尋ねた。追いかけて来ないところを見ると、車だけ盗んだわけではないようだ。手段は瀬川に任せておいた。

「ホテルの路地裏で伸びています」

こともなげに瀬川は答えた。

砂煙を上げながらハンヴィーを走らせ、一キロほど離れたグラン・マルシェの南側にあるガソリンスタンドの前に停まった。

浩志と瀬川が車から下りると、傍らの小屋からガソリンの携行缶を両手に持った京介が、飛び出して来た。彼には浩志と瀬川がホテルに行っている間にガソリンと軽油を入手するように命じていた。

携行缶を積み終え、ついでにハンヴィーの燃料タンクも満タンにした。

瀬川がエンジンをかけた。6・2リットル水冷V型8気筒ディーゼルエンジンが、低い唸り声を上げ、車体をぶるっと震わせた。

「行くか」

浩志が軽く右手を振ると、瀬川は軽快にアクセルを踏んで応えた。

二

タウアに向かった浩志たちと別れた仲間は、砂漠に分け入った武装集団を追っていた。

先頭はCチームのランドクルーザーで加藤がハンドルを握り、ワットは助手席、加藤と運転を交代した田中は後部座席で休んでいる。

ベンツのゲレンデに乗るBチームは、辰也、宮坂、黒川、それにドライバーはベルベル人のユニス。彼は運転を辰也らに任せようとはしない。車を心配していることもあるのだろうが、根っから運転が好きらしく、疲れを知らないようだ。

ターゲットは砂漠をおよそ百キロ西南の未舗装のオアシスを抜ける道に入り、さらに西に進んでいる。

舗装されていなくても砂が固められた道と砂漠はまったく違うため、タイヤの空気圧は変えなければならない。だが、ユニスの車には砂漠案内という仕事には必需品である電動ポンプが積まれており、三台の車はあっという間に調整できた。

猛スピードで追跡しているワットらは、ターゲットが巻き揚げる砂塵を目視できるまでに迫っていた。その距離、およそ一キロ。周囲に遮る物がないだけに見失う恐れはないが、逆に敵に尾行を気付かれる可能性はあった。そのため、これ以上の接近は危険である。

やがて干涸《ひから》びた山間を抜ける道になり、左手にはぽつぽつと緑が見えてきた。中には区分けした場所に生える緑もある。おそらくこの国の農産物の七十パーセントを占めるパールミレット・ソルガム（きび）の畑だろう。

「停まってくれ」

双眼鏡を覗いていたワットが指示を出した。

ターゲットの二台の車が一キロ先に見えるオアシスに入ったのだ。午前九時四十分、休む間もなく走り続けたので、休憩するのだろう。

ワットはダッシュボードに地図を拡げてみた。タウアから南南東に三十キロの地点で、ダレイという地名はあるが村の記載はない。ニジェール南部はオアシスが多いので、地図に記載されていない名も無き村も沢山ある。

車の距離計を見て再度位置を確認し、現在位置と時刻を地図に記入した。加藤が横から覗き込みながら、頷いている。ワットは苦笑を浮かべ、間違っていないことを確信した。

「日陰に車を停めよう」

道を外れた場所に小高い崖があり、申し訳程度の影を作り出している。ワットは、二台の車を日陰に入れさせ、辰也を伴って崖に上った。

「水の補給をしているようだな」

うつ伏せになったワットは、双眼鏡を覗きながら言った。

崖から村は一望できた。村の中央に周囲を日干レンガで固めた井戸がある。

武装集団は、警笛《けいてき》を鳴らしながら村人を蹴散らし、車を井戸に横付けした。木の枝に結びつけられたタイヤのホイールが、井戸の上に備え付けられている。相当深い井戸らしく、滑車《かっしゃ》の代わりをするホイールを使い、ロープを付けた痩せこけた牛に井戸の底からバケツを引っ張らせる仕組みのようだ。

ピックアップから下りた男が、村人に銃を突きつけて牛に曳《ひ》かせはじめた。

「前の車に乗っているのは、テロリストだけだな。もう一台のピックアップの後部座席に人質がいるのだろう」

ワットは傍らの辰也に双眼鏡を渡した。

「ターゲットは四人か。おっ、人質が下りて来たぞ」

双眼鏡を覗いた辰也は、興奮気味に言った。

人質の二人は手錠をされたまま車から下ろされ、近くで小便をすると、木陰に座らされた。その様子を村人は物陰から遠巻きにして見ている。女や子供は家からは出て来ない。四人のテロリストらがＡＫ47を構えているからだ。

「日本人かどうか分からないな」

辰也は舌打ちをした。人質の位置がテロリストや建物に邪魔されて確認できなかった。

「距離は九百メートル弱。ＡＫ47じゃあ、狙撃は無理だな。それに民間人がいる村での銃撃戦はできれば避けたい」

ワットは溜息を漏らした。

ＡＫ47の射程距離は六百メートル。三百メートルほど近付き、狙撃用のスコープを取り付けてあれば、当てることは可能だ。

「だが、車から離れた今がチャンスなのは変わらない」

辰也も頷いてみせた。

走行中を襲えば、人質も確実に巻き込んでしまう。今なら二人は離れているので、襲撃のチャンスと言えた。

「辰也、作戦を立てるぞ」

ワットは地面に村の見取図を描きはじめた。

十分後、ユニスの運転するゲレンデが、村に入った。武装集団の車はまだ井戸端に置いてある。見張りは人質の近くに二人いるだけで、後の二人は少し離れたバオバブの木陰で煙草を吸ってくつろいでいる。交代で休憩をしているのだろう。

ユニスはゲレンデを武装集団の車の十メートルほど手前で停めて、車を下りるとバックドアを開け、水を入れるポリタンクを出した。

見張りのテロリストらは、人質をバオバブの木の後ろに追いやり、威嚇するようにＡＫ47を構えたまま睨みつけている。とはいえユニスがベルベル人だと外見で分かるために、襲ってくる様子はない。

ゲレンデの助手席から、ユニスのように頭に布を巻き付けてサングラスで顔を隠した辰也が、下りてきた。ユニスがベルベル語で語りかけると、辰也は笑い声を上げて手を振った。間違いなく彼もベルベル人に見える。それでも見張りは三十メートルほど離れているよそ者の二人に集中していた。

辰也らはテロリストらを気にするそぶりも見せずに、井戸を覗き込んだ。

「水があるぞ！」

ユニスがベルベル語で叫ぶと辰也も歓声を上げ、飛び上がって喜んでいる。

その光景を呆れ気味に見ていた二人の見張りは、突然現れた加藤と黒川に後頭部を殴られて気を失った。ゲレンデの後部に隠れていた加藤と黒川は、ユニスがバックドアを開けると、音もなく車を下りて日干レンガの家々を回り込み、人質の近くでチャンスを窺っていたのだ。

木陰で煙草を吸っていた二人の男が、傍らに置いてあったAK47を構えて加藤らに銃口を向けた。予想外に素早い反応だ。だが、二発の銃声が轟き、男たちは頭を次々と撃ち抜かれて倒れた。

三百メートル離れた村の外から宮坂が狙撃したのだ。彼はゲレンデが村に入り、辰也らが見張りの注意を逸らしている隙に、徒歩で村に近付いていた。

間髪をいれずワットと田中が二台の車を連ねて乗り込んで来た。

「もう、終わっちまったのか。出る幕がなかったな」

木の下に転がっている死体を横目でちらりと見たワットは、AK47を車に置いてきたにもかかわらず、わざとらしく言った。

「あんたたちが、国際ポリス視察団の人質か。名前を聞かせてくれ」

ワットは、木陰で啞然としている二人の人質に尋問した。

「英国人のケビン・リックマンだ。俺たちは助けられたのか？　それとも別の武装集団に捕われたのか？」

憮然とした表情でリックマンは答えた。ワットらは誰一人戦闘服を着ていないので、無理もない質問である。

「アイルランド人のマイケル・ギネガーだ。助かった。君たちは、米国の特殊部隊なんだろう?」

対照的にギネガーは手放しで喜んでいた。

「残念ながら、二人の質問の答えはどちらもノーだ。ただし、自由になったことは事実だ。仲間を一人付けるから、犯人の車に乗ってタウアに自力で戻ってくれ。ここから一時間もかからない」

ワットは事務的に言った。少なからず日本人を見つけられなかったことに失望していたが、顔には出さなかった。

「ユニス、おまえの車でタウアまで先導してやってくれ、俺たちとはここでお別れだ。悪いが、二人を送った後は、一人で家まで帰ってくれないか。これから先は必ず戦闘になる。巻き込みたくないんだ」

リックマンらにピックアップを運転させ、もう一台のピックアップは自分たちで使うつもりだ。

「途中で帰ることは、俺の誇りが許さない。それにここで帰るのは、聖戦を放棄したことになる。神への冒瀆《ぼうとく》だ」

ユニスは真剣な表情で言った。いつの間にか彼は一緒に闘っていると思い込んでいるらしい。しかもやっかいなことに聖戦と定義している。この手のタイプは、理屈で言っても無駄だろう。

「分かった。それなら、マリで殺されても文句は言うなよ」

ワットは両手を上げて首を振った。

「ワット。こっちに来てくれ」

テロリストの車を調べていた辰也が手招きをした。

「どうした？」

荷台に積んである木製の箱の蓋が開けられ、中から筒状の武器が覗いている。

「これは……」

武器を見たワットは、息を飲んだ。

木箱には、ＳＡ７Ｂ、携帯地対空ミサイルが入っていたからだ。

「こいつらは、これを運んでいたんだ」

辰也は気難しい表情で言った。

三

片倉とフランス人のベルナール・レヴィエールを拉致した武装集団は、ウラン道路と呼ばれる国道から外れ二十キロほど砂漠を走ったが、すぐに国道に戻った。そして浩志らがタウアに到着するわずか二十分前である午前八時に街を通過している。彼らは砂漠から国境を越えると見せかけただけだった。国道に沿って西に進むと、四時間後には国境に近いサナムという地方都市に到着し、給油と水の補給をしていた。

この街からマリとの国境であるアンデランブカヌまでは百十二キロ、わずか二時間の距離である。アンデランブカヌはマリ側の街の名前である。武装集団のリーダーであるハマドは、アンデランブカヌにある国境の検問の三キロ手前で砂漠を迂回し、二百九十キロ南にある首都ニアメに向かう国道へと進路を変更した。

片倉は砂漠から国道に戻った時点で、現在位置をなんとか把握することができた。それだけに武装集団の意図を計りかねた。アンデランブカヌを避けたのは、国境に展開するニジェール軍を回避したと推測される。だが、軍が警戒態勢を敷くニアメに向かう理由が分からない。彼らの目的はマリではなく、実は首都での大規模なテロ活動を行う可能性も充分考えられた。

赤い太陽が西の地平線に飲み込まれた砂漠は、真の闇に支配されていた。あと二十キロも南に進めば、住民より山羊の数が多い田舎街ウアラムに到着する。あるいはまた通過するだけかもしれない。だが、片倉の予測をまたしても裏切り、車は途中で大きく右折し、北西に向かった。ベルナールも驚いたらしく、窓から外の景色を見ている。もっとも標識があるわけでもない。

午後九時になろうとしている。

「長かったな。ここまでくれば俺たちの役目は終わったも同然だ」

運転をしているモハメドが、大きな欠伸《あくび》をしながら言った。例によってトゥアレグ語で話している。唯一の情報源だけに片倉は、理解しようと必死に聞いていた。

「今さらながら、ハマドの知恵には驚かされたぜ。一度も軍の検問を受けなかった。他の二台は大丈夫かな?」

助手席のアリも欠伸をしながら尋ねた。

「分からない。他のチームはダレイのオアシスで待ち合せをしてから来るはずだ。俺たちよりも三、四時間遅れるだろう」

モハメドは関心なさげに答えた。会話はそれで途切れた。助手席のアリが船を漕ぎはじめたからだ。

折り返してから二十五分ほど、約二十七キロ進んだところで道はなくなり、代わって砂漠のど真ん中にもかかわらず、おびただしいブルーシートのテント村が出現した。

〈ここは……〉

片倉はすぐにピンと来た。ニジェールの国境近くにあるマリの難民キャンプ、〝マンゲゼ〟だ。

二〇一二年にマリの政府軍とトゥアレグ族の反政府勢力であるアザワド解放民族運動（ＭＮＬＡ）の衝突により、内戦状態になったマリから多数の難民が国外に逃れた。その後も、イスラム過激派による北部制圧と荒れる一方のマリ北部から十七万人を超す難民が、ニジェール、ブルキナファソ、モーリタニアに逃れている。

なかでも国境に近い〝マンゲゼ〟では一万五千人（二〇一三年四月現在）の難民を受け入れている。最貧国のニジェールが難民を受け入れているだけにその負担は重く、難民にとっても住環境は悪い。

二台の車はテントを縫って進み、難民キャンプのはずれにある布張りのテントの前で停まった。

「アリ、起きろ。着いたぞ」

モハメドがアリを揺り動かした。

「眠くてたまらない。だが、今日は安心して、ゆっくり眠れそうだな」

欠伸をしながらアリは車から下りた。

「まさか、難民キャンプに隠れているとは誰も気が付かないだろうからな」

モハメドが背筋を伸ばしながら相槌を打った。

「おまえたちも下りろ！」

荒々しく後部ドアを開けたアリが、アラビア語で怒鳴った。

「人質を連れて来い」

テントの中からリーダーであるハマドが、モハメドらに命じた。片倉とベルナールは、背中を押されてテントの中に入った。砂の上にブルーシートが敷かれ、その上にさらに毛布が敷かれている。ハマドは一番奥に胡座をかいて座り、傍らにＡＫ47が置かれていた。口髭と顎髭を伸ばし、頭にはイスラム帽を被っている。風貌だけ見れば、イスラムの宗教家に見えなくもない。腰のベルトには古い伝統に従って半月型の短剣であるジャンビーヤを下げている。

「おまえたちは、隣のテントに行くんだ。人質と話がある」

ハマドは、モハメドらを下がらせた。

「日本人は、フランス語を話せるか？」

手下がいなくなると、ハマドはいきなりフランス語で話しかけてきた。

「話せる。問題ない」

片倉はなるほどと頷いた。モハメドは、ハマドがアルジェリア出身のカナダ人だと言っていた。だとすれば、フランス語が一番得意なのかもしれない。手下を追い払ったのは、フランス語を話しているところを見られたくないからだろう。

「人質を七人連れて来たが、今や二人になってしまった。我々を追っている特殊部隊がいるようだ。タウアに潜伏している仲間が、知らせてきた」

苦虫を嚙み潰したような顔でハマドは言った。

「特殊部隊？」

片倉とベルナールが同時に声を上げた。

「タウアでは、たったの三人だったらしいが、全員東洋人らしい。ダレイのチームからも連絡がない。時間的に考えて別の者に襲われたのだろう。日本では海外でも活動する特殊部隊を持っているのか？」

「まさか、そんなことをするのは、米国の特殊部隊でしょう。たまたま東洋系の米軍兵士だったんじゃないですか」

片倉は正直に答えた。

「なるほど、そうかもしれない。日本はたしか、自衛隊という名前の軍隊で、海外派兵はあまりしないはずだったな。とすれば、やはり米軍のシールズか、デルタフォースだったようだな。デルタフォースのユニットなら、二、三人で活動すると聞いている」

ハマドは大きく頷いてみせた。世界事情にかなり詳しいようだ。

「我々はどうなるのですか？」

片倉はわざと怯《おび》えた様子で尋ねた。

「とりあえずマリまでは一緒に行ってもらう。米国の無人偵察機で攻撃されるのは嫌だからな。我々の武器でフランス軍とマリ軍を追い払うんだ。フランスにもおまえたちを拉致してあると、犯行声明を出したが、揉み消された。フランス軍は何が何でもマリ北部を徹底的に爆撃したいらしい。それには人質はなかったことにしたいようだ。つまり、おまえたちは存在しない。私が煮て食おうが焼いて食おうが、勝手ということだ」

ハマドはしわがれた声で笑った。

「もう一つ質問させてください。さきほどタウアに潜伏している仲間と連絡を取られたそうですが、ひょっとして衛星携帯を使われているんですか？」

インフラの整備が遅れているアフリカや東南アジアでは、固定電話は普及していないが、携帯電話は急速に広まっている。だが、砂漠で通じるほどアンテナ局はない。

「おまえは頭がいいなあ。その通りだ」

「あなた方は、ひょっとして中国と関係しているんじゃないですか？」

「ほお、どうしてそう思うんだ？」

ハマドは右眉をぴくりと上げ、口元を歪めて笑った。

「マリ北部を制圧していた武装勢力の資金源は、中国からもたらされる麻薬の原料だからです。あなた方は確かにイスラム教徒として闘っているのかもしれませんが、すべて中国の利益に繋がっています」

「中国の利益？」

ハマドは首を捻ってみせた。傍らにいるベルナールが質問を止めるように片倉の袖を引っ張る。だが、疑問が明らかになるまで質問を止められないのは、幼い頃からの性分なのだ。この性格で学力や語学力は伸びたが、人間関係がうまく行かないことは多々あった。

「先月のアルジェリア人質事件は、フランスによるマリ北部掃討作戦に反発して行われたと、犯行声明を出しましたよね。その後、アルジェリア政府は、犯行グループが身代金目的だったと解釈し、攻撃しました。今では世界的にそう信じられている。だが、それは違うと思う。以前からアルジェリアの利権を狙っていた中国は、日本のN社の存在が邪魔でならなかった。だからこそ、テロという形でN社を追い出したんです」

人質となってから、片倉はすべての要素を繋ぎ合わせ、独自の結論を導きだしていた。N社はアルジェリア政府の厚い信頼があり、中国は入り込む余地がなかった。

「面白い考え方だ。それで？」

「しかもニジェールでまたトゥアレグ族やあなた方のテロ活動が頻発しています。加えて軍や警察を攻撃し、ウランの採掘施設を襲撃している。これはウラン採掘による環境破壊にトゥアレグ族が反発したものだと思われていましたが、フランスのアレバ社の独占を崩すためだった。現に相次ぐテロに辟易《へきえき》としたアレバ社は、中国に利権の一部を譲渡している。今後もテロが続けば、その割合は増えるはずです」

「なるほど、我々は資金源を供給する中国の手先だと言うのかね」

ハマドの顔から笑みは消えた。

「そうとは言っていません。だが、あなた方が暴れるほど、アフリカ大陸から欧米や日本の資本は遠のき、逆に中国は様々な分野に資金を投資し、資源を入手するという相関関係があるということです」

「すばらしい。ブラボー。感心したよ。日本人よ。おまえの推理に褒美として、二つの選択肢を与えよう。一つはただちに私のナイフでその首を掻き切る。もう一つは、私の部下になり、その頭脳を生かすことだ。好きに選べ」

ハマドは、人差し指と中指を立てた。

「……」

夢中で話を終えた片倉は、いつもの癖で話し続けたことを舌打ちした。ハマドが否定しないところをみると、片倉の推理は当たっているのだろう。だが、生死の選択を迫られてしまった。

「いい条件だ。ミスター・ハマド、私とこの日本人を同時に雇ってもらえないか。私は喜んで、フランス軍の秘密情報を教えよう。私も死ぬよりは、あんたたちの手下になる道を選ぶ。そうだろう、片倉」

ベルナールはそう言って、片倉の肩を叩いた。

「あっ、ああ、そうだ。あんたの手下になるよ。私も死にたくない」

片倉は促され、慌てて答えた。

「いいだろう。明日、ある人物に相談して決める。今日は寝ろ」

ハマドは二人を交互に見ると手を叩き、手下を呼んだ。

四

タウアからハンヴィーに乗り換えた浩志らは、四十キロ南のウラン道路とオアシスを結ぶ田舎道の交差点でワットらのチームと合流した。ハンヴィーを先頭にゲレンデ、ランドクルーザーと続く。

タウアの手前の砂漠を北に向かった武装集団の行方は見失ったままだ。だが、彼らがマリに向かったことは確実だと思われるため、浩志らも西に進んだ。合流地点から二百十三キロ西のスナムという街で聞き込みをした。給油や水を販売する店は限られているので、二台のピックアップと聞くだけで店員や住人からは様々な証言を得られた。彼らは輸送トラックや軍関係の車両以外は、滅多に目にすることがないために印象に残ったようだ。

一台の車には二人のアラブ系の男が乗り、別の車にはトゥアレグ人が二人、後部座席には白人と東洋人が乗っていたという。だが、車は午後三時前後には街から西の方角に出ているという。

そこで、百十二キロ西にあるマリとの国境であるアンデランブカヌまで急行した。マリに通じる道には検問所が設けられ、近くには軍用トラック二台に、中国製ピックアップの荷台に重機関銃を備え付けた〝テクニカル〟と呼ばれる車両が一台停められ、兵士用と思われるテントがいくつも設営してあった。

中東では〝テクニカル〟はその特徴がすぐ分かるため、無人偵察機の格好の餌食《えじき》になる。そのため、今やテロリストの間では使われなくなってきた。だが、アフリカでは依然として、テロリストだけでなく正規軍にも軍用車両として使われている。

マリ側は山岳地帯となり、ごつごつとした岩が顔を出す砂漠が広がる。四駆でも走破するには苦労するはずだ。マリへ車で抜けるには検問を越えて国境の道を抜けるしかないだろう。

兵士は二、三十人いる。しかも、〝テクニカル〟に搭載されている旧ソ連製のＫＰＶ、一四・五ミリウラジーミロフ式大口径機関銃は、旧式だがその威力は凄まじい。攻撃ヘリを撃ち落とすことさえできる。

この警戒態勢の中、武器を満載したピックアップが検問所を抜けたとは到底考えられない。浩志は一キロ先の国境を観察すると、西南のウアラムに向かった。

マリ北部最大の街であるガオ周辺の山岳地帯に武装勢力のアジトがあると浩志は推測している。アフガニスタンでもイラクでもそうだったが、ゲリラは山岳地帯に隠れ住む。逃げ込むのに適しているだけではなく、攻め難いという要害になるからだ。

フランス軍は掃討作戦を押し進め、北部を制圧しつつある。ガオを完全に支配下に置けばイスラム武装勢力は基盤を失う。ガオでは武装勢力による自爆テロや銃撃が頻発し、攻撃ヘリによる空爆でフランス軍は対処している。だが、テロリストたちは、ニジェール川から小舟で市内に侵入したり、北部からバイクで潜入したりするなど、神出鬼没だ。

国境であるアンデランブカヌから三時間半後の午後十時二十分に、浩志らはウアラムに到着した。街を手分けして捜索したが、テロリストらのピックアップは見当たらない。また、何人もの住人に聞き込みをしたが、ピックアップを見た者は皆無《かいむ》であった。

捜索はすぐに行き詰まった。仲間の疲労はピークに達している。移動中は交代で休むようにしていたが、この二日間、まともに眠った者などいない。

浩志は午後十一時に切り上げ、街の外れでキャンプすることにした。持参したフランス軍のレーションを食べ、見張りを二人立てて交代で砂漠にシートを敷いて横になる。今必要なのは休息だった。

「やはり、マリに乗り込まないとだめだろうな」

コーヒーを入れたアルミ製のコーヒーカップを手にしたワットは、しみじみと言った。レーションに付いていた粉コーヒーにコンデンスミルクを入れてペットボトルの水で溶いたものだが、うまそうに飲んでいる。

「おそらくな。だが、闇雲にマリに踏み込めば、テロリストに迎え撃ちされる。それにフランス軍と遭遇すれば、テロリストに間違われて攻撃されるだろう」

浩志はコーヒーをストレートで飲んでいた。仲間を休ませるために二人とも一番先に見張りに立った。

「作戦は人質の居場所が分かってからということだが、どうやって探す？」

「足で探すのも限界がある。最悪分からなければ、撤退だ」

苦しい選択だが、仲間を犬死にさせるつもりはない。

「撤退期限は？」

「明日の昼までだ。一時は三十分差まで敵を追い詰めていた。ターゲットは俺たちよりさほど遠くない場所にいるはずだ。今頃ニジェール国内で、野営している可能性もある。だが、夜が明けて遅くとも数時間で国境は越えるだろう。とすれば、捜索の期限も明日の昼まで、それ以上は無駄だ」

浩志には元刑事の勘があった。実際、片倉らは四十四キロ北の難民キャンプ〝マンゲゼ〟にいたのだ。

「うん？」

ポケットの衛星携帯が振動した。

――米軍に新しい動きが見られます。

友恵からの連絡だ。

「人質の居場所が分かったのか？」

友恵は米軍の軍事衛星のハッキングを再び成功させていたが、武装勢力が三つのグループに分散したために完全に見失っていた。

――ＭＱ９がニジェール西部で活発に行動しています。米軍は人質の居場所を分かっている可能性もあります。

ＭＱ９はリーパーと呼ばれる武器搭載可能なハンターキラー無人偵察機で、ＭＱ１プレデターを大型化し、性能も大幅に向上させたものだ。

フランス軍のマリ北部掃討作戦に、米軍はＭＱ９を運営する部隊をニジェール西部に駐屯させ、情報を提供することで側面支援を行っている。マリ北部上空にＭＱ９が出没するなら分かるが、ニジェール西部で活動しているのなら、友恵の言うように人質とテロリストの監視活動、あるいは捜索活動をしている可能性も考えられた。

「ＭＱ９のデータは得られるのか？」

――現在得られるのは、飛行コースだけです。ＭＱ９から送られて来る情報はすべて暗号化されています。解析に数時間がかかります。

友恵も不眠不休のはずだが、がんばっている。だが、今は彼女の天才的なハッカーとしての能力にすがるしかない。

「頼んだぞ」

電話を切った浩志は、携帯を胸ポケットに仕舞った。

「ＭＱ９と聞こえたが、いい知らせか？」

ワットは元米陸軍指揮官だっただけにＭＱ９については詳しい。

「運が向いて来たらしい。だがターゲットが動きだしてからの話だな」

浩志は友恵からの報告の内容を説明した。

「そうか、無人機からのデータが鍵になるのか。米軍は密かに動いているようだな」

ワットは苦笑を浮かべ、首を振った。

彼が米軍を自ら辞めたのは、浩志と一緒に闘いたかったこともあるが、米政府の秘密主義や覇権主義に辟易《へきえき》したからだ。

「米軍のデータを使いこなすまでだ。傭兵は誰の束縛《そくばく》も受けない」

浩志はワットの心情を理解している。

「リベンジャーズに乾杯」

ワットは自分のカップを掲げて、コーヒーを飲み干した。

五

何度も夢の中に引きずり込まれながらも、片倉は目を開けて夜が明けるのを待った。というより、どうしたら逃げ出せるのか必死で考え続けた。昨夜テロリストのリーダーであるハマドに疑問をぶつけ、答えを得ることがほぼできた。この情報を日本に持ち帰らなければ、死んでも死にきれないと思っている。だが、手錠はテントの支柱にかけられており、身動きがとれない。フランス人のベルナールもすぐ傍で横になっている。

手錠が外せないか、支柱の下の砂を掘ってみた。気をつけているが、鎖が音を立てた。

「止めてくれ。見張りを起こしてしまう。……片倉。結局、こんなところまで付き合わせてしまって、すまなかったな」

ベルナールも起きていたようだ。囁《ささや》くように言ってきた。見張りのモハメドとアリは、同じテントの反対側でイビキをかいて寝ている。

「すまないと思うなら、逃げる手段を一緒に考えてくれ」

片倉も小声で答えた。

「逃げるのはリスクが大きい。それよりは敵のアジトに連れて行かれた方が安全は図れる。私の体には位置発信器が埋め込まれている。米国人のウォルデンのものより、おそらく強力なはずだ。アジトに着いて位置を知らせれば、フランス軍の攻撃ヘリが武装勢力を爆撃する。だが、私は体内の位置発信器で探知されるので、攻撃されない。私と一緒にいれば安全だ。どさくさに紛れて逃げれば、救出部隊に回収されることになっている」

やはり、ベルナールは最初からテロリストに拉致されて、アジトまで行くことが目的だったようだ。

「だが、アジトに着いたことを、どうやって知らせるんだ」

「私の靴の踵《かかと》に発信器が隠してある。スイッチを入れれば、アジトに着いたと、軍は感知し、すぐに攻撃がはじまる。我々の位置は、米軍のMQ9が追っている。片倉、もし、私が死ぬようなことがあれば、代わりに発信器を起動させてくれ」

「そういうことか」

ベルナールとウォルデンは裏で繋がっており、今回の国際ポリス視察団は、米仏の共同作戦だったようだ。

「うん？」

外が騒がしくなってきた。複数の車のエンジン音が聞こえる。

テントの外からハマドの怒鳴り声がした。モハメドとアリも飛び起きた。

「起きろ！　出発だ」

片倉とベルナールの二人は、アリにテントから引っ張りだされた。

「なっ！」

片倉は声を失った。

周囲には十台の大型ピックアップが停まっている。しかも荷台には大きな荷物が積まれていた。おそらくすべてリビアから流れてきた武器だろう。ハマドが片倉ら人質と六台の車列を組んで移動する間に、二台ずつ分かれて行動し、ここに集結したに違いない。

「人間の盾になるように、おまえたちは別々に乗るんだ」

ハマドに片倉らは引き離され、片倉は先頭車両に、ベルナールは最後尾車両に乗せられた。午前四時二十七分、東の空は白みがかってきた。


「むっ！」

浩志は胸ポケットの振動で目を覚まし、衛星携帯を耳に当てた。

——人質の位置が、やっと分かりました。〝マンゲゼ〟の難民キャンプに潜んでいたようです。十台の車列を組んで、砂漠を東にまっすぐ進んでいます。あと二十キロほどで一般道に出ます。

「了解！」

携帯を仕舞った浩志は飛び起きた。

「出発！」

声を張り上げた浩志はハンヴィーの助手席に乗り込み、腕時計を見た。午前四時三十四分になっている。ハンヴィーが走り出すと、二台の車も続いた。

——ピッカリだ。ターゲットを捕捉したのか。

三台目のランドクルーザーに乗るワットから無線連絡が入った。

「友恵から連絡が入った。東に向かっている。アンデランブカヌに向かっているのだろう。十台の車列を組んでいるらしい」

――数に物を言わせて、検問所を強行突破するつもりだな。

「おそらくな」

強行突破するということは、武装集団は検問所の兵士を皆殺しにするつもりだろう。だが、簡単にはいくまい。

――検問所には〝テクニカル〟もあった。人質がとばっちりをくわなきゃいいがな。

ワットも同じ心配をしているようだ。

浩志らは平均時速六十キロで悪路を北上した。

「ターゲットはなかなか見つかりませんね」

四十分ほど走り、ハンドルを握る瀬川が苛立ち気味に言った。

〝マンゲゼ〟はウアラムの四十四キロ北にあるが、砂漠を東に進むなら追いつくのも簡単なはずだ。ひょっとしたら、先回りできる可能性もあるはずだ。

「見てください！」

瀬川は数百メートル先を指した。西の砂漠からいくつもの轍が道路に続いている。周囲には砂埃も舞っていない。かなり前に通過したらしい。サハラ砂漠の外れだけに砂の質も違うようだ。走りやすいに違いない。

浩志はポケットから衛星携帯を取り出し、友恵を呼び出した。

「ＭＱ９で敵は捕捉しているか？」

――追跡しています。

「俺たちとの差は？」

――しばらくお待ちください。

携帯からキーボードを叩く音が響いてきた。ＭＱ９はテロリストの車列を追っているために広範囲な映像を得られないのだろう。

――ひょっとしてハンヴィーに乗っていますか？

「そうだ」

友恵には米軍の車両を盗んだことは伝えてなかった。

――およそ十キロ先を走っています。

「十キロだな」

思わず拳を握りしめた。敵もフルスピードで走っている限り、差は縮まらないが、国境の検問所でニジェール軍と交戦すれば、足止めを喰らうに違いない。彼らの背後を襲う形で人質を救うこともできるはずだ。

だが、二時間後、浩志の思惑は大きく外れる。前方から凄まじい爆発音が何度も響き渡り、銃撃音もすぐに止んだ。

八分後、浩志らは国境の検問所に燃え盛る軍用トラックとおびただしい兵士の死体を発見した。黒焦げになった〝テクニカル〟は、もはや原形を留めない。武装集団は、はじめからRPG7を使ってニジェール軍の戦力を徹底的に削ぎ、十台の車から一斉に銃撃して生き残った兵士を片付けたのだろう。ニジェール軍は反撃のチャンスすらなかったに違いない。

浩志らは惨劇に足を止めることなく、国境を越えた。武装集団との差はまだ十キロ近くあるはずだ。

「……」

サイドミラーに映る死体が見えなくなるまで、浩志は惨状から目を外さなかった。

「許せねえ」

後部座席に座る京介が呻くように言った。

誰もがそう思っている。だが、これが戦争なのだ。

六

武装集団は国境を警備するニジェール軍をものともせずに突破し、マリ北部の国境であるアンデランブカヌにある街を通り抜け、ガオに向かう道をひたすら西に向かっていた。

だが、二百キロほど進んだところで、道路を外れて北の乾燥した山岳地帯の渓谷に入った。

浩志らはその十キロ後方である。武装勢力との差は縮められないまま追跡していた。渓谷に道はないが四駆なら問題なく走れる。拳大の石が混じった砂地にコケのような緑が生えており、乾燥した砂と違いタイヤのグリップは利く。雨期には川になるのだろう。マリは六月から十月までが雨期で、それ以外は乾期である。

「ハンドルを握る者以外は、銃を構えて警戒せよ」

浩志は無線で全員に警戒を促し、ＡＫ47を引き寄せた。

胸ポケットの衛星携帯が振動した。

――ターゲットが停止しました。距離はおよそ九キロ先です。

友恵から連絡が入った。

「サンキュー」

――あっ、あの、啓吾さんを絶対助けてあげてください。

電話を切ろうとすると、友恵が叫ぶように言った。

「人質と、知り合いか？」

――えっ、……いいえ、日本人だけに助けて欲しいという意味です。失礼しました。ご無事を祈ります。

友恵は意味ありげなことを言うと、勝手に電話を切った。

「スピードを落とせ」

車が石を踏みしめる音は意外に響く。浩志は二十キロほどに減速させ、さらに五キロほど前進したところで、車を停めさせた。

助手席から下りて拳を上げると、仲間は車から飛び出し、一斉に銃を四方に向け警戒態勢になった。長年チームとして活動しているだけに乱れはない。

「ユニス、俺たちはこれから徒歩で乗り込む。おまえはハンヴィーの運転席で待機。連絡を受けたら、ただちに車で迎えに来てくれ。いざとなったら、おまえが頼りだ」

「俺の車じゃだめか?」

まだ自分の車にこだわっているらしい。

「だめだ。この車の装甲板なら銃弾を弾き返す。死にたくなかったら乗り換えろ」

「わっ、分かった」

ユニスは青ざめた表情で、頷いてみせた。事態をようやく理解したようだ。付いて行くとも言わなかった。

浩志はガンホルダーからグロック19を出し、ユニスに渡した。

「仲間は撃つなよ」

「大丈夫だ」

両手で銃を受け取ったユニスは、にこりと笑った。

「加藤、黒川、斥候だ」

二人の肩を叩くと、加藤と黒川は野生の鹿のごとく渓谷を駆けて行った。

浩志は右手を上げて振り下ろし、前進をはじめた。仲間は二列に並び左右の崖に目を光らせている。むき出しの岩肌に時折忘れていたかのように緑が自生している。荒涼とした風景に隠れる場所はない。だが、ゲリラは岩壁に穴を掘って隠れている可能性もある。

——こちらトレーサーマン。リベンジャー、どうぞ。

加藤からの無線連絡。クリアーに聞こえる。

「リベンジャーだ」

耳元のブルートゥースイヤホンの感度は良好だ。

——二百メートル先に見張りが二人いるため、これ以上進めません。現在位置は本隊から一・二キロ先です。

身を隠す場所がないため、さすがの加藤も前進できないようだ。

浩志はすぐさま全員を集めた。

「これから、九百メートル進む。敵の見張りはその三百メートル先の左右の崖に一人ずついるらしい。宮坂は左の男、俺と瀬川で右の男を倒す。他の者は、援護。見張りを倒したら、一気に攻撃する」

見張りを銃で倒せば、敵に気付かれる。攻撃はスピードとの闘いだ。敵に反撃のチャンスを与えてはならない。

「うん?」

浩志は耳をすませた。どこからか鈍い風切り音が聞こえてくる。やがて、それはヘリの爆音に変わった。西方二キロ上空に胴体がスリムなヘリが三機姿を現した。

「ティーガーだ! 前進! 急げ」

ヘリの機種を確認した浩志は走りはじめた。

ティーガーは、ドイツとフランスが共同開発した攻撃ヘリである。

三機のヘリは瞬く間に前方の上空に滑り込んで来ると、いきなりランチャーからロケット弾を発射し、機関銃ポットで攻撃をはじめた。

「くそっ! はじめやがった」

舌打ちをした浩志は全力で走った。岩陰に隠れていた加藤が走り寄り、見張りの位置を指した。

今や戦場と化した渓谷上空に向かって、見張りたちは銃を撃っている。浩志はハンドシグナルで宮坂と瀬川を指名した。二人は膝うちの体勢で狙いを定めた。距離は三百五十メートル。

二人の肩を叩いた。見張りの男たちが同時に倒れ、崖から落ちた。

「行くぞ！」

息を吐くように号令を発した。

目の前の谷には黒い煙がいく筋も上がっている。ティーガーは、高度を下げて狂ったように二十ミリ機関砲の銃弾をばらまいている。

谷を走り抜けた浩志らはようやくテロリストのアジトが見える位置に着いた。

数メートルほど低くなっており、盆地のような広がりがある場所の中央に炎上した十台のピックアップが散乱している。死体が累々と横たわっている中で、テロリストらも反撃をしていた。まだ、二、三十人はいるだろう。

攻撃ヘリに向かってＲＰＧ７を発射する者もいた。だが、狙いが定まらないようにヘリは絶えず位置を変えている。ゲリラ戦に慣れた攻撃部隊だ。

「人質を捜せ！」

浩志は拳を握って仲間を停止させた。

「いました！」

加藤が叫んで指差した。

日本人らしき男が、一番手前のピックアップの陰に頭を抱えて座り込んでいる。

「京介、付いて来い。他の者は援護！」

斜面を駆け下りた。

浩志らに気が付いたテロリストが銃撃してくる。走りながら反撃し、ピックアップの陰にすべり込んだ。

「片倉だな」

日本語で問いかけた。

男は浩志の顔を見て呆然としている。すぐ傍には怪我をした白人が横たわっていた。フランス人のベルナール・レヴィエールに違いない。右肩と右胸から出血している。数時間もてばいいところだろう。

「答えろ。人質の片倉か?」

今度は英語で尋ねた。

背後で銃撃音。

いつの間にか全員が浩志らの周囲を固め、テロリストに向かって反撃している。

「……片倉です」

片倉はようやく日本語で答えた。

「脱出する。そいつは置いておけ。助からない」

冷たく言い放った。

「だめです。連れて帰ります。仲間ですから。それに彼がいないと殺されます」

片倉は攻撃ヘリからの攻撃を免れている理由を説明した。

「京介、フランス人を担げ。瀬川、ユニスに連絡、ワット、先頭だ。撤収！」

次々と命じた浩志はチームのしんがりに就いた。

仲間は片倉とベルナールを背負った京介を囲う隊形で斜面を上った。銃弾が足下や体の脇を掠めて行く。

「ムーブ！　ムーブ！」

先頭に立つワットが、振り返って掛声を上げる。

「うっ！」

辰也が呻き声を発して、跪《ひざまず》いた。

「大丈夫か！」

「かすり傷です」

銃撃しながら浩志が声を掛けると、辰也はすぐに立ち上がった。

「むっ！」

今度は宮坂が撃たれて転んだ。

「しっかりしてください」

瀬川が宮坂に肩を貸した。

「一人で歩ける」

宮坂は気丈に立ち上がり、足を引きずりながら歩きはじめた。

「よし、行くぞ！」

最後に斜面を上りきった浩志は、全員の安全を確認し、腹這いになって援護射撃をしている仲間の肩を叩いた。

アジトから百メートルほど離れたところで、凄まじい爆発音が襲ってきた。

振り返ると、攻撃ヘリが対戦車ミサイル、ヘルファイアを発射した。再び轟音が轟き、黒いきのこ雲が舞い上がった。攻撃部隊が、人質が現場から脱出したことを確認したことで使用したのだろう。先に使われたランチャーから発射されたハイドラ70ロケット弾とは破壊力がまるで違う。

「終わったな」

立ち止まったワットが大きな息を吐き出した。

七

数発のヘルファイアの攻撃で、テロリストを殲滅させたと判断したティーガーは西の空に消え、渓谷は嘘のような静けさを取り戻した。

アジトから五百メートルほど離れたところまで移動し、小休止をした。

テロリストのアジトにいたのは、わずか数分であったが、その間に仲間は負傷した。もっともテロリストから銃撃され、空からも攻撃を受けただけに全員が無事なのは奇跡に近い。辰也は背中にロケット弾の破片が刺さった。すぐさま瀬川が熱したサバイバルナイフで取り出した。直径数ミリと小さな物だった。

宮坂は左足を銃弾が掠めている。傷口は七センチほどもあるので、黒川が縫合した。田中は左肩だが、これはかすり傷程度だ。瀬川も黒川も自衛隊で特殊な訓練を積み、怪我の救急治療にも高い技術を持っているだけに役に立つ。

また、フランス人のベルナールもロケット弾の破片が刺さったようだ。応急処置をしたが、傷が深く破片を取り除くことができない。緊急の手術が必要だ。

ユニスがハンヴィーで駆けつけたために、車に積んであった救急用品や水がおおいに役立った。浩志も脇腹を銃弾が掠める怪我をしていた。AK47をハンヴィーのボンネットの上に置き、シャツを捲《まく》った。血止めのガーゼを傷口にあてがい、テープで留めた。これぐらいの処理は一人で充分だ。

「ありがとうございました。お怪我は大丈夫ですか」

シャツを戻していると、片倉が目の前に立って頭を下げてきた。

「これが仕事だ」

そっけなく答えた。

ベルナールによれば、戦闘終了後、二十分前後で救出のヘリがやって来るそうだ。片倉は一緒にヘリに乗せるつもりだ。二度と会うこともないだろう。

「失礼ですが、リーダーだとお見受けします。お名前をお伺いしてもよろしいでしょうか。命の恩人のお名前も知らないのでは、後々お礼もできません」

馬鹿丁寧に片倉は言った。

「藤堂浩志だ。何度も礼を言う必要はない」

「藤堂！　あなたがあの藤堂さんですか」

片倉は半音高い声を上げた。出向者だと聞いているが、内調の人間なら浩志の名前を知っていてもおかしくはない。

「私を救出するために国が動いたのですか」

信じられないという顔を片倉はした。

「日本に帰ったら自分で調べろ」

しつこく聞かれて面倒臭くなってきた。

「浩志、俺たちは車をとって来る。怪我人はここで待っていてくれ」

肩にＡＫ47を担いだワットが言った。牛のように分厚い筋肉に覆われた男に、どうして銃弾が当たらなかったのか不思議でならない。

「頼んだ」

大した怪我ではないが、浩志は右手を軽く上げてみせた。

ワットと瀬川と黒川の三人にユニスが付いて行った。テロリストの残党がいないとも限らない。二人以上での行動が必要だ。ちなみにユニスに預けたグロック19は返して貰っている。

「うん？」

微かな物音に気付き、後方の崖の上の方を見た。百五十メートル先にＲＰＧ７で浩志らに狙いを定めている男を発見した。

「フリーズ！　動くな！」

いつの間にか反対側の崖の上にもＡＫ47を構えた男が立っていた。アラブ系だが、英語を話している。油断していたつもりはない。ヘリの攻撃から逃れ、崖の裏から回り込んで来たに違いない。

「ハマド……」

片倉が呟くように言った。

「何者だ？」

浩志は小声で尋ねた。

「拉致犯のリーダーです」

片倉は低い声で答えた。

「動けば、ＲＰＧであの世に行ってもらう」

ハマドはＡＫ47を浩志らに向けながら、ゆっくりと崖から下りてきた。

「その頑丈な車を貰おうか」

車を傷つけたくないので、いきなり撃たなかったようだ。

浩志は宮坂にＲＰＧ７の男を狙うように目配せをした。

「両手を上げて、全員、車から離れろ！」

「ハマド、車はおまえにやろう。その代わり、質問をさせてくれ」

両手をゆっくりと上げながら浩志はハマドの正面に立った。

「気前がいいな。おまえがリーダーか。ハンヴィーに乗って来たところをみると、米軍の特殊部隊だったか」

崖から下りて来たハマドは浩志に近付いて来ると、いきなりＡＫ47のストックで浩志の鳩尾を殴ってきた。寸前で体をわずかに捻って急所は避けたが、木製のストックは重いボディーブローとなった。思わず両手で腹を押さえて跪いた。

「質問とやらを言ってみろ」

ハマドは立ち上がろうとする浩志の顔面目がけて、ストックを打ち下ろしてきた。すばやくかわした浩志は、ハマドの背後から首を絞め、腰に下げていたジャンビーヤを喉に突きつけていた。同時に宮坂は瞬時にＡＫ47の狙いを定め、崖の上の男を銃撃した。男は額を撃ち抜かれた衝撃で倒れながらＲＰＧ７の引き金を引いたが、背後の崖に当たって爆発した。

「黒幕は誰だ？」

浩志はジャンビーヤの尖った切っ先を押し付けた。

「おまえはジャンビーヤの使い方を間違っている」

ハマドは浩志の右手を押さえ、ジャンビーヤの切っ先で自ら喉を貫いた。

「なっ！」

舌打ちをした浩志はハマドを離した。倒れたハマドの鮮血が砂に吸い込まれて行く。

「……血のような赤だ……」

口から血を吐き出しながらハマドはフランス語で言った。

「血のような赤……まさか」

浩志は慌ててハマドの体を調べ、ポケットから赤いラインが入った衛星携帯を取り出した。フィリピンのボラカイ島を襲撃した新人民軍のリーダーが持っていた物と同じだ。

「レッド・ドラゴン……」

立ち上がった浩志は携帯を握り締めて言った。

モロッコ、マラケシュ

ベルベル語でマラケシュは〝神の国〟を意味する。モロッコで第三の都市であるマラケシュは首都ラバトやカサブランカよりもイスラム色の強い街である。

浩志はマラケシュの〝リヤド・クニザ〟というホテルのプールサイドの椅子に座り、フランス語の本を読んでいた。リヤドというのは中邸のある家という意味のアラビア語で、モロッコでは旧市街の古い家が改装されてホテルになったり、また逆に観光客目当てにリヤドに改装されたりするケースもある。

マリ北部のテロリストのアジトを脱出し、重傷を負ったフランス人ベルナールと片倉をフランス軍によるヘリの救出部隊に引き渡した後、来た道を辿るように帰還した。驚いたことに、ニジェールのアガデスの空港にはＪｕ52は保管されていた。というより、突然滑走路に置き去りにされていた旧式の飛行機に、空港職員も戸惑ったに違いない。

真夜中に空港に侵入した浩志らは、燃料を注入しアガデスを飛び立ち、低空でレーダーを避けてアルジェリアに侵入し、タマンラセットの空港に着陸した。タマンラセットでは、二日前に消息を絶った飛行機が帰って来たために大騒ぎになった。だが、砂嵐に巻き込まれて不時着し、飛行機を修理してやっと戻って来たと説明すると、旧式の飛行機だけに誰しもが納得した。ちなみにパイロットは定期便でアルジェに帰っていた。結局田中の操縦で浩志らはアルジェまで無事帰還した。

背後から靴音が聞こえてきた。

本から視線を移すと美香が立っていた。光沢がある緑のドレスに帯のような幅の広いベルトをしている。モロッコの伝統的な衣装だ。彫りが深い顔立ちをしているだけによく似合う。

すぐに日本に帰るつもりはなかったが、アルジェリアで浩志の帰りを待っていた彼女に誘われてマラケシュまで足を延ばした。ホテルなどは旅慣れた彼女に全て任せている。

「退屈？」

美香は小首を傾げてみせた。

「いや、悪くはない」

のんびりするのは嫌いではない。

午前中は旧市街をぶらつき、午後は部屋かプールサイドでくつろぐ。マラケシュに着いたのは昨日だが、あと二日ぐらいは我慢できる。

「それじゃ。ディナーに行きましょう。今日は知人の奢りなの」

「知人？」

彼女のことだから、モロッコに知り合いがいてもおかしくはない。だが、おしゃべりな女ならお断りだ。

「お願い。付き合って」

美香は両腕を浩志の左腕に絡ませてきた。脇腹の傷が悲鳴を上げた。

「分かった。自分で立つ」

渋々返事をした浩志は、彼女にエスコートされ一階のレストランに向かった。

宮殿のようなモロッコ伝統の建築様式のレストランは、シャンデリアの優しいオレンジ色の光に包まれており、奥の壁には暖炉《だんろ》もある。その前にある店で一番上等なテーブル席に東洋人が座っていた。

浩志に気が付くと立ち上がって深々と頭を下げてみせた。

「日本に帰る前にもう一度お礼を言いたくて、彼女にセッティングをしてもらいました」

片倉はにこりと笑ってみせた。

テロリストのアジトでは砂と黒煙で汚れた顔をしていたので、よく分からなかったが、彫りの深いどこか日本人離れした顔立ちをしている。

「彼女？」

首を捻って美香の顔を見た。目元がよく似ている。

「兄妹なのか……」

改めて二人の顔を見比べて浩志は絶句した。

「アルジェリアであなたに説明しようとしたけど、あなたから聞かないと言われたから、言いそびれたの。ごめんなさい」

美香が頭を下げると、片倉も再び頭を下げた。確かにあのとき、彼女が何かを言おうとしていたのを遮った覚えがある。

「ご馳走になろう」

席に着いた浩志は、溜息を漏らした。

「よかった。お勧め料理は沢山あるわよ」

美香が嬉しそうにメニューを開いた。

片倉が苦笑を浮かべてそれを見ていた。

「……」

何年付き合っても彼女のペースに乗せられる自分に、浩志は舌打ちをした。

(この作品はフィクションであり、登場する人物および
団体はすべて実在するものといっさい関係ありません。)

一〇〇字書評

切・り・取・り・線

購買動機（新聞、雑誌名を記入するか、あるいは○をつけてください）

□（　　　　　　　　　　）の広告を見て	
□（　　　　　　　　　　）の書評を見て	
□ 知人のすすめで	□ タイトルに惹かれて
□ カバーが良かったから	□ 内容が面白そうだから
□ 好きな作家だから	□ 好きな分野の本だから

・最近、最も感銘を受けた作品名をお書き下さい

・あなたのお好きな作家名をお書き下さい

・その他、ご要望がありましたらお書き下さい

住所	〒				
氏名		職業		年齢	
Eメール	※携帯には配信できません	新刊情報等のメール配信を 希望する・しない			

この本の感想を、編集部までお寄せいただけたらありがたく存じます。今後の企画の参考にさせていただきます。Eメールでも結構です。

いただいた「一〇〇字書評」は、新聞・雑誌等に紹介させていただくことがあります。その場合はお礼として特製図書カードを差し上げます。

前ページの原稿用紙に書評をお書きの上、切り取り、左記までお送り下さい。宛先の住所は不要です。

なお、ご記入いただいたお名前、ご住所等は、書評紹介の事前了解、謝礼のお届けのためだけに利用し、そのほかの目的のために利用することはありません。

〒一〇一－八七〇一
祥伝社文庫編集長 坂口芳和
電話　〇三（三二六五）二〇八〇

祥伝社ホームページの「ブックレビュー」からも、書き込めます。
http://www.shodensha.co.jp/bookreview/

祥伝社文庫

新《しん》・傭兵代理店《ようへいだいりてん》 復活《ふっかつ》の進撃《しんげき》

平成25年7月30日 初版第1刷発行

著　者　渡辺裕之《わたなべひろゆき》

発行者　竹内和芳

発行所　祥伝社《しょうでんしゃ》
東京都千代田区神田神保町3-3
〒101-8701
電話　03（3265）2081（販売部）
電話　03（3265）2080（編集部）
電話　03（3265）3622（業務部）
http://www.shodensha.co.jp/

印刷所　萩原印刷
製本所　積信堂
カバーフォーマットデザイン　芥 陽子

Printed in Japan ©2013, Hiroyuki Watanabe ISBN978-4-396-33866-4 C0193